To Beguile a Beast
by Elizabeth Hoyt

孤城に秘めた情熱

エリザベス・ホイト
琴葉かいら［訳］

ライムブックス

TO BEGUILE A BEAST
by Elizabeth Hoyt

孤城に秘めた情熱

主要登場人物

アリスター・マンロー……………………………植民地アメリカから帰還した博物学者
ヘレン・フィッツウィリアム（ハリファックス）……医者の娘
アビゲイル・フィッツウィリアム……………………ヘレンの九歳の娘
ジェームズ（ジェイミー）・フィッツウィリアム……ヘレンの五歳の息子
ソフィア・マンロー…………………………………アリスターの姉
フィービー・マクドナルド…………………………ソフィアの付き添い人
ウィギンズ…………………………………………アリスターの使用人
リスター公爵アルジャーノン・ダウニー……………ヘレンの元パトロン
ヴェール子爵ジャスパー・レンショー………………アリスターが配属されていた連隊の元大尉
メリサンド・レンショー（レディ・ヴェール）……ジャスパーの妻
ジェームズ・カーター………………………………ヘレンの父親
レノー・セント・オーバン…………………………アリスターが配属されていた連隊の隊長
ジャスパーの今は亡き親友
ブランチャード伯爵…………………………………レノーの遠い親戚
ベアトリス・コーニング……………………………ブランチャード伯爵の姪

プロローグ

昔々、一人の兵士が異国の山々を踏み越え、故郷を目指していた。山道は勾配がきつく岩だらけで、黒くねじれた木々が両脇から迫り、冷たい風が容赦なく頬に吹きつけた。だが、兵士は歩みをゆるめなかった。これよりもっと恐ろしく異様な場所を見てきたせいで、ちょっとやそっとのことでは動じなくなっていた。

兵士はこの戦争でとても勇敢に戦ったが、勇敢に戦う兵士なら大勢いる。老いも若きも、美しき者も、不幸に見舞われている者も、兵士はみな力の限り戦う。生死を分けるのは、正義よりも運であることがほとんどだ。だから、勇気、道義心、高潔さにおいて、この兵士は何千もの仲間と大差はなかった。けれど、ただ一つ、ほかの兵士とは決定的に違う点があった。彼は嘘がつけなかったのだ。

そこから、正直者という名がついた……。

『正直者』より

闇が迫り来るころ、正直者は山のてっぺんにたどり着き、荘厳な、罪のように真っ黒な城を目にした……。

『正直者』より

1

スコットランド
一七六五年七月

馬車ががたがた揺れながら道を曲がり、薄闇の中に古ぼけた城が見えてきてようやく、そして今さらながら、ヘレン・フィッツウィリアムはこの旅自体が恐ろしい間違いであることに気づいた。

「あそこ?」五歳の息子のジェイミーがかびくさい座席のクッションに膝をつき、窓の外を見つめた。「お城に行くのかと思ってた」

「何言ってるの、あれはお城でしょう」九歳の姉のアビゲイルが答えた。「塔が見えないの？」

「塔があるからお城ってわけじゃないよ」ジェイミーは言い返し、問題の城に向かって顔をしかめた。「お濠《ほり》がないもん。お城かもしれないけど、ちゃんとしたお城じゃないんだ」

「二人とも」ヘレンはつい語気を荒らげた。何しろ、狭苦しい馬車を乗り換える生活がもう二週間も続いているのだ。「けんかはやめてちょうだい」

いつもどおり、子供たちは何も聞こえなかったふりをした。

「ピンクだよ」ジェイミーは小さな窓に鼻を押しつけ、息でガラスをくもらせた。振り返り、姉にしかめっつらをしてみせる。「ちゃんとしたお城がピンクっておかしくない？」

ヘレンはため息を押し殺し、右のこめかみを揉《も》んだ。少し前から軽い頭痛に見舞われ、今にも強烈な痛みに襲われそうだというのに、頭も絞らなければならない。この計画については、深く考えていたわけではなかった。そもそも、物事を必要なだけ考え抜いたことなんて、これまでにあった？　衝動――急いで行動し、ゆっくり後悔する――こそが、ヘレンの人生の特徴だった。三一歳にもなって見知らぬ土地を旅し、自分と子供の身を赤の他人の手に委ねようとしているのも、そのせいだ。

なんて愚かなの！

愚かなのだから、せめて口裏は合わせておかなければならない。馬車はすでに、立派な木製のドアの前で停まろうとしていた。

「あなたたち！」ヘレンは小声で鋭く言った。

その声音に、二つの小さな顔がすばやく母親のほうを向いた。ジェイミーの茶色の目は見開かれ、アビゲイルの表情には疲れと恐怖が浮かんでいる。アビゲイルは幼い少女にしては勘がよすぎる。大人が作り出す空気を敏感に察知してしまうのだ。

ヘレンは息を吸い込み、笑顔を作った。「今から新しい場所に行くわけだけど、前に言ったことは忘れないようにしてほしいの」ジェイミーを見る。「わたしたちの名字は？」

「ハリファックス」ジェイミーは即座に答えた。「でも、ぼくはジェイミーだし、お姉様はアビゲイルなんだよね」

「そうよ」

ファーストネームを本名のままにすると決めたのは、ロンドンから北に向かう途中のことだった。ジェイミーが姉を本名で呼ばずにいるのがどんなに難しいか、いやというほどわかったからだ。ヘレンはため息をついた。あとは、身元がばれずにすむ程度に、子供たちの名前がありふれていることを願うしかない。

「わたしたちはロンドンに住んでいたのよね」アビゲイルが真剣な面持ちで言った。

「そんなの簡単に覚えられるよ」ジェイミーはぶつぶつ言った。「だって、本当のことだもん」

アビゲイルは弟をにらんで黙らせたあと、続けた。「お母様は、ヴェール子爵未亡人のお屋敷で働いていた」

「お父様は死んでるし、名前は……」ジェイミーの目が見開かれ、傷ついた色が浮かぶ。

「どうしてお父様が死んだって言わなきゃいけないのかわからない」車内の沈黙を、アビゲイルの不満げな声が破った。

「追いかけてこられないようにするためよ」ヘレンは唾をのみ込み、身を乗り出してアビゲイルの膝を優しくたたいた。「大丈夫。うまくやれば――」

馬車の扉が強引に開けられ、御者のしかめっつらがのぞいた。「降りるのか降りないのか、どっちだい？　雨が降りそうだから、その前に無事に宿に戻ってぬくもりたいんだが」

「降りるわ」ヘレンは堂々と御者にうなずいてみせた。このみじめな旅で出会ってきた中で、ずば抜けて愛想の悪い御者だ。「かばんを下ろしてちょうだい」

御者は鼻を鳴らした。「もう下ろしたよ」

「行くわよ、二人とも」ヘレンはこのおぞましい男の前で、自分が赤面していないことを願った。実は、トランクではない普通のかばんが自分と子供たちに一つずつ、計二つあるだけなのだ。御者にはみすぼらしい親子だと思われているかもしれない。でも、ある意味それは事実でしょう？

ヘレンは気の滅入る考えを振り払った。落ち込んでいる場合ではない。この計画をやり遂げるには、できる限り神経を研ぎ澄まし、説得力のある芝居を打たなければならないのだ。

貸し馬車から降り、あたりを見回す。目の前には古城が堅固に、静かにそびえていた。母屋は横長の長方形で、風雨にさらされた淡い薔薇色の石でできている。四隅から高く、円形の塔が突き出ていた。城の前には私道のようなものがあり、かつては砂利が敷きつめられていたのだろうが、今は雑草と土ででこぼこになっている。私道沿いに群生する木々が、強くなってきた風から旅人を守ろうと頑張っているかのようだ。城の向こうでは、黒い丘が闇の迫る地平線へとなだらかに続いていた。

「もういいか？」ヘレンたちのほうは見向きもせず、御者は御者台に跳び乗った。「それじゃ」

「ランタンくらい置いていってちょうだい！」ヘレンは叫んだが、馬車ががたがたと走り去る音が、その声をかき消した。ヘレンは愕然として馬車を見送った。

「暗いね」ジェイミーが城を見ながら言った。

「お母様、明かりが一つも見えないわ」アビゲイルも言った。その声は怯えていて、ヘレンも恐怖が押し寄せてくるのを感じた。城に明かりがついていないことに、今初めて気がついたのだ。もし、屋敷に誰もいなかったら？　どうすればいい？

そのときはそのときだ。ここで大人はわたし一人。子供を安心させてやるのが、母親の務めだ。

ヘレンはあごを引き、アビゲイルに笑いかけた。「ここから見えない裏のほうに、明かりがついているんだと思うわ」

その説明で納得したわけではなさそうだったが、アビゲイルはおとなしくうなずいた。ヘレンはかばんを二つ持って狭い石段を上り、巨大な木製のドアの前に立った。ドアは古びて黒っぽくなったゴシック様式のアーチの中にあり、蝶番と差し錠は鉄製で、実に古めかしい。

ヘレンは鉄製の輪を持ち上げてノックした。

その音は、ドアの向こうでもの悲しく響いた。

ヘレンはドアの前に立ち、誰も出てこないかもしれないという懸念を振り払った。風でスカートが舞い上がる。ジェイミーはブーツを石段にすりつけ、アビゲイルはほとんど聞こえないほど小さくため息をついた。

ヘレンは唇をなめた。「塔にいて聞こえないのかもしれないわ」

もう一度ノックする。

あたりはすでに暗く、太陽は沈みきり、日中の暖かさは消えていた。ロンドンの真夏はとても暑いが、北へ向かう道中、スコットランドの夜は夏でも冷え込むことがわかった。地平線近くで稲妻が光る。なんてわびしい場所なの！　わざわざこんなところに住みたがる人がいるなんて、まったく理解できない。

「出てこないわ」遠くで雷が鳴る中、アビゲイルが言った。「誰もいないんだと思う」

大きな雨粒が顔に落ちてきて、ヘレンは唾をのんだ。最後に通過した村は、一六キロも離れている。子供たちが雨宿りできる場所を見つけなければならない。アビゲイルの言うとおり。誰もいないのだ。

わたしはまた、子供たちに無駄な苦労をさせてしまったのね。

そう思うと唇が震えた。子供たちを失望させてしまった。子供たちの前で泣いちゃだめ。

「納屋か、離れが……」そう言いかけたとき、巨大な木製のドアが勢いよく開き、ヘレンは仰天した。

後ずさりし、階段を転げ落ちそうになる。最初、ドアの隙間が不気味なほど黒く見え、幽霊の手がドアを開けたのかと思ったくらいだ。だが、何かが動き、中に形あるものが見えた。男性が立っている。背が高く痩せていて、尋常ではない威圧感があった。ろうそくを一本だけ持っているが、光はまったく足りていない。隣には巨大な四本足の動物が控えている。ヘレンはこんなにも背の高い犬は見たことがなかった。

「何の用だ？」男性の声は低くてかすれていて、日ごろ声を出していないか、声を出しすぎているかのどちらかに思えた。発音は洗練されているが、口調には歓迎している様子はこれっぽっちもない。

ヘレンは口を開き、言うべき言葉を探した。男性は想像とはまったく違っていた。それに、隣にいる生き物はいったい何？

そのとき、稲妻が空を放射状に走った。近く、驚くほど明るいその光が、男性とその相棒を、舞台に立っているかのように照らし出す。獣は背が高く、灰色で痩せていて、ぎらりと光る黒い目をしていた。男性のほうはさらに恐ろしかった。もつれた細い黒髪を肩まで伸ばしている。古びた膝丈の半ズボン《ブリーチ》とゲートルに、ごみの山に埋もれていそうなごわついた上着といういでたちだ。無精ひげに覆われた顔の片側は、赤く腫れ上がった傷跡で引きつっている。明るい茶色の目が片方、稲妻を反射して悪魔じみた光を放った。

何より恐ろしいのは、左目があるべき場所に落ちくぼんだ穴しかなかったことだ。

アビゲイルが悲鳴をあげた。

悲鳴をあげられるのはいつものことだ。

サー・アリスター・マンローは、階段に立っている女性と子供たちをにらみつけた。背後では雨が水の壁を作る勢いで降りだし、子供たちは母親のスカートにしがみついている。子供、特に小さな子供は、必ずと言っていいほど悲鳴をあげ、アリスターの前から逃げ出す。時には、大人の女性でさえ同じ反応を見せる。去年はエジンバラのハイ・ストリートで、仕草の大げさな若い女性がアリスターを見たとたん卒倒していた。

アリスターはその無神経な女をひっぱたいてやりたかった。

だが実際は、三角帽を深くかぶり、外套を引き上げて顔の傷がある側を隠し、弱ったネズミのようにすばやく走って逃げた。都会や町での人々の反応は予想がつく。だから、人が大勢集まる場所にはあまり行かないようにしていた。けれど、自宅の玄関先で少女に悲鳴をあげられるとは思っていなかった。

「黙れ」

アリスターがどなりつけると、少女はさっと口を閉じた。

子供は二人いて、男の子と女の子だった。男の子は茶色い小鳥を思わせ、年は三歳にも八歳にも見える。子供を極力避けているアリスターに、年齢を判断する術《すべ》はなかった。女の子のほうが年上のようだ。肌は白く髪は亜麻色で、ほっそりした顔には大きすぎる青っぽい目でアリスターを見上げている。

母親の目も同じ色をしていることに、最後にしぶしぶ彼女に目をやって気がついた。美しい女性だ。それはそうだろう。雷雨の中、玄関に現れるのは、光り輝く美女と相場が決まっている。咲いたばかりのイトシャジンのような青紫色の目に、きらめく金色の髪、そしてどんな男も――アリスターのように傷を負った人間嫌いの世捨て人でさえ――ぐっとくる見事な胸をしていた。実に腹立たしいことであるが、人間の雄というものは、子をたくさん産んでくれそうな雌には自然とそういう反応を見せてしまうものだ。

「何の用だ？」アリスターはもう一度その女性に言った。

きっとこの親子は全員、知性に難があるのだろう。何しろ、三人とも黙ってアリスターを見つめているだけなのだ。女性の視線はアリスターの目のくぼみに向けられている。無理もない。いつもどおり、じゃまな眼帯は外しているのだ。この顔のせいで、今夜彼女は悪夢を見ることになるだろう。

アリスターはため息をついた。食卓に着いてオートミール粥とゆでたソーセージの夕食を食べようとしていたとき、ノックが聞こえたのだ。みすぼらしい食事が冷え、ますますまずくなりそうだ。

「カーライル邸なら、あっちに三キロ行ったところにある」アリスターは西のほうにあごをしゃくった。近隣の屋敷を訪ねようとして、道に迷ったに違いない。アリスターはドアを閉めた。

正確には、閉めようとした。

女性が隙間に足を差し込み、ドアが閉まらないようにしたのだ。アリスターは一瞬、ドアで足をはさんでしまおうかと思ったが、わずかに残った礼儀に阻まれて思い止まった。女性をにらみつけて説明を待つ。

女性のあごが上がった。「わたしはお宅の家政婦です」

これで知性に問題があることがはっきりした。おそらく、貴族同士で交配を重ねすぎたせいだろう。というのも、知性が欠如している割に、親子は高価な服を身につけていたのだ。その服装のおかげで、女性の言い分は余計に馬鹿げて聞こえた。

アリスターはため息をついた。「うちに家政婦はいない。さっきも言っただろう、カーライル邸は丘を越えたところに――」

女性は無謀にも、アリスターの言葉をさえぎった。「そういうことではありません。わたしはあなたの新しい家政婦です」

「もう一度言う。うちに、家政婦は、いない」女性の混濁した脳にも言葉が理解できるよう、アリスターはゆっくり言った。「それに、今後も家政婦を置くつもりはない。だから――」

「こちらはグリーヴズ城ですか？」

「そうだ」

「あなたはサー・アリスター・マンローですね？」

アリスターは顔をしかめた。「そうだが――」

　女性はアリスターを見てもいなかった。しゃがんで足元のかばんの一つをかき回している。アリスターはいらだちと困惑、そしてかすかな興奮を覚えながら、彼女を見つめた。ドレスの胸元を見下ろす体勢になったことで、すばらしい眺めが開けたのだ。信心深い人間なら、天のお告げだと思うだろう。

　女性は満足げな声をもらし、立ち上がって、いかにも嬉しそうにほほ笑んだ。「ありました。ヴェール子爵夫人からの手紙です。あなたの家政婦になるようにと、わたしをこちらに送り出してくださったのです」

　女性が差し出したのは、くしゃくしゃになった紙切れだった。

　アリスターは一瞬まじまじと見たあと、彼女の手から手紙をひったくった。ろうそくを掲げて紙を照らし、走り書きされた文面を読む。隣でディアハウンドのレディ・グレーが、夕食のソーセージには当分ありつけないと悟ったようだ。勢いよくため息をつき、玄関の板石に座り込んだ。

　降りしきる雨が絶え間なく私道をたたく音が耳に入り、アリスターは手紙を読むのをやめた。顔を上げる。レディ・ヴェールとは一度会ったことがあるだけだ。一カ月と少し前、夫のヴェール子爵、ジャスパー・レンショーとともに、招かれもしないのにここにやってきた。そのときはお節介な女性という印象はなかったが、この手紙には確かに、家政婦を雇ったほうがいいと書かれていた。こんなのどうかしている。ヴェールの奥方はいったい何を考えているんだ？　だがそもそも、女性の心理を測るなど不可能に近いことだ。この美しすぎる、服が豪華すぎる家政婦とその子供たちは、明日の朝、送り返せばいい。残念ながら、この親子がレディ・ヴェールの紹介で来ている以上、夜の闇の中に放り出すわけにはいかない。

アリスターは女性の青紫色の目を見た。「名前は何といった？」

荒野の春に昇る太陽のようにかわいらしく、女性は頬を染めた。

「申し遅れました。ヘレン・ハリファックスです。ミセス・ハリファックスです。お気づきのとおり、ここはひどく濡れます」

張りのあるその声に、アリスターは唇の片端を上げた。知性に問題はないようだ。

「そうか、では、お子さんたちも一緒に入ってくれ、ミセス・ハリファックス」

サー・アリスターの唇の端が上がり、ほのかな笑みが浮かんだのを見て、ヘレンは驚いた。幅広くしっかりしていて、柔らかそうで男らしい唇に目が引きつけられる。そのほほ笑みによって、彼が最初に思ったような怪物ではなく、人間の男性であることに気づかされた。当然ながら、ヘレンが見ていることに気づいたとたん、サー・アリスターは笑みを引っ込めた。一瞬にして石のように硬く、どこか皮肉めいた表情になる。

「入らないと、濡れる一方だ」

「ありがとうございます」ヘレンはごくりと唾をのみ、薄暗い玄関に足を踏み入れた。「ご親切でいらっしゃるのですね、サー・アリスター」

サー・アリスターは肩をすくめ、ヘレンに背を向けた。「まあね」

ひどい人！　かばんを持ちましょうかとも言ってくれない。もちろん、紳士は普通、家政婦の荷物は持たない。それでも、申し出てくれてもよさそうなものなのに。

ヘレンは両手に一つずつかばんを持った。「あなたたち、行くわよ」

サー・アリスターと、この城で唯一の明かりらしき彼の持つろうそくに置いていかれないためには、ほとんど小走りしなければならなかった。サー・アリスターの隣を歩く巨大な犬は痩せていて黒っぽく、背が高い。要するに、主人にそっくりだ。一行は広い玄関ホールを通り抜け、薄暗い廊下に差しかかった。前方でろうそくの光が揺れ、汚れた壁と、蜘蛛の巣が張った高い天井に不気味な影を投げかける。ジェイミーとアビゲイルはヘレンの両側を歩いていた。ジェイミーは疲れきっていてついてくるのがやっとのようだが、アビゲイルは早足で歩きながら左右をきょろきょろしている。

「汚すぎない？」アビゲイルがささやいた。

とたんにサー・アリスターが振り向いたので、ヘレンは最初、娘の言葉が聞こえたのかと思った。

「食事は？」

サー・アリスターが急に足を止めたせいで、ヘレンは彼の爪先につまずきそうになった。実際にはつまずきはしなかったが、距離が詰まりすぎた。ヘレンは首を伸ばしてサー・アリスターと目を合わせたが、彼は胸の近くでろうそくを持っていたため、その光で悪魔じみた顔が浮かび上がった。

「宿で軽食をいただきましたけど――」ヘレンは息を切らしてそう言いかけた。

「それならいい」サー・アリスターは言い、もとの方向に向き直った。角を曲がって姿を消す前に、肩越しに振り返って声をかける。「客用寝室に泊まってくれればいい。朝になったら馬車を雇うから、それでロンドンに帰ってくれ」

ヘレンはかばんを持ち上げ、追いつこうと駆け足になった。「でも、わたし本当に――」

サー・アリスターはすでに、狭い石の階段を上り始めていた。

「金のことは心配しなくていい」

ヘレンはしばらく階段の下で立ち止まったまま、硬そうな尻が徐々に上へと遠ざかっていくさまをにらみつけた。残念ながら、光も同じように遠ざかっていく。

「急いで、お母様」アビゲイルがヘレンを急き立てた。面倒見のいい姉らしくジェイミーの手を取り、すでに階段を上り始めている。

薄情な男は、踊り場で立ち止まった。「ミセス・ハリファックス、ついてきているか？」

「はい、サー・アリスター」ヘレンは歯ぎしりしながら言った。「ただ、レディ・ヴェールのおっしゃるとおり、試しに――」

「家政婦はいらないんだ」サー・アリスターはしゃがれた声で言い、ふたたび階段を上り始めた。

「そうは思えません」ヘレンはサー・アリスターの背後で息を切らした。「ここまで拝見した限りですが、このお城の状態を考えれば」

「それでも、わたしは今の暮らしを楽しんでいる」

ヘレンは目を細めた。どんな人間でも、たとえこの人のように野蛮そうな男性でも、汚れを楽しんでいるなんてありえない。「レディ・ヴェールから特に言われたのは――」

「わたしが家政婦を欲しがっているというのは、レディ・ヴェールの勘違いだ」

一同はようやく階段を上り終え、サー・アリスターは立ち止まって幅の狭いドアを開けた。部屋に入り、ろうそくを灯す。

ヘレンは足を止め、ホールからその様子を見ていた。サー・アリスターが戻ってくると、決然と目を合わせた。「あなたは家政婦を求めてはいないかもしれませんが、どこからどう見ても家政婦を必要としています」

サー・アリスターの唇の片端がふたたび上がった。「意見なら好きに言えばいいが、事実は事実だ。わたしはきみを必要としていないし、ここにいてもらう気もない」

サー・アリスターは片手を振り、部屋のほうを示した。子供たちが先に駆け込む。サー・アリスターは戸口から動かなかったので、ヘレンは横向きにじりじりと歩き、胸のふくらみが彼の胸に当たりそうになった。

すれ違うとき、サー・アリスターを見上げた。「言っておきますけど、わたしはあなたの気を変えてみせるつもりです、サー・アリスター」

サー・アリスターがうなずくと、よいほうの目がろうそくの光にきらめいた。

「おやすみ、ミセス・ハリファックス」

彼の背後でドアが静かに閉まった。

ヘレンは閉ざされたドアをしばらく見つめたあと、あたりを見回した。サー・アリスターが案内してくれた部屋は広く、雑然としていた。趣味の悪いカーテンがだらりと壁の一面を覆い、彫り模様入りの太い支柱のついた巨大ベッドが、部屋の中央を占めている。小さな暖炉が一つ、隅に設置されていた。反対側の隅は影に包まれているが、家具の輪郭が寄り集まっているところを見ると、物置として使われている部屋なのかもしれない。アビゲイルとジェイミーは巨大なベッドの上に倒れ込んでいた。二週間前なら、このように埃っぽいものには、子供たちを触れさせることすらしなかっただろう。

二週間前、ヘレンはまだリスター公爵の愛人だったのだ。

2

正直者は黒い城の前で足を止めた。四隅に一本ずつ塔がそびえ、夜空に高く、不気味に突き出している。向きを変えようとしたとき、巨大な木製のドアがきしみながら開いた。金と白のローブをまとい、人差し指に乳白色の石がついた指輪をはめた美貌の若者が立っていた。「こんばんは、旅のお方」若者は言った。「外は寒く風も吹いていますから、中へ入りませんか?」

そうだな。城は不吉だが、雪も舞っていることだし、暖かな暖炉も悪くない。正直者はうなずき、黒い城に入った……。

『正直者』より

暗かった。とても、とても暗かった。

アビゲイルは広いベッドに横たわり、城の暗闇に耳を澄ましていた。隣では、ジェイミーがいびきをかいて眠っている。アビゲイルのすぐそばにいて、できるだけぴったり身を寄せ、頭を肩に押し当てているため、熱い息が首にかかった。アビゲイルはベッドの端にいた。母親は反対側で静かな寝息をたてている。雨はやんでいたが、軒から雨粒が滴る規則的な音が聞こえた。小男が壁を歩いて、一歩ずつ近づいてくるみたい。アビゲイルは身震いした。

お手洗いに行きたい。

このままじっとしていれば、また眠れるはず。でも、そうすると、おねしょをしてしまうかもしれない。しばらくおねしょはしていなかったが、最後にしたときの恥ずかしさは今でも覚えている。子守のミス・カミングズに、自分のしたことをお母様に言いなさいと言われた。アビゲイルは朝食を戻しそうになりながら、何とか母親に打ち明けた。その結果、母は怒りはしなかったが、心配だわ、かわいそうに、と言わんばかりの目で見てきて、アビゲイルにはそのほうがずっとつらかった。

お母様をがっかりさせるのは絶対にいや。

母は時々、悲しそうな顔を向けてきたが、アビゲイルにはその理由がわかっていた。わたしがいい娘じゃないから。ほかの女の子たちのように声をあげて笑わないし、人形遊びもしない。友達もあまりいない。一人で過ごすのが好き。考え事をするのが好きだ。時には、勝手に考えて勝手に心配になることもある。でも、自分ではどうしようもない。どんなにお母様にがっかりされても。

ため息が出てきた。こんなことをしていてもしょうがない。室内便器を使おう。アビゲイルは静かに向きを変え、広いベッドの向こうに目をやったが、暗すぎて床は見えなかった。上掛けから片足を突き出し、ゆっくり脚を伸ばしていくと、足の指が一本だけ床に触れた。

何も起こらない。

床は冷たいが、ネズミも蜘蛛も、それ以外の気持ち悪い虫もいない。とりあえず、近くには。アビゲイルは息を吸い込み、ベッドから完全に抜け出した。ねまきが引っかかってずり上がり、脚が冷気にさらされる。ベッドの上でジェイミーがもごもご言い、母親のほうに寝返りを打った。

アビゲイルは立ったままねまきを直したあと、しゃがんでベッドの下から室内便器を引っ張り出した。スカートをたくし上げ、便器にまたがる。小便が便器に当たる音が室内に大きく響き、足音のような軒下の雨音をかき消した。

ほっとしてため息がもれる。

寝室のドアの外で、何かがきしんだ。アビゲイルは凍りついたが、錫《ピューター》の便器の中では相変わらずちょろちょろと音が続いている。誰かが廊下にいるのだ。サー・アリスターの傷ついた恐ろしい顔が思い出される。背の高い人だった。公爵様より高い。もし、あの人がわたしたちをお城から追い出しに来たんだったら、どうしよう？

それとも、もっとひどいことをするつもり？

アビゲイルは息を止めて待ったが、便器の上にしゃがんでいるせいで太ももは熱を帯び、尻は夜気に当たって冷えてきた。ドアの外で誰かが咳払いをし、痰を吐いた。長くずるりとした、水気を含んだ喉の音に、胸がむかむかする。その後、男はブーツで床をこすりながら歩き去った。

足音が聞こえなくなるのを待ってから、アビゲイルはすばやく立ち上がった。ベッドの下に便器を押し込んでベッドに這い上がり、自分とジェイミーの上に上掛けを引き上げる。

「何？」ジェイミーがつぶやき、ふたたびアビゲイルに体を寄せてきた。

「しいっ」アビゲイルは弟を黙らせた。

息をつめたが、聞こえるのは、ジェイミーが親指を吸う音だけだ。もうやってはいけないと言われていることだが、叱ってくれるミス・カミングズはここにはいない。アビゲイルは両腕でジェイミーをぎゅっと抱きしめた。

母に、ロンドンを離れなければならないと言われた。ミス・カミングズや、生まれてからずっと一緒にいた使用人たちと、この背の高いタウンハウスで暮らすことはもうできないのだと。きれいなドレスも絵本も、レモンカードの入ったおいしいスポンジケーキも、持っていくことはできないのだと。それはつまり、アビゲイルが知るすべてを手放すということだった。でも、お母様もこのお城がここまでひどいとは思わなかったのね？　廊下があれほど暗くて汚くて、ご主人様があんなに恐ろしいなんて。ここがこんなに怖い場所だと知ったら、公爵様も家に帰ってこいと言ってくれるんじゃない？

違うの？

アビゲイルは暗闇に横たわり、小男が壁を歩く音を聞きながら、ここがロンドンのおうちだったらいいのにと思った。

次の朝、窓から薄く差し込む日光で、ヘレンは目を覚ました。昨晩、朝日が昇ったらすぐに起きられるよう、カーテンを開けておいたのだ。ただ、薄汚れた窓ガラスからかろうじて差し込む弱々しい一本の光を、朝日と呼んでいいのかは疑問だった。ヘレンはため息をつき、カーテンの角で窓ガラスをこすったが、埃がねっとりとガラスの上で渦を巻いただけだった。

「こんなに汚いおうち、見たことない」アビゲイルが弟の様子を眺めながら、不満げに言った。

部屋の端にはクッションつきの椅子が乱雑に置かれていて、遠い昔に城主の奥方がそこに椅子をしまったまま、忘れてしまったように見えた。ジェイミーは椅子から椅子へと跳び移っている。新たな椅子に乗るたびに、クッションから埃が舞い上がった。小さな顔はすでにうっすらと埃に覆われている。

ああ、いったいどうすればいいの？　城は汚いし、主人は意地悪で礼儀知らずの野蛮な男だし、まず何から手をつけていいのかもわからない。

とはいえ、選択の余地があるわけではない。ヘレンはリスター公爵がどんな男か承知のうえで、彼のもとを去ったのだ。公爵は自分のものは何一つ手放さない。もう何年もヘレンとは寝ていないし、その間に別の愛人を作っているはずなのだが、それでもヘレンを自分の愛人だと思っている。自分の所有物だと。ヘレンの子供たちも自分のもの。自分が父親だと考えているのだ。たとえ何年もの間、子供たちにかけた言葉といえば二言くらいしかなく、正式に認知すらしていないとしても。

リスターは自分のやり方を貫く。ヘレンがアビゲイルとジェイミーを連れて逃げようとしていることに気づけば、子供たちを奪いに来るだろう。それは間違いなかった。八年ほど前、アビゲイルがまだ赤ん坊だったころに一度、別れ話を切り出したことがあった。ある日、ヘレンが午後の買い物からタウンハウスに戻ったところ、アビゲイルの姿はなく、子守が涙に暮れていた。リスターは一晩中赤ん坊を返してくれなかった。その夜のことは今も夢に見るほどだ。心配のあまり、病気になりそうだった。リスターはその後、赤ん坊を抱いてぶらりとやってきて、娘を手元に置きたいなら今までどおり関係を続けるようにと言いわたした。おまえはわたしのもので、何も、誰もそれを変えることはできないのだと。

だから、リスターのもとを去ると決めたとき、後戻りができないことはわかっていた。子供たちの安全を守りたいなら、絶対にリスターに見つかってはいけない。そこで、レディ・ヴェールの協力のもと、借り物の馬車でロンドンを離れた。北に向かう道沿いの一軒目の宿で馬車を乗り換え、その後もできるだけ馬車を替えながら進んだ。交通量の少ない道を選び、極力人目につかないよう気をつけた。

家政婦としてサー・アリスターのもとに身を寄せるというのは、レディ・ヴェールの案だった。グリーヴズ城は社交界からははるか遠くにあり、リスターもそんなところまでは探しに来ないと言うのだ。その点では、確かにサー・アリスターの地所は隠れ家にうってつけだ。でも、このお城がここまでひどい状態にあることを、レディ・ヴェールは知らなかったんじゃないかしら？

それに、主《あるじ》があんなに頑固な人だということも。

一歩ずつ進めばいい。ほかに行くところはない。これがわたしの選んだ道なのだから、成功させるしかない。失敗したときにどうなるかなんて、考えても仕方がない。

ジェイミーがぎこちない動きで椅子に跳び乗り、ずるずるすべり下りたせいで、大量の埃が舞い上がった。

「やめなさい」ヘレンはぴしゃりと言った。

子供たちは二人とも母親を見た。ヘレンが声をあげるのは珍しいことだ。とはいえ、二週間前までは、子供たちの面倒を見てくれる子守がいたのだ。ヘレンは気が向いたときだけ子供たちに会えばよかった。寝る前、午後のお茶の時間、公園での散歩。母も子も、楽しい気分でいるときばかりだ。アビゲイルかジェイミーが疲れたり、怒ったり、機嫌が悪くなったりしたときは、いつでもミス・カミングズの手に返すことができた。残念ながら、そのミス・カミングズはロンドンに置いてきている。

ヘレンは息を吸い、気分を鎮めようとした。「仕事の時間よ」

「仕事って?」ジェイミーがたずねた。立ち上がって、自分と一緒に床に落ちたクッションを蹴り始める。

「サー・アリスターは、朝になったら出ていけと言ってたわ」アビゲイルが言った。

「ええ、でも、考え直してほしいと頼むことはできるでしょう?」

「わたし、おうちに帰りたい」

「おうちには帰れないのよ。その話はもうしたでしょう」ヘレンは励ますようにほほ笑んだ。リスターに見つかったら何をされるかは言っていない。子供たちを怖がらせたくはなかった。

「サー・アリスターには、お城をお掃除して、整理整頓してくれる人が必要だと思わない？」

「まあね」アビゲイルは言った。「でもあの人、お城を汚くしてるのが好きだって」

「そんなの嘘よ。たぶん、恥ずかしくて手伝ってほしいって言えないのよ。それに、困っている人を助けるのはキリスト教徒としての務めだし、サー・アリスターはすごく困っているように見えるわ」

アビゲイルは疑わしそうな顔をした。

口が達者な娘にこれ以上反論される前にと、ヘレンは両手を打ち合わせた。「さあ、一階に下りて、料理人にサー・アリスターのためのおいしい朝食を作らせて、わたしたちにも食べるものを出してもらいましょう。そのあと、料理人やメイドたちと、お城の掃除と運営を上手にやる方法を話し合うわ」

朝食の話が出たので、ジェイミーも背筋を伸ばした。ヘレンがドアを開け、三人はくっついて外の狭い廊下に出た。

「昨日の夜はこっちから来たんだと思うわ」ヘレンは言い、右方向に歩きだした。

実際には、それはサー・アリスターの案内で通った道とは違っていたが、何度か間違った方向に曲がりながらも、やがて城の一階に下りることができた。城の奥の厨房がありそうな方向に進んでいるとき、ヘレンはアビゲイルがわざとのろのろ歩いていることに気づいた。

アビゲイルは急に足を止めた。「あいさつしなきゃだめ？」

「誰に？」ヘレンはたずねたが、答えはよくわかっていた。

「サー・アリスター」

「お姉様はサー・アリスターが怖いんだ！」ジェイミーがはやし立てた。

「違うわ」アビゲイルはむきになって言った。「すごく怖いってわけじゃないの。ただ……」

「昨日、あの人にびっくりして、悲鳴をあげていたわね」ヘレンは言った。廊下の薄汚れた壁を見ながら、娘にかけてやる言葉を探す。アビゲイルはとても感じやすい子供だ。少し怒られただけで、何日もふさぎ込むことがあった。「あなたが戸惑うのはわかるけど、サー・アリスターの気持ちも考えてあげないとね。若い淑女に悲鳴をあげられるっていうのは、あんまりいい気分じゃないはずよ」

「嫌われたわ」アビゲイルはささやき声で言った。

ヘレンの胸は痛いほどに締めつけられた。母親であることは、時にとても難しい。子供たちを世間と本人の弱さから守ってやりたいと思いながら、同時に道徳と礼儀も教え込まなければならないのだ。

「嫌われてはいないと思うわ」ヘレンは優しく言った。「でも、謝らなきゃいけないいんじゃないかしら？」

アビゲイルは何も言わなかったが、こくりとうなずいた。ほっそりした顔は青ざめ、不安そうな表情が浮かんでいる。

ヘレンはため息をつき、ふたたび厨房のほうに歩きだした。朝食を食べれば、たいていの物事はよい方向に向かうはずだ。

ところが、グリーヴズ城にはほとんど食べ物がなかった。厨房はだだっ広く、ひどく古めかしい部屋だった。漆喰の壁と丸天井はかつては白塗りだったのだろうが、今は薄汚れた灰色になっている。壁一面を占める洞穴のような炊事炉は、すす払いの必要があった。戸棚に積まれた鍋の埃から察するに、ここで調理が行われることはほとんどないのだろう。

ヘレンはうろたえ、厨房内を見回した。テーブルの一つに汚れた皿が一枚置かれ、ここで誰かが最近食事をしたことがうかがえる。どこかに食品が入った食料貯蔵室《パントリー》があるはずよね？　ヘレンはほとんどパニック状態で、戸棚や引き出しを開け始めた。一五分後、戦利品をまじまじと眺めた。ぱさついた小麦粉が一袋、オーツ麦が少し、紅茶の葉、砂糖、一握りの塩。パントリーで、からからになった小さな筋状のベーコンが一枚ぶら下がっているのも見つけた。それらの食品を見つめながら、これで何が作れるかしらと考えているとき、ようやく自分が置かれた状況の本当の恐怖に気づいた。

料理人がいないのだ。

それどころか、今朝になってから一人も使用人を見ていない。洗い場女中《スカラリー・メイド》も、従僕も。靴磨きの少年も、客間女中《パーラー・メイド》も。サー・アリスターは、使用人を一人も置いていないの？

「お母様、お腹がすいたよ」ジェイミーが悲しげに言った。

ヘレンはこの先待ち受ける膨大な仕事量に唖然とし、しばらくぼんやりと息子を見ていた。

頭の奥で小さな声が叫んでいる。〝こんなの無理！　わたしにはできない！〟

だが、選択の余地はない。これをやり遂げるしかないのだ。

ヘレンはごくりと唾をのみ、頭の中の叫び声にばさりと毛布を掛けて、腕まくりをした。

「仕事に取りかかったほうがよさそうね？」


アリスターは古い包丁を手にして、今朝届いたばかりの分厚い手紙の封を切った。表には大きく、くりくりした判読しづらい文字でアリスターの名前が書かれていて、それを見たとたん差出人がわかった。ヴェールがまたもロンドンに来いと熱心に勧めるか、その類《たぐい》の戯言を書いてきたのだろう。ヴェール子爵はしつこい男で、相手が無関心なことなどお構いなしなのだ。

アリスターは城の中で最も大きな塔の中にいた。背の高い窓が四枚、曲線状の外壁に等間隔ではめ込まれていて、そこから光がたっぷり差し込むため、研究には最適な場所だ。部屋の大部分を、三つの広いテーブルが占めている。テーブルには開いた本、地図、動物や昆虫の標本、虫眼鏡、絵筆、葉や花を保存するための重し、興味深いさまざまな石、樹皮、鳥の巣、鉛筆画が所狭しと置かれている。壁際には窓を避けるようにガラスケースと本棚が並び、本や地図、各種刊行物や科学専門紙が入っていた。

ドアの脇には小さな暖炉があり、暖かい日でも火を入れている。年老いたレディ・グレーは、暖炉の前の小さな敷物の上で温まるのが好きなのだ。今もそこで四肢を投げ出し、朝の居眠りをしている。アリスターはデスクとして使っているいちばん大きなテーブルの前で作業をしていた。さっきまでレディ・グレーと朝の散歩に出ていた。散歩の距離は以前より短くなり、ここ二週間は、レディ・グレーと歩調を合わせるにはアリスターが歩幅を縮めなければならなかった。そのうち、散歩にも連れていけなくなるだろう。

だが、それは今心配することではない。アリスターは手紙を開き、暖炉の火が穏やかにはぜる音を聞きながら、じっくり読んだ。まだ朝早く、昨夜の思いがけない客は今も眠っているはずだ。本人は家政婦だと言い張っていたが、ミセス・ハリファックスは社交界に属する淑女にしか見えなかった。きっと、賭けでもしているのだろう。忌まわしい傷を帯び、城に引きこもっているサー・アリスターに立ち向かえと、どこかの貴婦人にけしかけられたのだ。その恐ろしい想像に、アリスターは恥ずかしさと怒りを覚えた。だが、彼女はわたしの顔を見てショックを受けていたではないか。少なくともゲームの一環ではないということだ。そもそも、レディ・ヴェールはその手の企みに加担するような軽薄な女性ではない。

アリスターはため息をつき、手紙を目の前のテーブルに放り出した。家政婦に扮した女性を送り込むという奥方の計画については、少しも触れられていない。書かれていたのは、スピナーズ・フォールズの裏切り者に関する新情報と、マシュー・ホーンの死についてだった。ホーンは真犯人ではなく、手がかりも絶たれてしまったらしい。

アリスターは眼帯の縁を軽くなぞりながら、塔の窓の外を見た。スピナーズ・フォールズは、六年前の植民地アメリカで、第二八歩兵連隊が待ち伏せされた場所だった。連隊のほぼ全員が、フランス軍と同盟を結んでいた先住民のワイアンドット族に虐殺された。アリスターらわずかに生き残った者たちは、ニューイングランドの森の中を歩かされた。そして、先住民の野営地に着くと……。

アリスターは手を下ろし、手紙の角に触れた。アリスターは第二八連隊の一員ですらなかった。民間人の立場だった。ニューイングランドの動植物を発見、記録する任務を帯び、あと三カ月でイギリスに帰れるというときに、運悪くスピナーズ・フォールズに足を踏み入れてしまった。あと三カ月。当初の計画どおり、イギリス陸軍のほかのメンバーとともにケベックに留まっていれば、スピナーズ・フォールズには行ってもいなかったのだ。

アリスターはていねいに手紙をたたんだ。ヴェールと、同じく生き残りの一人である植民地民のサミュエル・ハートリーは、第二八連隊がスピナーズ・フォールズで裏切りに遭ったことの証拠をつかんでいた。裏切り者がフランス軍および同盟関係にあったワイアンドット族に、連隊がスピナーズ・フォールズを通過する日時を教えたのだ。ヴェールとハートリーはこの裏切り者を突き止め、その名を公にし、罰するつもりだった。アリスターは手紙を軽くデスクに打ちつけた。ヴェールが訪ねてきて以来、裏切り者のことが頭から離れない。善良な人間が大勢死んだのに、裏切り者は今も野放しにされてのうのうと生きているのだと思うと、耐えられなかった。

三週間前、アリスターはついに行動を起こした。裏切り者がいるなら、フランス軍とかかわりのある人間であることはほぼ間違いない。裏切り者を探し出すのに、フランス人に話を聞く以上の方法があるだろうか？　そこで、フランスにいる学者仲間のエティエンヌ・ルフエーヴルに手紙を書き、スピナーズ・フォールズに関する噂を聞いたことはないかと問い合わせた。以来、エティエンヌからの返信を今か今かと待っている。アリスターは顔をしかめた。相変わらずフランスとの関係は悪いが、それでも……。

塔のドアが開き、考え事は中断された。ミセス・ハリファックスが盆を持って入ってきた。

「いったい何をしているんだ？」アリスターはしゃがれた声で言ったが、驚いたせいで思ったより語気が強くなった。

ミセス・ハリファックスは足を止め、幅の広いかわいらしい口を不服そうにへの字に曲げた。「朝食をお持ちしました」

どんな朝食が作れたというのだとたずねたい気持ちを、やっとの思いでこらえる。城のネズミを捕まえてフライにでもしない限り、食料はほとんどない。最後のソーセージは昨夜食べてしまった。

ミセス・ハリファックスは前に進み出て、昆虫に関する非常に貴重なイタリアの研究書の上に盆を置こうとした。

「そこはやめろ」

アリスターの命令に、ミセス・ハリファックスは軽く身をかがめたまま凍りついた。

「ちょっと待ってくれ」アリスターは急いで椅子のそばの床に書類を積み上げ、デスクの上を空けた。「ここへ」

ミセス・ハリファックスは盆を置き、皿の上の覆いを取った。皿には黒焦げ寸前まで焼かれたぼろぼろのベーコンの薄切りが二切れと、小さな硬いビスケットが三つのっていた。皿の横にはオートミール粥が入った大きなボウルと、墨のように真っ黒な紅茶のカップが置かれている。

「ティーポットでお持ちしたかったのですが」ミセス・ハリファックスは言いながら、せかせかとデスクの上に食器を並べた。「見当たらなかったんです、ティーポットが。それで、お鍋で紅茶を煮出すことになってしまって」

「先月割れたんだ」アリスターはぶつくさ言った。これは何の陰謀だ？　しかも、このお粗末な代物を彼女の前で食べろというのか？

顔を上げたミセス・ハリファックスの頬は薔薇色で、目は青くきらめいていた。ああ、忌々しい。「何がですか？」

「ティーポットだ」よかった、今朝は眼帯をしている。「ミセス・ハリファックス、その、親切はありがたいんだが、こんなことはしてくれなくていいんだ」

「たいしたことじゃありませんわ」ミセス・ハリファックスは言ったが、そんなはずがない。厨房の状態はよくわかっていた。

アリスターは目を細めた。「今朝はもう帰ってくれるものと――」

「新しいのを調達しなくちゃいけませんわね？　ティーポットを」突然耳が聞こえなくなったかのように、ミセス・ハリファックスは言った。「紅茶をお鍋で煮出したのでは、味が変わってしまいますもの。陶器のティーポットがいちばんだと思うんです」

「馬車を呼ぶ――」

「金属製のほうがいいと言う人もいます――」

「村から――」

「もちろん銀器はお高いですけど、質のいい小さな錫のティーポットなら――」

「だから、もうわたしのことは放っておいてくれ！」

アリスターの最後の言葉は、どなり声のように響いた。レディ・グレーが暖炉の前からこちらを向く。ミセス・ハリファックスは、青紫色の大きな目でアリスターを見つめた。

そして、色っぽい唇を開いて言った。「錫のティーポットを買うお金はお持ちですよね？」

レディ・グレーは息を吐き、暖炉のぬくもりのほうに向き直った。

「ああ、錫のティーポットくらい買える！」ミセス・ハリファックスの戯言に乗ってしまったことにいらだち、アリスターは一瞬目を閉じた。「だが、きみはできるだけ早く出ていって――」

「馬鹿なことを」

「何だと？」アリスターはきわめて穏やかに噛みついた。

ミセス・ハリファックスは生意気そうにあごを上げた。「馬鹿なことを、と申し上げたのです。旦那様がわたしを必要としているのは明らかです。お城にほとんど食料がないことはご存じですか？　ええ、もちろんご存じでしょうけど、それではいけません。そんなことではいけないのです。村にティーポットを買いに行くついでに、ほかの買い物もしてきます」

「その必要は――」

「まさか、わたしたちにオーツ麦と筋状のベーコンしか食べさせないおつもりではないでしょうね？」ミセス・ハリファックスは腰に両手を当て、そのしぐさにふさわしい目つきでにらんできた。

アリスターは顔をしかめた。「もちろんわたしは――」

「子供は新鮮な野菜をとらなければなりません。旦那様も同じです」

「そんなことは――」

「今日の午後、村に行ってもよろしいですよね？」

「ミセス・ハリファックス――」

「それからティーポットですが、陶器と錫はどちらがお好みですか？」

「陶器だが――」

アリスターは誰もいない空間に向かってしゃべっていた。ミセス・ハリファックスはすでに部屋を出て、静かにドアを閉めていた。

アリスターはドアを見つめた。これまで生きてきて、これほどの大敗を喫したことはない。しかも、昨夜は頭が弱いようにさえ見えた、細っこくかわいらしい女性を相手に。

レディ・グレーは、ミセス・ハリファックスが出ていくのを見て顔を上げた。前足に頭をのせ、哀れむような目でアリスターを見ている。

「少なくとも、ティーポットの素材はわたしが選んだよ」アリスターは言い訳するようにつぶやいた。

レディ・グレーはうなり、そっぽを向いた。

ヘレンは塔のドアを閉めたあと、思わずにやりとほほ笑んだ。やったわ! 意地悪なサー・アリスターとの勝負は、今回はヘレンが完全に勝ちを収めた。彼がドアの前にやってきて呼び戻される前にと、急いで塔の階段を下りる。階段は古い石造りで、すり減っていて奥行きが狭く、塔の壁もやはり石がむき出しになっている。階段を下りきると、ドアが現れた。その先の狭い廊下も薄暗くてかびくさかったが、少なくとも壁は板張りで、床にはカーペットが敷かれていた。

サー・アリスターの朝食が冷めきっていないことを願ったが、もし冷めていたとしても、それは本人の責任だ。今朝、サー・アリスターを見つけ出すには時間がかかった。陰気な上階を探し回ったあとで、塔という選択肢を思いついた。子供たちを脅かそうとするおとぎ話の魔物のように、彼が古い塔に潜んでいるところが頭に浮かんだのだ。顔を見ても動揺しないよう、気を引き締めてからドアを開けた。幸い、今朝のサー・アリスターは眼帯をつけていた。だが、髪は相変わらず肩まで垂らし、ひげも一週間以上剃っていないように見えた。あごは無精ひげで黒ずんでいた。他人を威嚇するためにわざとそうしているのだと言われても、意外でも何でもない。

そして、あの手。

手のことを思い出し、ヘレンは足を止めた。昨夜は気づかなかったが、今朝はヘレンが塔のドアを開けたとき、サー・アリスターは真ん中の二本の指と親指で紙を持っていた。右手の人差し指と小指はなかった。何があって、指を二本も失ったの？　何か事故にでも遭ったのかしら？　顔の傷と目も、その恐ろしい事故が原因？　もしそうなら、あの人は哀れみも、同情さえも受けつけないでしょうね。

ヘレンは唇を噛んだ。さっき見たサー・アリスターの姿に、良心がちくりと痛んだ。彼はぶっきらぼうで、だらしがなかった。無礼で、冷ややかだった。昨夜の印象とそう変わらない。だが、それだけではなかった。巨大なテーブルの前に座り、本と書類とがらくたの陰に身を潜めたその姿は……。

寂しそうだった。

ヘレンはまばたきし、薄暗く短い廊下を見回した。もう、つまらないことを考えないの。本人にこの印象を告げたら、恐ろしく辛辣な言葉が返ってくるに決まっている。こんなにも他人の気づかいを受け入れたがらない人間には、会ったことがなかった。それでも、事実は変わらない。サー・アリスターは寂しそうに見えた。人里を離れ、だだっ広い汚れた城にただ一人、一匹の巨大な犬だけを伴侶として暮らしているのだ。どれほど人間嫌いに見える人でも、こんな環境で心から幸せを感じることができるかしら？

ヘレンは頭を振り、厨房に向かって歩きだした。今の生活に、そんな感傷が入り込む余地はない。甘ったるい感情に身を任せる余裕などなかった。一度感情に流されてしまったばかりに、こんなことに――恐怖心から子供たちを連れて逃避行をするはめになったのだ。城とその主人に関しては、現実だけを見たほうがいい。心配しなければならないのは、アビゲイルとジェイミーのことだ。

角を曲がると、厨房のほうから叫び声が聞こえてきた。どうしよう！　浮浪者かどこかの悪漢が、厨房に忍び込んできたのだとしたら？　アビゲイルとジェイミーしかいないのに！　ヘレンはスカートを持ち上げて廊下を走り抜け、息を切らして厨房に駆け込んだ。

目に飛び込んできた光景は、不安を鎮めてはくれなかった。ずんぐりした小柄な男が腕を振り回し、目の前に並んだ子供たちに向かって叫んでいる。アビゲイルは決然と両手で鉄のフライパンを持っていたが、顔は青ざめていた。その背後で、ジェイミーが目を見開いて興奮した表情で、片足ずつぴょんぴょん跳ねている。

「おまえたち！　他人の家に勝手に入るのは、泥棒か人殺しだ！　吊し首になっても文句は言えないぞ！」

「出ていきなさい！」ヘレンは叫んだ。子供たちに熱弁をふるっている男に近づく。「出ていけって言ってるの！」

ヘレンの声に小男は跳び上がり、すばやく振り向いた。ぶかぶかのブリーチの上に脂ぎったベストを着て、継ぎ当てのされたストッキングを履いている。髪は白髪まじりの赤毛で、頭の左右からふわふわした雲のように突き出していた。

目は飛び出ているが、ヘレンを認めるとその目が細くなった。「誰だ?」

ヘレンは胸を張った。「ミセス・ハリファックス。サー・アリスターの家政婦よ。さあ、この厨房から出ていかないと、サー・アリスターを呼ぶことになるわ」

小男はあえいだ。「そんな馬鹿な話があるかい。ここに家政婦なんかいやしない。わたしはサー・アリスターの下で働いてるんだ。家政婦がいるならそうと聞いてるよ!」

ヘレンは当惑し、この感じの悪い男をまじまじと見つめた。サー・アリスターは使用人をいっさい置いていないものだと決めつけていた。それも暗い見通しではあるが、この意地悪な男の使用人がいるよりはましな気がしてくる。

「名前は?」ようやくヘレンは問いかけた。

小男は貧相な胸を張った。「ウィギンズだ」

ヘレンはうなずき、腕組みをした。ロンドンの生活で一つ学んだのは、自分をいびろうとする人間に不安な様子を見せてはいけないということだった。

「そう、では、ミスター・ウィギンズ、サー・アリスターは今までは家政婦を雇っていなかったのかもしれないけど、今は雇っていらっしゃって、わたしがその家政婦なの」

「馬鹿を言うな!」

「これは本当のことよ。もっと言うなら、あなたもこの状況に慣れたほうがいいわ」

ミスター・ウィギンズは考え込むように尻をかいた。「そうか、もしそれが本当なら、あんたはきつい仕事を山のようにやらなくちゃいけないよ」

「そのようね」ヘレンは口調をやわらげた。この小男が、城の厨房に見知らぬ人間がいるのを見て驚いたのは確かなようだ。「ミスター・ウィギンズ、手を貸していただけると助かるわ」

「あ、まあ」ミスター・ウィギンズはどっちつかずの返事をした。

ヘレンは今のところは追及せずにおいた。「さてと。朝食はいかが?」

「けっこうだ」ミスター・ウィギンズはのろのろと廊下に向かった。「旦那様のところに行って、今日やることを聞いてこなきゃならんからな」

そして、厨房から出ていった。

アビゲイルは鉄のフライパンをテーブルに置いた。「あの人、くさい」

「そうね」ヘレンは言った。「でも、そのことであの人を責めてはいけないわ。ただ、わたしがそばにいないときは、あの人に近寄らないようにしてほしいの」

ジェイミーは勢いよくうなずいたが、アビゲイルは心配そうな顔をしただけだった。

「はい、この話はもう終わり」ヘレンはきびきびと言った。「食器を洗って、厨房の掃除に取りかかりましょう」

「この厨房を掃除するの?」ジェイミーはぽかんと口を開け、天井からぶら下がった蜘蛛の巣を見上げた。

「もちろんよ」ヘレンは力強く言い、ちくりとした胃の痛みには気づかないふりをした。厨房はものすごく汚れている。「ほら。お皿を洗うきれいな水を汲みに行きましょう」

三人は今朝、馬小屋の庭の隅で古いポンプを発見していた。ヘレンはそこでバケツ一杯分の水を汲んだが、朝食を作るのに全部使ってしまった。そこで、ジェイミーがブリキのバケツを持ち、三人で馬小屋の庭に向かった。ヘレンは両手でポンプの取っ手を握り、子供たちを励ますようにほほ笑みかけてから、それを引き上げた。残念ながらポンプはかなり錆びついていて、動かすには力が必要だった。

一〇分後、ヘレンは汗で湿った髪を額から払いのけ、半分しか水が入っていないバケツに目をやった。

「あんまり入ってない」アビゲイルが疑わしげに言った。

「ええ、まあ、とりあえずはこれで足りるでしょう」ヘレンはあえいだ。バケツを持って厨房に引き返し、そのあとを子供たちがついてくる。

バケツを置いたヘレンは、唇を噛んだ。皿を洗うには水を温めなければならないが、火は朝食のあと消えてしまっていた。燃えさしが数本だけ、炊事炉の灰の中で光っている。

ヘレンが落胆し、炉床を見つめて立ちつくしていると、ミスター・ウィギンズが厨房に入ってきた。ヘレンとみすぼらしい水のバケツを見比べ、うなるように言う。

「ご立派な始まりだな？　なんとまあ、厨房がぴかぴかになりすぎて、目がくらみそうだ。でも、心配はいらない。あんたはここにいなくてよくなった。旦那様から、村に行って馬車を呼んでくるよう言いつかったよ」

ヘレンはうろたえ、背筋を伸ばした。「そんなことしてくれなくていいのよ、ミスター・

ウィギンズ」

ミスター・ウィギンズは鼻を鳴らしただけで出ていった。

「お母様」アビゲイルが静かに言った。「サー・アリスターが馬車を呼んでおうちに帰してくれるのなら、厨房の掃除はしなくていいんじゃないかしら」

ヘレンは突然、何もかもがいやになった。わたしは家政婦じゃない。厨房の掃除の仕方なんて知らないし、暖炉の火を絶やさずにいることもできない。これほど手に負えない仕事に取り組もうなんて、いったいどういうつもり？　きっと、サー・アリスターの言うとおりなのだ。

負けを認め、馬車に乗って城を離れるべきなのだ。

3

黒い城は洞穴を思わせる陰鬱さで、曲がりくねった廊下がいくつも続いていた。正直者は美貌の若者についていき、ずいぶん長い間歩いたが、誰にも会わなかった。若者の案内で広い食堂にたどり着くと、ロースト肉と上質なパン、ありとあらゆる異国の果物をふるまわれた。こんなに豪華な食事をするのは久しぶりだったので、すべてありがたくたいらげた。正直者が食べている間、若者は席に着き、ほほ笑んでその様子を眺めていた……。

『正直者』より

ヘレンは馬車の壁にもたれて曲がり角をやり過ごし、やがて城は視界から消えた。

「とっても汚いお城だったわね」アビゲイルが向かいの席から言った。

ヘレンはため息をついた。「そうね」

とっても汚い城と、不機嫌な主人。ヘレンはその両方に打ち負かされた。待たせてある貸し馬車に乗るために外に出たとき、高い塔の窓で何かが動くのが見えた。おおかた、サー・アリスターがヘレンの敗走を見てほくそ笑んでいたのだろう。

「ロンドンのおうちのほうがずっとすてきだわ」アビゲイルは言った。「公爵様もわたしたちが帰ってきたら喜んでくださると思うし」

ヘレンは目を閉じた。違う。違うの。アビゲイルは馬車がロンドンの自宅に向かっていると思っているようだが、それは論外だった。リスターが両手を広げて迎えてくれることはない。子供たちを連れ去り、ヘレンを路上に放り出すのだ。

それも、運がよければの話。

ヘレンはアビゲイルを見て、笑顔を作ろうとした。「あのね、ロンドンには帰らないの」

アビゲイルの顔がくもった。「でも――」

「ほかに住む場所を探さなきゃいけないのよ」隠れる場所を。

「ぼく、おうちに帰りたい」ジェイミーが言った。

こめかみが痛み始めた。「おうちには帰れないの」

ジェイミーは下唇を突き出した。「ぼく――」

「それはどうしても無理なのよ」ヘレンは息を吸い込み、語気をゆるめて続けた。「ごめんなさい。お母様は頭が痛いの。この話はあとにしましょう。とりあえず、ほかに住む場所を見つけなくちゃいけないってことはわかってちょうだい」

そうは言っても、どこへ行けばいいの？　グリーヴズ城は不潔で、主人は扱いづらいことこのうえなかったが、隠れ家としては申し分なかった。ヘレンはスカートを手でたたき、裏にぶら下がっている小さな革の袋を確かめた。中には硬貨が少しと、大量の宝石が入っている。リスターからの贈り物を貯めておいたものだ。金はあっても、子供を二人連れた単身女性が、詮索されずに滞在できる場所を見つけるのは難しいだろう。

「おとぎ話の本を読んであげようか？」アビゲイルが静かな声で言った。

ヘレンはアビゲイルを見てほほ笑もうとした。時々、この子は本当にかわいらしい。

「ええ、お願い。そうしてもらえると嬉しいわ」

アビゲイルはほっとしたように表情をやわらげ、身をかがめてかばんの中を漁り始めた。隣では、ジェイミーが座席の上を飛び跳ねていた。「鉄の心臓《アイアン・ハート》を持つ男のお話を読んで！」

紙束を取り出したアビゲイルは慎重にページをめくり、やがてお目当ての箇所にたどり着いた。咳払いをし、ゆっくり読み始める。「昔々、長きにわたる戦争が終わり、故郷へ帰還する四人の兵士がやってきた……」

ヘレンは目を閉じ、娘の高く澄んだ声に身を浸した。アビゲイルが読んでいるおとぎ話の〝本〟は、実際には製本されていないただの紙束だった。原典はドイツ語で書かれていて、それをレディ・ヴェールが友人のレディ・エメリーン・ハートリーのために訳したものだ。レディ・ヴェールはヘレンと子供たちを北に送り出すとき、いずれレディ・エメリーンに渡せるよう、それを清書してほしいとヘレンに頼んでいた。スコットランドへの長旅の間中、ヘレンは子供たちにその話を読み聞かせていたので、今ではすっかりおなじみになっている。

ヘレンは窓の外に目をやった。紫と緑の丘がなだらかに広がり、グレンラーゴという小さな村が近づいてきていた。今もサー・アリスターの家政婦をしていれば、この村で食料品が買えただろう。しなびたベーコンやオーツ麦よりも、ずっとおいしそうなものが。

ああ、わたしがこんなにも役立たずじゃなければ！　大人になってからずっと、裕福な紳士のなぐさみものとして過ごしてしまった。実用的な技能は何も身についていないのだ。

いや、それは言いすぎかもしれない。遠い昔、まだリスターの愛人でもなく、家族との縁も切っておらず、若くて無垢だったころには、父親の回診の助手をしていた。父はすこぶる評判のいい医者で、患者の家を訪ねるときはヘレンもついていくことがあった。といっても、若い娘には生々しすぎるとされている医療行為を手伝うことはなかったが、メモ帳を携え、往診したさまざまな患者に対する父の所見を記したり、予約のカレンダーを作ったり、リストを作成したりした。

大量のリストを。

ヘレンは父親の助手であり、リストのまとめ役だった。父の生活と仕事を管理する役目を負っていた。大きな仕事ではなかったが、重要な仕事ではあった。よく考えてみると、家政婦の仕事というのもそういうことじゃないの？　確かに掃除や家事の仕方も知っていなきゃいけないけど、実際の作業はほかの人に任せることが多いんじゃない？

ヘレンが急に背筋を伸ばしたので、アビゲイルは言葉につまり、朗読をやめた。

「お母様、どうしたの？」

「ちょっと静かにして。考えたいの。いいことを思いついたから」

馬車はグレンラーゴの外れまで来ていた。ロンドンに比べれば小さな村だが、遠くの街まで出かけなくても生活できるだけのものはここにすべて揃っている。店、職人、雇える人材。

ヘレンは揺れる馬車の中で中腰になり、天井をたたいた。

「停めて！　ねえ、馬車を停めてちょうだい！」

馬車は急停止し、ヘレンは背中から座席に倒れ込みそうになった。

「これからどうするの？」ジェイミーが興奮したようにたずねた。

そんな息子に、ヘレンは笑いかけずにはいられなかった。「援軍を頼むのよ」


アリスターは午後を塔で書き物をして——少なくとも、しようとして過ごした。ここ何日も、文章がうまく組み立てられない。今日もアナグマに関する小論文を書こうとしたところ、取消線だらけになった紙くずでごみかごが埋まっただけだった。最初の一文すら出てこない。かつては呼吸するように文章が書けていたのに、今は……。今は、小論文の一本さえ書き上げられない気がする。無能な愚か者の気分だった。

四時になると、塔からレディ・グレーの姿が消えていることに気づいたので、これ幸いと無駄な努力をやめ、犬を探しに行くことにした。それに、あのおぞましい朝食以来、何も食べていない。

塔の螺旋階段を下りていく間、城の中は静まり返っていた。もちろん、静かなのはいつものことだが、昨夜ミセス・ハリファックスと子供たちが滞在している間は、ここまで死んだようではなかった気がする。アリスターは頭を振り、陰鬱な思いを振り払った。今朝、ミセス・ハリファックスが出ていくのを見届けると、事実上の一人暮らしを取り戻せたことに小躍りした。ウィギンズはほとんどじゃまにならない。一人はよいものだ。仕事を妨害されることもない。

仕事ができるのであれば。

アリスターは顔をしかめながら廊下に出て、まずは自分の部屋を目指した。レディ・グレーは午後、窓の下の日だまりで昼寝をするのが好きなのだ。ところが、部屋は今朝出てきた状態のままだった。誰もおらず、散らかっている。上掛けとシーツが床に垂れ下がっている乱れたベッドを見て、アリスターは眉をひそめた。ふむ。家政婦を雇うというのも、そう悪くはないのかもしれない。

廊下に戻り、声を張り上げる。「レディ・グレー!」

石の床をこする爪の音は聞こえず、犬が近づいてくる気配はなかった。

この階のほかの部屋はほとんど閉め切っているので、アリスターは次の階に向かった。そこには、時々使う古い居間がある。確認したところ、厚い詰め物がされた長椅子のどちらにも、レディ・グレーの姿はなかった。廊下をさらに進むと、ミセス・ハリファックスが泊まった部屋があった。のぞいてみたが、ベッドが整えられていること以外、目につく点はなかった。そもそも誰も泊まっていないのではないかと思うほど、部屋は打ち捨てられているように見えた。城の外で、馬車が停まった音が聞こえた気がした。馬鹿げた幻聴だ。アリスターは犬探しを続けた。一階ではすべての部屋を調べたが見つからず、あとは図書室を残すのみとなった。

「レディ・グレー!」

アリスターはしばらく、埃っぽい図書室の中をじっと見つめた。カーテンが外れたままになっている箇所から差し込む日光の下で、レディ・グレーは時々昼寝をしている。だが、今日は違っていた。アリスターは顔をしかめた。レディ・グレーは一〇歳を超えているし、目に見えて弱ってきている。

まずい。

向きを変え、厨房に向かう。いつもなら、レディ・グレーはアリスターと一緒でなければ厨房に入らない。そりの合わないウィギンズがいることが多いからだ。

声が聞こえたので、アリスターは急に立ち止まった。高い、子供のような声だ。今度こそ幻聴ではなく、厨房には確かに子供がいた。実におかしな、思いもかけない反応だが、真っ先に感じたのは喜びだった。なんだ、あの親子は出ていかなかったのか。この城は死んでしまったわけではなかったのだ。

もちろん、その直後に怒りが襲ってきた。わたしの命令に逆らうとは、いったいどういうつもりだ? 今ごろは、エジンバラまでの道のりの半分は行っていなければおかしい。また馬車を呼んでやるし、必要とあらばこの手であの女の尻を押し込んでやる。この城にも、わたしの生活にも、美しすぎる家政婦と二人のちびを迎え入れる余地はないんだ。アリスターは意志を固め、しっかりした足取りで前に踏み出した。

やがて、子供の言葉が聞き取れるようになった。

「……ジェイミー、ロンドンには帰れないの」少女が言っている。

「どうして帰れないのかわからないよ」少年が反抗的な口調で答えた。

「あの人のせいよ。お母様が言ってたでしょう」

アリスターは眉をひそめた。あの人というのは、男だろうか？　ミセス・ハリファックスがロンドンに帰れないのは、男のせいなのか？　誰だろう？　夫か？　未亡人のような印象を受けたが、夫は生きていて、その男から逃げているのだとしたら……くそっ。夫に暴力をふるわれたのかもしれない。悪い男と結婚した場合、女性にできることは限られているが、その一つが夫から逃げることだ。もしそうなら、話は変わってくる。

だからといって、両手を広げてミセス・ハリファックスを歓迎する義理はない。アリスターは唇に皮肉な笑みが浮かぶのを感じた。

真顔に戻って厨房に入る。子供たちは奥にいて、炊事炉の前にしゃがんでいた。アリスターに気づくと慌てて立ち上がり、後ろめたそうな顔でこちらを見た。おかげで、二人の間にレディ・グレーがいて、小さな火の前に横たわっているのがわかった。仰向けになり、大きな前足を宙に突き出している。耳を上下逆さに垂らした滑稽な格好で、おずおずとアリスターのほうを見たが、起き上がる気配はない。それはそうだろう。子供たちにかわいがってもらっていたのは明らかだった。

ふん。

少年が前に進み出た。「この子は全然悪くないんだ！　いい子だよ。ぼくたち、かわいがってただけなんだ。だから怒らないで」

この子は、わたしをどんな鬼だと思っているんだ？　アリスターは顔をしかめ、子供たちのほうに向かった。「お母さんはどこだ？」

少年は振り返って勝手口に目をやり、後ずさりしながら言った。「馬小屋の庭だよ」

よりによって馬小屋の庭で、何をしている？　去勢馬のグリフィンに水浴びでもさせているのか？　たてがみにひな菊でも飾っているのか？

「きみたちはここで何をしている？」

少女が弟の前に回り込み、体でかばうようにした。直立不動になり、緊張のあまり薄い胸が震えだしそうだ。

アリスターは眉を上げてみせた。「戻ってきたの」

少女はまるで、たいまつで焼かれることを覚悟した殉教者のようだった。「どうして？」

母親そっくりの青い目で、少女はアリスターを見つめた。

「旦那様にはわたしたちが必要だから」

「何だと？」

アリスターは前に進む足を止めた。

少女は息を吸い込み、慎重に口を開いた。「このお城は汚くてひどいありさまだから、わたしたちがきれいにしてあげなくちゃいけないんです」

アビゲイルはサー・アリスターの顔をじっと見た。馬車でスコットランドに向かう途中、野原の中にぽつんと、巨大な石がまっすぐ立っているのを見かけることがあった。母の説明では、それは〝立石〟と呼ばれ、昔の人が置いたものだが、その理由は誰も知らないのだという。サー・アリスターはその立石に似ていた。大きくて硬くて、何となく怖い。脚がものすごく長くて、肩幅が広く、顔は……。アビゲイルは唾をのんだ。

黒っぽいあごひげは、顔の片側にある傷跡には生えないため、まだらになっている。ひげの上を走る傷跡は、赤くて醜い。眼球のない目は、今日は眼帯で覆われていた。眼帯をつけてくれていてよかった。でないと、まともに顔を見ることはできなかっただろう。片方しかない目はミルクを入れていない紅茶のような茶色で、虫でも見るかのようにアビゲイルを見下ろしている。きっと甲虫だ。石をひっくり返すとすばやく逃げていく、気味の悪い黒いやつ。

「そうか」サー・アリスターは言った。低く響くような、耳障りな声で咳払いをする。そして、顔をしかめた。赤い傷跡が頬の上でゆがむ。

アビゲイルは下を向いた。どうすればいいのかわからない。昨夜悲鳴をあげたことを謝りたいと思っても、勇気が湧いてこなかった。身頃には新しいエプロンが留められていて、それを手で引っ張ってみる。エプロンをつけたのは初めてで、母が村で自分とアビゲイルに一枚ずつ買ってくれたのだ。お城の厨房をきれいにするにはこれをつけなくちゃね、と言っていた。母は楽しげにふるまおうとしていたが、城の掃除が楽しいはずがない。

アビゲイルはサー・アリスターをちらりと見た。口はへの字に曲がっているが、そのしかめっつらはなぜか昨日の半分も怖くなかった。アビゲイルは胸をそらした。もしサー・アリスターがこれほど大柄で、これほどいかめしい紳士でなければ、アビゲイルと同じく途方に暮れているように見えたかもしれない。

「今朝、パントリーにはほとんど食べ物がなかったわ」アビゲイルは言った。

「わかっている」サー・アリスターは唇を一文字にした。

ジェイミーは炊事炉の前の大きな灰色の犬のそばに戻っていた。厨房に入ったとき、犬を見つけたのはジェイミーだった。アビゲイルが止めるのも聞かず、弟は犬のもとに駆け寄った。ジェイミーは犬全般が大好きで、自分が嚙まれるとは夢にも思っていない。アビゲイルは知らない犬を見るたびに、嚙まれることを心配してしまう。

急にロンドンの自宅に帰りたくなった。よく知っている人たちと、慣れ親しんだ品々に囲まれた生活に。もし自宅にいたら、今ごろはジェイミーとミス・カミングズと一緒に、紅茶を飲んでパンを食べていただろう。ミス・カミングズのことはそれほど好きではなかったが、彼女のやつれた面長の顔と、いつも出してくれたパンとバターを思うと、胸が締めつけられた。母は、もうロンドンには戻らないと言っていた。

いつのまにか、サー・アリスターが顔をしかめ、とがめるように大型犬を見下ろしていた。

「お母様はもうすぐ戻ってきます」気をそらそうと、アビゲイルは言った。

「そうか」サー・アリスターは言った。年老いた犬が、彼のブーツに前足をのせる。サー・アリスターが顔を上げてこちらを見たので、アビゲイルは後ずさりした。何とも険しい顔だ。

「名前は？」

「アビゲイルです。この子はジェイミー」

「お母様が戻ってきたらお茶を飲むんだ」ジェイミーが言った。サー・アリスターの存在にまったく動じていないように見える。でもそれは、犬の耳をかくことに夢中になっているせいだろう。

サー・アリスターはうなり声を発した。

「それから、卵とハムとパンとジャム」ジェイミーはすらすらと言った。忘れっぽい性格だが、食べ物に関することは別なのだ。

「お母様はあなたの分も作ってくれるわ」アビゲイルは念のため言った。

「お母様はあんまり料理が上手じゃないけどね」ジェイミーが言った。

「ジェイミー！」アビゲイルは顔をしかめた。

「でも、本当だよ！　お母様は今まで料理なんかしたことないでしょ？　だって――」

「しいっ！」アビゲイルは鋭く言った。ジェイミーのことだから、今までは使用人がいたもん、とでも言いかねない。五歳だから仕方がないにしても、弟は時々ひどく馬鹿なことを言う。

ジェイミーは目を丸くしてアビゲイルを見つめ、そのあと二人でサー・アリスターのほうを見た。

サー・アリスターはしゃがみ込み、犬のあごの下をかいていた。指が二本足りない。アビゲイルはぞっとし、身震いした。さっきの会話は聞いていなかったのかしら？

ジェイミーが鼻をこすった。「この子はいい子だね」

犬は小首を傾げ、ジェイミーの言葉を理解したかのように、大きな前足を宙で振った。

サー・アリスターはうなずいた。「ああ、そうだ」

「こんなに大きなわんちゃんは見たことないよ」ジェイミーはふたたび犬をなで始めた。

「何ていう種類なの？」

「ディアハウンドだ」サー・アリスターは言った。「名前はレディ・グレー。ご先祖様はこういうハウンドを鹿狩りに使っていたんだ」

「すごい！」ジェイミーは言った。「旦那様もこの子と一緒に鹿狩りをしたことがあるの？」

サー・アリスターは首を横に振った。「このあたりには鹿はあまりいない。レディ・グレーはもう、ソーセージくらいしか狩れないよ」

アビゲイルはそろそろとしゃがんで、レディ・グレーの温かな頭をなでた。サー・アリスターとはじゅうぶんに距離を取り、うっかり体が触れ合わないようにする。犬は長い舌でアビゲイルの手をなめた。「ソーセージしか狩れなくても、やっぱりいい子ね」

サー・アリスターはよいほうの目でアビゲイルを見るため、顔の角度を変えた。

アビゲイルは凍りつき、レディ・グレーのごわごわした毛を指でつかんだ。サー・アリスターの顔はすぐそばにあって、瞳のまわりに星形に広がる明るい茶色の部分が見えるほどだ。そこはほとんど金色と言ってもよかった。サー・アリスターは笑ってはいないものの、しかめっつらではなくなっていた。顔を見るとやはりぞっとしたが、どこか悲しいような気分にもなった。

アビゲイルは何か言おうと、息を吸い込んだ。

その瞬間、勝手口が勢いよく開いた。「お茶を飲む人は？」母がたずねた。

サー・アリスターが子供たちと一緒に炉辺にひざまずいているのを見たとたん、ヘレンは足を止めた。まずい。お茶の準備ができるまで、自分たちが戻ってきたことには気づかれたくなかった。食べ物で機嫌を取りたかったし、自分もサー・アリスターと対峙する前に腹ごしらえをしたかった。最初に思っていたよりずっと、買い物は重労働だったのだ。

だが、ひと休みする暇はないようだ。サー・アリスターがゆっくり立ち上がると、履き古したブーツが炉辺の板石をこすった。ああ！　今朝会ったばかりだというのに、彼がこんなにも背が高く――というより、体全体が大きく、アビゲイルとジェイミーの隣に立っているとなおさらだった――こんなにも迫力があることを忘れていた。かすかに息が切れているのも、きっとそのせいだ。

サー・アリスターがほほ笑むと、その表情にヘレンのうなじに鳥肌が立った。

「ミセス・ハリファックス」

ヘレンは唾をのみ、あごを上げた。「サー・アリスター」

サー・アリスターは力強く、男性的に、いかにも危険な雰囲気で近づいてきた。

「実を言うと、きみたちが厨房にいることに少し驚いているんだ」

「そうなのですか？」

「確か」サー・アリスターが背後に回り込んだので、ヘレンは彼を視界に入れておくために首をひねった。「きみたちには今朝、お引き取り願ったはずなんだが」

ヘレンは咳払いをした。「そのことですが――」

「実際、きみたちが馬車で出ていくところをこの目で見た気がするんだがな」

「その、わたし――」

「わたしが雇い、きみたちを送っていくよう頼んだ馬車で」うなじにかかっているのは、この人の息？

ヘレンは振り向いたが、サー・アリスターはすでに数歩先まで進んでいて、今は炊事炉の脇にいた。「御者に、これは旦那様のミスなのだと説明しました」

「わたしのミス？」サー・アリスターはヘレンが両手で持っているかごに視線を落とした。

「それで、きみたちは村に行ったのか？」

ヘレンはあごを上げた。びくびくしていても仕方がない。「はい、行きました」

「そこで、卵とハムとパンとジャムを買った」サー・アリスターはヘレンのほうにまっすぐ向かってきたが、歩幅が広いため、数メートルの間隔はすぐに埋まった。

「はい、買いました」ヘレンはうっかり後ずさりし、気づくと調理台を背にしていた。

「で、御者にはわたしが何をミスしたと説明したんだ？」サー・アリスターはヘレンの手からかごを奪い取った。

「ちょっと！」ヘレンは手を伸ばしたが、サー・アリスターは無造作にかごを持ち上げ、ヘレンに取り返されないようにした。

「だめだよ、ミセス・ハリファックス。どうやって御者にここまで送ってもらったか、説明してくれないと」サー・アリスターはかごからハムを取り出し、調理台に置いた。「買収したのか？」

「違います」ヘレンは不安げに、彼がハムの隣にパンとジャムを並べる様子を見守った。怒ってるの？　面白がってるの？　困ったことに、どちらとも判断がつかない。ヘレンはいらいらと息を吐き出した。「御者には、旦那様は勘違いなさっているのだと言いました」

サー・アリスターはヘレンのほうを見た。「勘違い」

背後に調理台がなければ、ヘレンは逃げ出していただろう。

「はい。勘違いだと。わたしはただ、グレンラーゴに買い物に行きたいだけなのだと伝えました」

「そうなのか？」かごはすでに空っぽになり、サー・アリスターは調理台に並べた中身を吟味していた。ヘレンは卵とハムとパンとジャムのほかに、紅茶の葉と、茶色のうわぐすりのかかったかわいらしいティーポット、バター、きれいな丸みを帯びたリンゴを四つ、ニンジンを一束、薄黄色のチーズを一切れ、ニシンを買っていた。

サー・アリスターはヘレンに視線を戻した。「なんとすばらしいごちそうだ。自分の金を使ったのか？」

ヘレンは顔を赤らめた。当然ながら、自分の金を使うしかなかった。「その、わたし――」

「どこまで親切な人なんだ」サー・アリスターはしゃがれた声で言った。「主人のために自腹を切る家政婦の話など、聞いたことがないよ」

「旦那様が支払ってくださるのはわかっていま――」

「ほう？」サー・アリスターはつぶやいた。

ヘレンは腰に両手を当て、目に一筋かかっていた髪を吹き飛ばした。今日の午後は、人生最大の試練と言ってもよかった。

「はい、そうです。旦那様は支払ってくださいます。わたし、あのかわいそうな御者に泣きついたり凄んだりして、ようやくグレンラーゴで停まってもらったんですもの。それから店を探して、パン屋の機嫌をとって店を開けてもらって……正午に閉店だなんて信じられますか？　肉屋は非常識きわまりない値段をふっかけてきたので値切りましたし、食料品店には虫食いリンゴなんか買えないと言ってやりました」村での時間の大半を費やした作業のことは、口にしたくもなかった。「買い物が終わると、こちらに送ったあと馬車から荷物を下ろすのを手伝ってくれるよう、御者に頼まなきゃいけませんでしたしね。だから、そう、費用だけでも支払っていただくのが筋だわ！」

あの幅の広い、官能的な唇がぴくりとゆがんだ。

ヘレンは暴力的な気分に駆られ、身を乗り出した。「馬鹿にするのはやめて!」

「まさか、そんなつもりはない」サー・アリスターは引き出しの中から包丁を取り出した。

「アビゲイル、一人でお茶用のやかんを火にかけられるか?」そう言うと、パンを切り始めた。

「はい、旦那様」アビゲイルは跳び上がり、手伝いを始めた。

ヘレンは拍子抜けした気分で、腕をだらりと下ろした。

「もう一度挑戦したいんです。その、家政婦の仕事に」

「この屋敷の主人であるわたしに、それを拒否する権利はないわけだな。いや、それは出さなくていい」最後の一言は、ハムの包みを開き始めたヘレンに向けられていた。「ゆでなきゃいけないから、時間がかかる」

「あら、そうでしたか」

「ああ、そうなんだ、ミセス・ハリファックス」サー・アリスターは明るい茶色の目をヘレンに向けた。「パンにバターを塗ってくれ。もちろん、きみがパンにバターを塗れるならの話だが?」

ヘレンはその失礼な発言には答えず、黙ってバターナイフを取ってバターを塗り始めた。

サー・アリスターは機嫌を直したように見えるが、ヘレンと子供たちをここに置いてくれるかどうかはまだ明らかにしていない。ヘレンは唇を噛んで、横目でちらりとサー・アリスターを見た。実に満足げにパンを切っている。ヘレンはため息をついた。のんきなものね。この人は今夜、屋根のあるところで眠れるかどうか心配しなくていいんだもの。

サー・アリスターはしばらく黙ったまま、パンを切ってはヘレンに渡していき、ヘレンはそれにバターを塗った。アビゲイルは茶葉を取り出し、新しいティーポットをすすいでから、中に湯を入れた。やがて一同はテーブルにつき、紅茶とバターつきパン、ジャム、リンゴ、チーズという軽食をとり始めた。ヘレンは二切れ目のパンにかじりついたとき初めて、今ここに入ってきた人の目に、この光景がいかに奇妙なものに映るかに思い至った。城の主が、家政婦とその子供たちと一緒に厨房で食事をしているのだ。

サー・アリスターを見ると、向こうもヘレンを見ていた。長い黒髪が眉と眼帯にかかり、凶悪な追いはぎのように見える。彼はほほ笑んでいたが、感じがいいとは言えないその笑顔に、ヘレンは警戒を強めた。

「ミセス・ハリファックス、気になっていることがあるんだが」サー・アリスターはひび割れた声で言った、

ヘレンはごくりと唾をのんだ。「何でしょう?」

「ヴェール子爵未亡人の屋敷で、きみは正確にどういう地位にいたんだ?」

これはまずい。「その、家事を取り仕切るようなことを」

ヘレンは公爵にタウンハウスを与えられていたのだから、あながち嘘というわけではない。もちろん、家政婦を雇っていたが……。

「でも、正式な家政婦だとは思えない。もしそうなら、レディ・ヴェールが手紙にそう書いていたはずだから」

ヘレンは慌ててパンをかじり、考えるための時間を稼いだ。

サー・アリスターがあの不穏な目つきで見てくるので、落ち着かない気分になる。これまでにも男性には視線を向けられてきたし、美人だと思われていることは、否定するほうが嫌味というものだろう。もちろんリスター公爵の愛人として、好奇の目にもさらされてきた。だから、男性に見られることには慣れている。だが、サー・アリスターの視線は違っていた。ほかの男性は欲望や詮索、下品な好奇心から視線を向けているだけで、生身のヘレンを見ているわけではない。彼らが見ているのは、ヘレンが象徴する何かだ。性愛、豪華な賞品、見とれる対象。一方、ヘレンを見るサー・アリスターは、ヘレン自身を見ていた。ヘレンという女性を。そのことに、ひどくどぎまぎさせられた。彼の前で裸になっているような気さえしてくる。

「きみは料理人ではない」ヘレンの思考をさえぎるように、サー・アリスターは言った。「それははっきりしていると思うんだが」

ヘレンはうなずいた。

「雇われの付き添い人のようなものかな?」

ヘレンは唾をのみ込んだ。「はい、そう呼んでも差し支えない地位だと思います」

「それでも、子連れを許されている雇われの付き添い人の話は聞いたことがない」

ヘレンはテーブルの向かい側の子供たちに目をやった。ジェイミーは一心不乱にリンゴを食べているが、アビゲイルは心配そうな顔でヘレンとサー・アリスターを交互に見ている。

ヘレンはこの忌まわしい男にとびきりの笑顔を見せながら、衝撃の一言を告げた。「ところで、今日村で従僕を二人、メイドを三人、料理人を一人雇ったことは申し上げましたかしら?」

ミセス・ハリファックスには驚かされるばかりだ。アリスターはつくづくそう思いながら、そっとティーカップを置いた。主人にここまで冷遇されながら、グリーヴズ城に滞在することに躍起になっている。ティーポットと食料を買うことにも。何より、家政婦になることに。今度は使用人の一団を雇ったという。

驚きのあまり、息が止まりそうだ。

「半ダースもの使用人を雇ったのか」アリスターはゆっくりと言った。

ヘレンは眉根を寄せ、すべすべした額に短い線を二本刻んだ。「はい」

「わたしが欲しくもないし、必要ともしていない使用人を」

「必要とされているのは間違いないと思います」ヘレンは答えた。「ミスター・ウィギンズと話をしました。あの人はあてにならない気がします」

「ウィギンズは確かにあてにならない。だが、賃金も安い。きみが雇った使用人たちには、それなりに払わなきゃいけないんだろう?」大人の男なら、アリスターのこのような物言いを聞けば逃げ出すものだ。

だが、ミセス・ハリファックスは違った。彼女はほのかに丸みを帯びたあごをつんと上げた。「はい」

面白い。わたしをまったく恐れていないのか。「金がないのだと言ったらどうする？」

美しい青い目が見開かれた。そのことは一度も考えなかったのか？　城に住んでいる男が、賃金が払えないことを理由に使用人を置いていないとは思わなかった？

「わ……わかりません」ミセス・ハリファックスはしどろもどろに言った。

「自分が望めば使用人を雇えるだけの金は持っているよ」アリスターは優しくほほ笑んだ。「ただ、望んでいないだけだ」

代理人の報告を鵜呑みにするなら、アリスターはむしろ裕福と言っても差し支えなかった。アメリカに渡る前にしていた投資が今、大きな利益を生んでいる。ニューイングランドの動植物に関する著作もめざましい売り上げを記録している。だから半ダース、いや、必要なら数ダースの使用人を雇う金はあった。皮肉なことに、自ら金儲けをしようと思ったことは一度もないのだが。

「お金をお持ちなら、どうして使用人を雇われないのですか？」ミセス・ハリファックスは本気で不思議がっているようだった。

アリスターは古めかしい椅子にもたれた。「なぜわざわざ金を払って、役にも立たない使用人を雇わなきゃいけないんだ？」廊下をうろついてわたしの傷跡をじろじろ見るような使用人を、と言い添えるのはやめておく。

「料理人は役に立つよ」ジェイミーが言い返した。

アリスターは眉を上げてジェイミーを見た。少年はテーブルの向かいにひじをついて座り、バターつきパンを両手で持っている。

「そうかな？」

「ミートパイを作ってくれるならね」ジェイミーは指摘した。顔の両側にジャムがついている。目の前のテーブルにもジャムがこぼれていた。「あと、カスタード」

アリスターは唇がぴくりと動くのを感じた。ジェイミーくらいの年ごろには、オーブンから出したばかりの熱々のカスタードが大好物だった。「その料理人はミートパイとカスタードは作れるのか？」

「だと思いますけど」ミセス・ハリファックスはつんとして言った。

「お願い、料理人は首にしないで」ジェイミーは目を見開き、真剣に言った。

「ジェイミー！」アビゲイルがたしなめた。彼女の目には懇願の色がまったくない。これは面白い。

「お母様はミートパイを作れないと思うんだ。そう思わない？」ジェイミーはかすれた声で、姉にささやいた。「とにかく、まともなのは」

アリスターは横目でミセス・ハリファックスを見た。かわいらしく頬を染めている。その赤みは下にも広がっていて、首に巻いて身頃に押し込んだ薄物のショールの中へと消えていた。アリスターと視線が合うと、彼女は目を見開いた。青く、少し悲しげな目。アリスターはその目を見たとたん、喉元の柔らかそうな肌を見たときよりずっと、ありがたくもない欲望をかき立てられた。

テーブルから体を引き、立ち上がる。「料理人に……それからミセス・ハリファックス、きみにも一週間の試用期間を与える。一週間だ。一週間経っても料理人と家政婦の存在意義を感じられなければ、全員辞めてもらう。いいね？」

家政婦はうなずいたが、傷ついたようなその表情を見たとたん、アリスターはかすかな罪悪感を覚えた。自分の愚かさに唇がゆがむ。「じゃあ、わたしは仕事があるから、これで失礼するよ。行くぞ、レディ・グレー」

アリスターが膝をたたくと、レディ・グレーはゆっくり立ち上がった。後ろを振り返らず、アリスターは厨房を出ていった。

忌々しい女め！　勝手に城に来てあれこれたずね、要求し、時間を取らせるなんて。わたしはただ、一人になりたいだけだというのに。アリスターは塔の階段を一段飛ばしで上ったが、レディ・グレーを待つために途中で止まった。犬は足が痛いのか、階段をゆっくりと、ぎこちない動きで上ってくる。その姿を見ていると、ますます腹が立った。なぜだ？　なぜ、何もかも変わってしまうんだ？　一人で穏やかに本を書きたいというのは、それほど大それた望みなのか？

アリスターはため息をつき、階段を下りてレディ・グレーを迎えに行った。「ほら、おいで」しゃがみ込み、犬を優しく胸に抱き上げる。手に心臓の音と足の震えが感じられた。犬は重かったが、両腕に抱えたまま塔の階段を上る。塔に着くと膝をつき、お気に入りの場所である暖炉の前の敷物の上に放した。

「恥ずかしがることはない」レディ・グレーの耳をなでながら言う。「おまえは勇敢な子だ。階段を上るのを手伝ってほしいなら、喜んで手伝うよ」

レディ・グレーは息を吐き、頭を敷物にのせた。

アリスターは立ち上がって塔の窓に歩み寄り、城の裏の敷地を眺めた。古い庭園があり、テラスを下りたところには小川が流れている。その向こうには、紫と緑の丘が地平線に向かってなだらかに続いていた。庭園には草がぼうぼうに茂っていて、控え壁に垂れ下がり、小道を覆っている。もう何年も手入れはされていない。アリスターが植民地に発ってから一度も。

アリスターはこの城で生まれ育った。母親の記憶はない。アリスターが三歳になる前に女の赤ん坊を死産し、自分も命を落とした。母の死によって城に陰鬱な雰囲気が満ちてもおかしくなかったが、母は皆に愛されていたにもかかわらず、そうはならなかった。アリスターは丘を駆け回り、父と小川で魚を釣り、姉のソフィアと歴史や哲学の議論をして育った。アリスターは唇に皮肉な笑みを浮かべた。議論ではいつもソフィアが勝っていたが、それは五つ年上だったからというだけでなく、学者としても優秀だったからだ。

当時、アリスターは自分もいずれ結婚するものだと思っていた。先祖代々のしきたりに倣って城に花嫁を迎え、マンロー家の次世代を育てるものだと。ところが、現実は違っていた。二三歳のときサラという女性と婚約したが、婚約者は結婚前に熱病で亡くなった。悲しみに暮れたアリスターは、その後何年も結婚をする気になれず、いつのまにか研究を優先するようになった。二八歳のとき植民地に渡り、三年滞在したあと、三一歳になる前に帰国した。

植民地から帰ってきたあとは……。

アリスターは頰の上の眼帯をなぞりながら、田舎の風景を眺めた。あのときにはもう、手遅れだったではないか？　失ったのは片方の目だけでなく、魂もだった。今の自分の姿では、洗練された人づき合いができないことはわかっている。人と距離を置いたのは自分を守るためだったが、おそらくそれ以上に他人を守るためだったのだろう。アリスターは悲しみを目にし、死の腐臭を嗅ぎ、社会の薄いベールの奥に潜む残虐さを知っている。人はアリスターの顔を見ただけで、野蛮な獣がすぐ近くにいることを思い出してしまう。自分もいつその餌食になるかわからないのだということを。

アリスターは現状を受け入れた。楽しくてたまらないとは思わないが、満足はしていた。自分には研究がある。丘があり、小川がある。レディ・グレーという伴侶もいる。

そこへ、あの女性がやってきたのだ。

お節介な、美しすぎる家政婦に押しかけられ、生活を乱されるなどごめんだった。この隠遁生活を変えられるのは迷惑だ。いきなり欲望に見舞われて筋肉がこわばり、肌がいらだちにうずくなどまっぴらなのだ。わたしの体に起こった反応を知れば、彼女はぎょっとする……いや、ぞっとするだろう。

胸がむかつき、アリスターは窓に背を向けた。ミセス・ハリファックスもそのうち家政婦を演じることに飽きて、彼女が逃げている何か、あるいは誰かから身を隠す場所を新たに探すだろう。それまでは仕事のじゃまをしないよう、言い聞かせなければならない。

「もう二週間になる」リスター公爵、アルジャーノン・ダウニーは抑えた声で淡々と言った。「ロンドンきっての腕利きを雇えと言ったはずだ。どうして子供を二人連れた女性の一人くらい、見つけ出せないんだ？」

最後の一語でさっと振り返り、長年の秘書であるヘンダーソンを冷ややかな目で見据える。二人がいるのはリスターの書斎で、最近白と黒と深紅に改装したばかりだ。公爵であり、イングランドで五番目に裕福な男であるリスターにふさわしい部屋だった。ヘンダーソンは書斎の奥の広々としたデスクの前の椅子に座っている。干からびたような小男で、骨と筋だらけの体をし、額に半眼鏡をのせていた。膝の上でノートを開いて鉛筆を構え、震える手でメモを取ろうとしている。

「ご迷惑をおかけしまして、本当に申し訳ございません、閣下」ヘンダーソンはささやくような声で言った。自分の無能さの答えでも探すように、親指でノートのページをめくる。「ただ、忘れてはならないのは、ミセス・フィッツウィリアムは親子ともども確実に変装しているということです。それに、イングランドというのはとても広い場所です」

「ヘンダーソン、イングランドが広いことくらいわたしも知っている。欲しいのは結果だ、言い訳ではない」

「もちろんでございます、閣下」

「人材、資金、コネ……わたしの力をもってすれば、もう見つかっていてもいいころだ」

ヘンダーソンは小鳥のように、何度も小刻みに頭を振った。

「当然でございます、閣下。もちろん、北に向かう道路に出たところまでは、足取りをつかんでおります」

リスターは切り捨てるように、手をひと振りした。

「それは一週間近く前のことだ。偽の足跡を残して、西のウェールズかコーンウォールに向かったのかもしれないし、船で植民地を目指している可能性だってある。だめだ。実に気に入らない。今使っている連中が彼女を見つけ出せないなら、別の人間を雇うしかない。今すぐに」

「かしこまりました、閣下」ヘンダーソンはそわそわと唇をなめた。「その件はただちに手配いたします。ところで、公爵夫人のバース旅行の件ですが……」

ヘンダーソンはのろのろとリスターの妻の旅行計画を説明したが、リスターはほとんど聞いていなかった。わたしは七歳でリスター公爵になった。何世紀もの歴史がある爵位だ。貴族院に籍を置き、広大な領地と鉱山、船を所有している。あらゆる階級の紳士に尊敬され、恐れられる男だ。なのに、一人の女――それも一介のやぶ医者の娘だ！――がわたしのもとから逃げ出せると思っているうえ、婚外子まで奪おうとしているのだ！

許さない。とにかくこんなことは、断じて許さない。

細長い窓が並び、白と黒の縦縞の絹のカーテンが掛かる壁際に向かう。あの女を見つけ出し、親子ともども連れ戻した暁には、わたしを怒らせるのがどれだけ愚かなことか思い知らせてやろう。わたしを怒らせて、のうのうと暮らせる人間はいないのだ。

誰一人として。

4

正直者が満腹になると、美貌の若者はしゃれた内装の広い部屋に彼を案内し、そこで眠るように言った。正直者は夢も見ずに眠り、翌朝目覚めると、若者がベッドの横に立っていた。「頼みたいことがあって、勇敢な人を探している」若者は言った。「あなたは勇敢かな？」

「いかにも」正直者は言った。

若者はにっこりした。「それでは……」

『正直者』より

次の日の午後、ヘレンは料理人として雇ったミセス・マックレオドのことを考えていた。背が高くて気難しく、ほとんどしゃべらない女性だ。エジンバラの大きな屋敷で料理人をしていたが、都会の喧噪になじめず、兄がパン屋をしている近郊の村、グレンラーゴに引っ込んでいた。料理人の話を持ちかけられて二つ返事で引き受けたところを見ると、グレンラーゴと兄のパン屋でののんびりした暮らしに飽きていたのかもしれない。

「厨房は気に入ってもらえているかしら」ヘレンは両手でエプロンをねじりながら言った。

ミセス・マックレオドは男性ほどの身長があり、幅の広いのっぺりした顔をしている。表情は乏しいが、赤らんだ大きな手を軽やかに動かし、調理台の上で練り生地を丸めていた。

「炉床のすす払いをしてください」

「ああ、そうね」ヘレンは不安げに巨大な炊事炉を見た。今朝は夜明けとともに起き、料理人を迎えるためにできるだけ厨房をこすり洗いしたが、炊事炉を掃除する時間はなかった。今は背中がひどく痛み、湯と刺激の強い灰汁石鹸のせいで手がひりひりしている。「メイドにやらせるわ」

ミセス・マックレオドは生地をひらりとパイ皿に入れ、縁を整え始めた。

ヘレンは唾をのんだ。「じゃあ、わたしはほかにも用事があるから。一時間くらいで戻ってきて、仕事ぶりを確認させてもらうわね」

ミセス・マックレオドは肩をすくめた。野菜と肉片をパイの中に並べている。

ヘレンは何か考えがあるふりをするためだけにうなずき、廊下に出た。メモ帳と短い鉛筆を取り出す。昨日グレンラーゴで最初に買った品々だ。メモ帳を開き、三ページ目をめくって〝炊事炉の掃除〟と書いた。その項目は、ずらずらと伸びていくリストの一番下に加わった。ほかに〝図書室の換気〟〝居間の窓を覆うツタを切る〟〝ホールの床を磨く〟〝質のよい銀器を買ってくる〟などがある。

ヘレンはメモ帳と鉛筆をしまい、髪をなでつけてから食堂に向かった。食堂は、この城の中で最初にきれいにする部屋と決めている。そうすれば、サー・アリスターは今夜ここできちんと料理された食事を楽しむことができるし、何よりも、家政婦がいかに役立つ存在であるかを知ってもらえる。城主の姿は、今朝はまだ見ていなかった。ヘレンが塔の部屋に朝食を運んでいったときは、外に置いてくれとドア越しに叫ばれただけだった。このまま塔にこもって不機嫌になり、夜に癇癪を爆発させて全員を城から放り出すようなことがあっては困る。そんな事態を避けるためにも、食堂だけはきれいにしておきたかった。

ところが、ヘレンが角を曲がって食堂に入ったとき、目に飛び込んできたのはカオスそのものの光景だった。メイドの一人が金切り声をあげ、エプロンで頭を覆っている。もう一人のメイドがほうきを振り回しながら、鳥を追いかけて食堂内を走り回っていた。ジェイミーとアビゲイルはほうきを持ったメイドに加勢し、従僕として雇った村の若者は二人とも体を折り曲げて笑っている。

ヘレンはぞっとして、口をぽかんと開けた。どうして？　どうして何をするにもいちいち大変なの？　だが、その思いを振り払った。背中が痛かろうと、使用人が扱いづらかろうと、城が汚かろうと、知ったことじゃないわ。責任者はわたし。わたしがこの場を収めなければ、代わりにやってくれる人は誰もいない。もしこの場を収められなければ、来週サー・アリスターに親子ともども追い出されてしまう。それだけの話だ。ヘレンは食堂の奥の壁に並ぶ窓の前に急いだ。古めかしい菱形のガラス窓で、ほとんどがはめ殺しだが、その中から留め金がついた一枚を見つけてぐいと開ける。

「ここから鳥を出しなさい」ほうきを持ったメイドに声をかけた。

がっしりした体形の赤毛のメイドは分別を持ち合わせていたようで、おとなしく指示に従い、一悶着あったあと鳥は自由の身となった。

ヘレンは窓をぴしゃりと閉め、かんぬきを掛けた。

「さてと」ヘレンは一同に向き直り、息を吸った。「どうしてこんなことになったの？」

「煙突から入ってきたの！」ジェイミーが叫んだ。興奮のあまり髪が逆立ち、顔が真っ赤になっている。「ネリーが掃いてるときに」顔からエプロンを外そうとしているメイドを指さす。「鳥がすすの塊と一緒に落ちてきたんだ」

炉床の上に、すすの山と古い鳥の巣のようなものが見える。

「それで、びっくりしてしまったんです」ネリーが同意した。

「だからって、そこに突っ立って泣き妖精《バンシー》みたいに声を張り上げるなんて。鳥が部屋中を飛び回ってるっていうのに」赤毛のメイドはほうきをマスケット銃のように肩に構え、反対側の手を腰に当てた。

「あら、メグ・キャンベル、ほうきで鳥を追い回す方法を知ってるのがそんなに自慢？」ネリーは言い返した。

メイドたちは言い合いを始め、従僕たちは馬鹿笑いをした。

ヘレンはこめかみが痛み始めるのを感じた。「いいかげんにして！」

不協和音はやみ、全員の目がいっせいにヘレンに向けられた。

「あなたは」ヘレンは背が高いほうの従僕を指さした。「厨房に行って炊事炉のすす払いをしなさい」

「でも、それは女の仕事だ」従僕は文句を言った。

「いいから、今日はあなたがするの」ヘレンは言った。「きれいに掃いて、こするのよ」

「はあ」背の高い従僕は不満げにうなりながらも、食堂を出ていった。

ヘレンは残りの使用人に向き直った。「メグ、食卓を磨くのを手伝って。あなたたちは」もう一人のメイドと背が低いほうの従僕を手で示す。「煙突掃除を終わらせなさい。煙突をきれいにしないと、今夜暖炉に火を入れたら部屋が燃えてしまうから」

一同は午後いっぱい掃除をした。掃いたり、磨いたり、敷物やカーテンを外に出して埃をたたいたりもした。六時になるころには食堂はきれいになり、まだ多少煙はあがるものの、暖炉には火が燃えていた。

ヘレンは痛む腰を揉みながら、あたりを見回した。なんて大変な仕事なの！　これからはハウスメイドの仕事を当たり前だと思わないようにしないと。一方で、思わずにやけてしまうほどの喜びも感じていた。全力で取り組んだ仕事をやり遂げたのだ！　メイドたちと疲れきった様子の従僕たちに礼を言い、お茶を飲んできていいわよ、と厨房に送り出す。

「お母様、次は何をするの？」アビゲイルがたずねた。子供たちは午後中よく働いてくれた。あのジェイミーが窓拭きを手伝ってくれたのだ。

ヘレンは二人に笑いかけた。「手と顔を洗って、サー・アリスターが夕食に下りてこられたら、きちんとお迎えできるようにしましょう」

「ぼくたちも食堂で一緒に食べるんだね！」ジェイミーが叫んだ。

ヘレンはぎくりとした。「いいえ、わたしたちは厨房でおいしい食事をいただくのよ」

「どうして？」ジェイミーはたずねた。

「お母様は家政婦だから、わたしたちはサー・アリスターと一緒に食べてはいけないの」アビゲイルが言った。「わたしたちは今、使用人なの。だから厨房で食べるのよ」

ヘレンはうなずいた。「そのとおり。でも、ミートパイは厨房で食べてもおいしいと思わない？　ほら、きれいにしておきましょう」

ところが四五分後、ヘレンと子供たちが一階に下りてきたとき、サー・アリスターの姿はどこにもなかった。

「まだ塔にいるんだと思うわ」アビゲイルが言い、四階上にいる城主が見通せるかのように、天井を見上げて顔をしかめた。「寝るのもあそこなのかも」

ヘレンとジェイミーもとっさに天井を見上げた。ミセス・マックレオドは七時に夕食を出すと言っていた。サー・アリスターがすぐに下りてこないと夕食は冷めてしまうし、何よりもここから半径何キロという範囲でただ一人料理ができる人物の機嫌を損ねてしまう。

それが決め手となった。ヘレンは子供たちのほうを向いた。

「二人とも、厨房に行ってメイドにお茶をいれてもらいなさい」

アビゲイルはヘレンを見た。「でも、お母様はどうするの？」

ヘレンは新しいエプロンを伸ばした。

「サー・アリスターを巣穴から引っ張り出してくるわ」

ちょうどアリスターがろうそくに火を灯したとき、塔のドアがノックされた。部屋は暗くなってきていて、アリスターはアナグマの観察記録をつけている最中だった。次なる大作――スコットランド、イングランド、ウェールズの動植物大全――のための準備作業だ。それは一大事業であり、うぬぼれは抜きにして、アリスターを同時代の偉大な博物学者の地位に押し上げるはずだった。そして今日、何週間、いや、正直に言えば何カ月かぶりに、筆が進んでいた。三年以上前に勢い込んで書き始めたものの、この一年少しの間、執筆はペースが落ち、暗礁に乗り上げていた。どうにも気力が湧いてこず、書くことがとても難しくなっていたのだ。特にこの数週間は、一行も進んでいないような状態だった。

ところが、今日は目覚めた瞬間から、原稿に記すべき文章がはっきり浮かんでいた。目に見えない神のような存在が、肺に蘇生のための空気を吹き込んでくれたかのようだった。アリスターは一日中熱心に文章を書き、スケッチをして、ここ何カ月間を合わせたよりもはるかに多い作業量をこなしていた。

だから、ノックで仕事をじゃまされたとき、いい気はしなかった。

「何だ？」アリスターはドアに向かってどなった。ドアには鍵を掛けているので、例の女性が勝手に入ってくることはできない。

「お食事の準備ができました」ミセス・ハリファックスは答えた。

「じゃあ、ここに持ってきてくれ」アリスターは上の空で答えた。アナグマの鼻のスケッチはなかなか難しい作業なのだ。

短い沈黙が流れ、アリスターは一瞬、彼女は引き返したのだと思った。

しかし間もなく、ドアノブががちゃがちゃ鳴った。「サー・アリスター、お食事は下の食堂に準備してございます」

「馬鹿なことを言うな」アリスターは言い返した。「食堂の様子は知っている。あそこはもう一〇年も使っていないし、汚れている。人間だろうと獣だろうと、食事なんかできる場所じゃない」

「一日かけてお掃除しました」

それを聞いてアリスターは手を止め、疑わしげにドアを見た。本当に一日中、食堂の掃除をしていたのか？　もしそうなら、たいした重労働だ。一瞬、罪悪感に襲われた。

だが、分別を取り戻した。「ミセス・ハリファックス、きみの言うとおり、本当に食堂をきれいにしてくれたのなら、礼を言うよ。いつかは使うこともあるかもしれないな。でも、今夜は使わない。行ってくれ」

今回の沈黙は長く、アリスターは今度こそミセス・ハリファックスは行ってしまったものだと思った。アナグマのスケッチに戻り、目のまわりの難しい部分に取り組んでいると、ドアを震わせるほどの大きな衝撃音が響いた。手がびくりと動き、鉛筆が紙を引き裂いた。

アリスターは台なしになったスケッチをにらみつけた。

「サー・アリスター」ミセス・ハリファックスがドア越しに、歯ぎしりでもしていそうな声を出した。「今すぐに、ミセス・マックレオドが一日がかりで作ってくれたおいしい夕食を、わたしとほかの使用人たちが一日かけて掃除した食堂で食べてくださらないなら、従僕にこのドアを破るよう指示します」

アリスターは目を丸くした。

「わたしはこすって磨いて、たたいて掃いてを一日中していたんです」ミセス・ハリファックスは続けた。

アリスターは鉛筆を置いて椅子から立ち上がり、ドアに近づいた。

「ですから、一般的な礼儀として――」ミセス・ハリファックスがそこまで言ったとき、アリスターはドアを開けた。彼女は言葉を切り、口を開けたままアリスターを見上げた。

アリスターはにっこりし、ドア枠に肩をもたせかけた。

「こんばんは、ミセス・ハリファックス」

ミセス・ハリファックスは階段を後ろ向きに下りようとしたが、足を止めた。だが、青い大きな目にはやはり警戒の色が浮かんでいる。「こんばんは、サー・アリスター」

アリスターは逃げられるものなら逃げてみろと言わんばかりに、彼女を見下ろした。

「下で夕食を準備してくれているんだな」

ミセス・ハリファックスは手を握り合わせたが、しっかり立っている。「はい」

「では、喜んできみと食事をともにしよう」

彼女は目を細めた。「わたしと食事をなさるのはいけません。家政婦ですから」

アリスターは肩をすくめ、自分の太ももをたたいてレディ・グレーを呼んだ。

「昨日は一緒に食事をしたよ」

「でも、あれは厨房です！」

「きみと厨房で食事をするのは礼儀にかなっているけど、食堂ではだめなのか？　よくわからない理屈だな」

「わたしは――」

レディ・グレーが二人の脇を通り過ぎ、階段を下り始めた。アリスターはミセス・ハリファックスに、先に行くよう手でうながした。「子供たちも一緒に食べよう」

「アビゲイルとジェイミーですか？」まるでこの城にほかにも子供がいるかのような言い方だ。

「ああ」

ミセス・ハリファックスは先に立って階段を下りていたが、肩越しにアリスターを振り返って、この人は頭がおかしいんじゃないかしらという顔をした。確かに、頭がおかしいのかもしれない。少なくともアリスターの属する階級では、子供が大人と食事をともにすることはない。

美しい家政婦は食堂の外のホールに着いても文句を言っていたが、もう厨房で食事をする気がないのは明らかだった。文句を言い続けているのは、強情な性格だからにすぎない。

子供たちがホールをうろついているのを見つけ、アリスターは二人にうなずいてみせた。

「入ろう」

ジェイミーはすぐさま食堂に駆け込んだが、アビゲイルは顔をしかめ、指示を求めるように母親に目をやった。

ミセス・ハリファックスは唇をすぼめ、これほどかわいらしい女性にしてはずいぶん非難がましい表情をした。「今夜はサー・アリスターと一緒に食べることになったの。でも、今回だけよ」

アリスターはミセス・ハリファックスの腕をしっかりつかんで食堂に連れていった。

「とんでもない、きみたちがグリーヴズ城にいる間は毎晩一緒に食事をしてもらうよ」

「わあい！」ジェイミーが叫んだ。すでにテーブルに着いている。

「いけません！」ミセス・ハリファックスが小声で鋭く言った。

「ここはわたしの城だ。改めて言うまでもないが、わたしがしたいようにする」

「でも、ほかの使用人たちが……誤解を……」

アリスターはミセス・ハリファックスを見下ろした。青紫色の目が懇願するように見開かれている。ここは気の毒に思うところなのだろう。

だが、そうは思わなかった。「どう誤解されるんだ？」

「わたしはあなたの愛人だと」

その唇は赤く半開きで、髪はさらさらしたブロンド、首と胸元の肌は真っ白で汚れがなく、まるで鳩の羽根から作られたかのようだ。

それは耐えられないほどの皮肉だった。

アリスターは唇をゆがめた。「わたしは自分のことも誰のことも、人にどう思われようと気にしない。それはもう、わかってくれていると思っていたよ。きみは今夜城を出ていくか、今夜もこれから先も毎晩わたしと食事をするか、そのどちらかだ。好きなほうを選んでくれればいい」

アリスターは音をたててミセス・ハリファックスの椅子を引き、彼女が自分の評判が傷つくことを恐れてここを出ていくかどうか見守った。

ミセス・ハリファックスは息を吸い、ドレスの四角いネックラインの上に美しい胸が盛り上がった。今夜ショールは巻いておらず、アリスターはその事実を呪った。ショールがないせいで、クリーム色の肌が見える範囲が広すぎる。アリスターの体内を血液が駆け巡り、最も卑しい部分に押し寄せてきた。

「ここにいます」ミセス・ハリファックスは、アリスターが引いた椅子に腰を落とした。

アリスターは椅子をそっと押し込み、金色の頭の上でおじぎをした。

「それは光栄です」


けだもの！　けだものだわ！

ヘレンが眉の下からにらみつけていると、サー・アリスターはテーブルのまわりを回って自分の席に着いた。社会のしきたりもそれを軽んじることもいとわず、まったくの気まぐれからわたしを受け入れがたい地位に置くなんて！　ヘレンは息を吸い込み、背が高いほうの従僕、トムを手招きした。トムは食堂の隅に立ち、口をぽかんと開けてなりゆきを見守っている。

「わたしと子供たちのお皿と銀器を持ってきてちょうだい」ヘレンは命令した。

トムは食堂から飛び出していった。

「ミセス・マックレオドがミートパイを作ってくれたんだ」ジェイミーがサー・アリスターに教えた。

「ほう？」サー・アリスターはヘレンの息子に、主教に対するかのように重々しく返事をした。

ヘレンは目の前の磨かれたテーブルに向かって顔をしかめた。ジェイミーやアビゲイルの言葉に、公爵が興味を示したことは一度もない。

「うん、すごくいい匂いなんだあ」ジェイミーはこれからごちそうが出てくることを強調するように、語尾を伸ばして言った。

午後中働いていた割に、ジェイミーは元気いっぱいだった。ヘレンはジェイミーを見ると思わず笑みがこぼれたが、寝るときにいっきに疲れが出るのではないかと心配でもあった。北に向かう道中、ジェイミーは夜になると疲れてぐったりしてしまうことがあった。そういうときは、ベッドに押し込むのが一苦労だった。子守の仕事も、当たり前だと思ってはいけないのだ。

サー・アリスターは作法どおり、長方形のテーブルの上座に座っていた。ジェイミーはその右側、アビゲイルは左側、ヘレンはありがたくも城主からできるだけ離れた下座に座っていた。ジェイミーの顔は今にもテーブルに隠れそうだ。もし毎晩ここで食事をするのなら、ジェイミーがもっと高い位置に座れるものを探さなければならない。

「お母様は旦那様とは一緒に食事はしないと言ってたわ」アビゲイルの青い目は心配にくもっている。

「ああ、でもここはわたしの城だから、ここでの決まりはわたしが決めるんだ」サー・アリスターは答えた。「そして、わたしはきみと弟さん、きれいなお母様と一緒に食事がしたい。きみはそれでいいかな?」

アビゲイルは眉間にしわを寄せ、考え込んでから答えた。「はい。わたしは食堂で食べたいです。今日、テーブルを磨いて、カーペットの埃をたたいたの。信じられないくらい埃が舞ったわ。メイドのネリーがすごく咳をして、窒息するんじゃないかと思ったくらい」

「あと、煙突に鳥がいたよ!」ジェイミーが言った。

サー・アリスターは暖炉に目をやった。暖炉は彫り模様の入った古い石と、塗装された木材のマントルピースに囲まれている。「何色の鳥だ?」

「黒かったけど、お腹は白っぽくて、すごく速く飛ぶの」ジェイミーは答えた。

サー・アリスターがうなずいたとき、トムが追加の皿と銀器を持って戻ってきた。

「たぶんツバメだな。時々煙突に巣を作るんだ」

メグとネリーが騒々しく料理の盆を運んできた。メグはすばやく好奇の視線を投げながら料理を並べたが、ネリーはサー・アリスターの傷を帯びた顔をぽかんと見ていたので、ヘレンは目を合わせて顔をしかめた。ネリーは首をすくめ、手を動かし始めた。ミートパイのほかに、新物のエンドウ、ニンジン、焼きたてのパン、果物煮が並ぶ。メイドが下がったあと、しばらく沈黙が流れた。

サー・アリスターはテーブルを見わたした。料理の皿から湯気が上がり、グラスがろうそくの光にきらめいている。彼はワイングラスを掲げ、ヘレンに向かってうなずいた。

「たいしたものだよ、ミセス・ハリファックス。どこからともなくごちそうを取り出し、この食堂もきれいにするなんて。自分の目で見なければ、そんなことができるはずないと今でも思っていただろうな」

ヘレンはどうしようもなく顔がゆるむのを感じた。どういうわけかその言葉は、かつてロンドンの舞踏室で浴びせられていた手練れの美辞麗句よりも、ずっと心温まるものだった。

サー・アリスターはグラスの縁越しにヘレンを見つめながらワインを飲み、ヘレンは目のやり場に困った。

「どうして?」ジェイミーがたずねた。

サー・アリスターの視線がジェイミーに飛んだので、ヘレンは深呼吸し、扇であおげたらいいのにと思った。

「どうしてって、何が？」サー・アリスターはきき返した。

「どうしてツバメは時々煙突に巣を作るの？」ジェイミーは言った。

「つまらない質問しないの」アビゲイルがたしなめた。

「いや、博物学者につまらない質問というものはないよ」サー・アリスターは言い、アビゲイルは一瞬傷ついたような表情を浮かべた。

ヘレンは娘をかばおうと口を開いた。

そのとき、サー・アリスターがアビゲイルに笑いかけた。唇の端をわずかに上げただけだが、アビゲイルはほっとしたようだったので、ヘレンは口を閉じた。

「どうしてツバメは煙突に巣を作るんだろう？」サー・アリスターは質問した。「なぜほかの場所ではいけないのか？」

「猫に捕まらないように？」アビゲイルは予想した。

「火で温まりたいから」ジェイミーは言った。

「でも、この暖炉には何年も火が入ってないわ」アビゲイルが反論した。

「じゃあ、どうしてかわかんないや」ジェイミーは答えるのをあきらめ、ミートパイの一切れにフォークを刺した。

だが、アビゲイルは相変わらず顔をしかめている。

「どうしてツバメは煙突に巣を作るの？　馬鹿げてるような気がする……汚いし」

「きみが言ったように、猫に取られない場所でひなを育てたいというのも一つの理由だ」サー・アリスターは言った。「あと、ほかの鳥が巣を作っていないところに巣を作りたがるというのもあるだろうね」

アビゲイルはサー・アリスターをじっと見つめた。「意味がわからないわ」

「鳥も、ほかの動物もみんな、わたしたちと同じように飲み食いしなきゃいけない。生活し、子育てする場所が必要だ。でも、もしほかの鳥、特に自分たちと同じ種類の鳥が近くにいたら、戦いを仕掛けてくるかもしれない。鳥は自分の縄張りを守るものだから」

「でも、一緒に生活してる鳥もいるわ」アビゲイルは言った。頑固そうに眉根を寄せている。

「スズメはいつも群れを作って、地面をつついているもの」

「いつも？」サー・アリスターはパンの一切れにバターを塗った。「巣でも一緒なのかな？」

アビゲイルはためらった。「知らないわ。スズメの巣は見たことないから」

「一度も？」サー・アリスターはわずかに目を見開き、ヘレンをちらりと見た。ヘレンは肩をすくめた。一家はずっとロンドン暮らしだった。都会の鳥もどこかに巣を作っているのだろうが、見た記憶はない。「そうか。じゃあ、スズメの巣を見せてあげようかな」

「わあい！」ジェイミーは叫んだが、あいにく口いっぱいに食べ物を入れていた。

サー・アリスターは目を輝かせ、ジェイミーのほうに顔を向けた。

「スズメは個別に巣を作るが、お嬢ちゃん、きみの言ったことは正しい。群れを作って、子育ても集団でする鳥や動物もいるんだ。たとえば、今わたしはアナグマの調査結果を本に書いているけど、アナグマは〝セット〟と呼ばれるつながった巣穴で集団生活をする」

「アナグマも見せてくれる？」ジェイミーがたずねた。

「アナグマはとても恥ずかしがり屋なんだ」サー・アリスターは言い、ミートパイにナイフを入れた。「でも、もしよければ近くにある巣穴を見せてあげるよ」

ジェイミーは口いっぱいに豆をほおばっていたが、熱心にうなずき、アナグマの巣穴に行きたいという意思を示した。

「塔ではそういうことをなさっているんですか？」ヘレンはたずねた。「アナグマについて書いていらっしゃるの？」

サー・アリスターはヘレンを見た。「ああ、それだけじゃないけどね。イングランドやウエールズスコットランドの動物や鳥や花のことを書いている。博物学者なんだ。レディ・ヴエールにこっちに送り出される前に聞かなかったのか？」

ヘレンはサー・アリスターと目を合わせないようにして首を横に振った。実際のところ、レディ・ヴエールに話を聞くほどの時間はなかった。レディ・ヴエール、すなわちメリサンドのもとを訪ねたとき、ヘレンは公爵から逃げているところで、追われているのではないかと怯えていた。メリサンドがサー・アリスターを紹介してくれたのは、彼がロンドンから遠く離れたスコットランドに住んでいるからで、ヘレンは一も二もなくその話に飛びついた。必死だった。

「本はたくさん書いていらっしゃるの？」あの散らかった書斎でサー・アリスターが何をしているのか考えもしなかったなんて、わたしはどれだけ間が抜けているの？

「一冊だけだ」サー・アリスターはヘレンを見つめながらワインをすすった。「『ニューイングランドの動植物概説』という本だよ」

「えっ、それなら知っています」ヘレンは驚いてサー・アリスターを見上げた。「ロンドンですごく売れている本ですよね。おしゃれな淑女が二人、ボンド・ストリートの本屋で最後の一冊をめぐって殴り合いを始めそうになっているのも見たことがありますわ。まともな図書室なら置いていて当然の一冊とされているんです。あの本をお書きになったの？」

サー・アリスターは皮肉めかした調子でうなずいた。「実はそうなんだ」

ヘレンは不思議な気分になった。問題の本は画集サイズのとてもしゃれた書籍で、手彩色の挿絵が全面に入ったページがふんだんに盛り込まれている。サー・アリスターがあのように美しい本を作れるなど、夢にも思わなかった。

「挿絵も旦那様が？」

「そう言ってもいいかな。版画の下絵はわたしが描いたから」サー・アリスターは言った。

「すてきだわ」ヘレンは心から言った。

サー・アリスターはグラスを掲げたが何も言わず、ヘレンをじっと見た。

「ぼくもそのご本が見たい」ジェイミーが言った。

アビゲイルは食事の手を止めている。ジェイミーの願いを繰り返しはしなかったが、同じくらい興味を引かれているのは明らかだった。

サー・アリスターはうなずいた。「図書室のどこかに一冊あったはずだ。見に行くか？」

「やったあ!」ジェイミーはまたも叫んだが、今回は幸い、口の中のものはすでに飲み込んでいた。

サー・アリスターはテーブルの向かいのヘレンを見て、眼帯の上に眉を上げてみせた。いかにも挑戦的な表情だ。

アリスターは磨きたての食卓を立ち、ミセス・ハリファックスの椅子を引きに行った。彼女はその礼儀正しいふるまいを怪しむように見上げてきたので、調子を狂わせるためにわざと腕を差し出した。

ミセス・ハリファックスは熱いポットでも触るかのように、袖に指先だけ置いた。

「お時間を取らせたくありませんわ。旦那様がお忙しいのはわかっていますから」

アリスターは彼女をよく見ようと、顔の角度を変えた。そう簡単に逃げられると思ったら大間違いだ。

「いや、今は差し迫った用事がなくてね。ろうそくを持っていってくれ」

ミセス・ハリファックスは何も言わずうなずいたが、口元はやや不満げだ。彼女はサイドボードからろうそくを一本取った。アリスターはミセス・ハリファックスを図書室に案内した。後ろから子供たちがついてくる。腕にごく軽く置かれている彼女の指と、隣を歩く彼女のぬくもりが意識された。女性、特に美しい女性が、これほど近くにいるのは珍しいことだ。髪を洗うのに使った石鹸の香りが漂ってくる。ほのかなレモンの匂いだ。

「ここだ」図書室のドアまで来ると、アリスターは言った。

ドアを開けて中に入る。ミセス・ハリファックスはすぐに体を離した。それは驚くようなことではなかったが、アリスターは寂しい気分になった。馬鹿げた感傷だ。女性に逃げられることには慣れているはずなのに。アリスターは何も言わずミセス・ハリファックスの手からろうそくを取り、室内のろうそくを灯し始めた。

ここはアリスターの父親の、その前は祖父の図書室だった。一般的な大邸宅の図書室とは違い、蔵書は何度も繰り返し読まれている。長方形の部屋で、外壁にはこの城で最も大きな窓がいくつか並んでいた。窓はもう何年も、埃まみれの長いカーテンに覆い隠されている。カーテンは一枚だけ外れていて、レディ・グレーはそこから差し込む午後の光で日光浴をする。残りの壁は床から天井まで本棚で埋め尽くされ、どの棚にもあふれんばかりの本が入っていた。部屋の一方の端には小さな暖炉がある。ぼろぼろの椅子が二脚と、その前に小さなテーブルが置かれていた。

ろうそくを灯し終えると、アリスターは振り返った。ミセス・ハリファックスと子供たちは、今も戸口に固まっていた。思わず口角が上がる。

「入っておいで。今の食堂みたいにきれいではないけど、特に害はないと思うよ」

ミセス・ハリファックスは声を潜めて何やら言い、暖炉のそばの椅子に向かって顔をしかめた。椅子は傾いていた。脚が一本折れ、二冊の本で支えてある。アビゲイルは本棚に指を走らせ、指先についた埃を観察した。

だが、ジェイミーは地球儀に駆け寄り、まじまじと見た。「イングランドが見えないよ」

地球儀の表面は埃で覆い隠されていた。

「おっと」アリスターはハンカチを取り出し、地球儀を拭いた。「ほら。これでイングランドが出てきた。スコットランドも。ここだよ」フォース湾の北のあたりを指さす。

ジェイミーは目を細めて地球儀を見てから、顔を上げた。「旦那様のご本は?」

アリスターは図書室を見回して顔をしかめた。長い間、自分の著作を見る機会はなかった。

「こっちだと思うんだが」

部屋の隅の大型書籍が床に積まれたところに、ジェイミーを連れていく。

「棚に入れないと」ミセス・ハリファックスが非難がましく言った。「ご自分の本を床に置くなんて信じられませんわ」

アリスターは不満げな声を発してから、ジェイミーとともに本の山を漁った。

「おお、あった」

本を床に置き、中を開く。ジェイミーはたちまち腹這いになってページに顔を近づけ、アビゲイルも本を見ようと隣に座った。

「ニューイングランドに長くいらっしゃったのでしょうね」ミセス・ハリファックスは子供たちの後ろに立ち、肩越しに本をのぞき込んだ。「ジェイミー、ページをめくるときは気をつけるのよ」

アリスターはミセス・ハリファックスのそばに行った。「三年だ」

彼女はアリスターを見上げた。ろうそくに照らされた室内で、青い目がはっとするほど鮮やかに見える。「え？」

「三年だ」アリスターは咳払いをした。「ニューイングランドに三年いて、その本に書かれている情報を記録した」

「とても長い期間ですね。戦争で中断されなかったのですか？」

「むしろ逆だ。わたしはその期間、イギリス陸軍の連隊に配属されていたんだ」

「でも、危険なことはなかったのですか？」ミセス・ハリファックスは眉根を寄せ、心配そうな表情を浮かべた。

わたしのために。

アリスターは顔をそむけた。ミセス・ハリファックスの目はこの薄汚れた部屋には美しすぎて、衝動的に彼女と子供たちをここに連れてきたことが悔やまれた。どうしてこんなふうに自分をさらけ出し、この親子に自分の生活を、過去を見せているのだ？　これは間違いだ。

「旦那様？」

何と言っていいかわからなかった。ああ、危険だったよ、北アメリカの森に目を一つ、指を二本、そしてプライドを置いてきたくらいだからね。だが、そうは言えなかった。ミセス・ハリファックスは世間話をしているだけなのだ。

ジェイミーが突然本から顔を上げたので、アリスターは質問には答えずにすんだ。

「レディ・グレーはどこ？」

犬は図書室にはついてきていなかった。

アリスターは肩をすくめた。「食堂の暖炉の前で眠っているんだろう」

すると、誰かが次の一言を発するより先に、ジェイミーはぴょんと立ち上がり、図書室から走って出ていった。

「ジェイミー！」アビゲイルが呼んだ。「ジェイミー、走っちゃだめ！」そう言って、自分も出ていく。

「ごめんなさい」ミセス・ハリファックスが言った。

アリスターは驚いて顔をしかめた。「何がだ？」

「あの子たち、落ち着きがなくて」

アリスターは肩をすくめた。子供には慣れていないが、あのきょうだいを見ているのはなかなか面白い。

「わたし――」ミセス・ハリファックスが言いかけたとき、甲高い叫び声が響きわたった。

アリスターはミセス・ハリファックスを待たずにドアから出た。廊下を走る。叫び声はそれきりだったが、食堂から聞こえたのは確かだった。おおかたアビゲイルが蜘蛛でも見たのだろう。だが、食堂のドアを入ったとき、そこに広がっていたのはまったく別の光景だった。

アリスターが予想したとおり、レディ・グレーは暖炉の前にいたが、その上にジェイミーが膝をついて覆いかぶさり、必死に脇腹をたたいていた。アビゲイルは両手を口に当て、青い顔で立ちつくしている。

嘘だ。

アリスターはゆっくりと暖炉に近づき、後ろからミセス・ハリファックスがついてきた。

アビゲイルは黙ってアリスターを見て、静かに涙を流している。

だが、ジェイミーは近づいてくるアリスターを見上げて言った。

「苦しいんだ！　レディ・グレーは苦しいんだよ。助けてあげて」

アリスターは老犬のそばにしゃがみ込み、脇腹に手を当てた。レディ・グレーはすでに冷たくなりつつあった。眠ったまま逝ったのだろう。その間、アリスターは夕食を食べ、ミセス・ハリファックスと子供たちを図書室に案内していた。この子のことなどすっかり忘れて。

アリスターは咳払いをした。「わたしには何もできない」

「できるよ！」ジェイミーは叫んだ。顔を真っ赤にし、目には涙がきらめいている。「できるってば！　何とかしてよ！」

「ジェイミー」ミセス・ハリファックスが小声で言った。息子の腕をつかもうとしたが、ジェイミーはその手を振りほどき、犬に覆いかぶさった。

アビゲイルは食堂から飛び出した。

アリスターはジェイミーの頭に軽く手を置いた。すすり泣いているせいで、手の下で頭が震える。

レディ・グレーは遠い昔、アリスターが植民地に発つより前に、姉のソフィアから贈られた。植民地には連れていけなかった。当時はまだ子犬だったので、長い船旅は窮屈だろうと思ったのだ。だが、ぼろぼろになって自宅に戻り、人生が思いも寄らない形になってしまったとき、そこにはレディ・グレーがいてくれた。私道を走ってきて、アリスターを出迎えてくれた。立ち上がって肩に前足をかけてきたので、耳をかいてやると、舌をだらりと垂らして笑った顔になった。アリスターが荒野をうろつくときは隣を歩き、本を書くときは暖炉の前に寝そべった。おぞましい夢を見て、汗びっしょりで真夜中に目覚めたときは、手に鼻をこすりつけてきた。

アリスターはやっとの思いで感情を抑えた。「いい子だ」かすれた声でささやく。「いい子だよ」

脇腹をなで、熱が失われていくごわごわした毛皮を手に感じる。

「助けてあげて！」ジェイミーが顔を上げ、頭の上に置いていたアリスターの手にぶつかった。「助けてあげてよ！」

「無理だよ」アリスターは声をつまらせた。「死んだんだ」

5

美貌の若者は正直者を城の中庭に案内した。そこには古い装飾庭園《ノットガーデン》が広がり、垣根はイチイで作られ、騎士や戦士の石像が飾られていた。片隅にはツバメの檻があり、鳥たちが柵にむなしく羽を打ちつけている。ノットガーデンの中心には、巨大な鉄の檻があった。檻の中には汚いわらが散らばり、奥に大きな生き物がうずくまっている。体はくすんだ黒っぽい色で、朽ちかけた鱗とぱさぱさの毛に覆われていた。体長は二メートル半ほどあり、くるりと曲がった巨大な角がたくましい肩に垂れている。目は黄色く、血走っていた。生き物は若者を見ると柵に飛びつき、よだれの滴る牙をむいてうなった。

若者は黙ってほほ笑み、正直者のほうを向いた。「怖くなりましたか？」

「いいえ」正直者は答えた。

若者は笑った。「では、この怪物の見張りをしてください……」

『正直者』より

とんでもない間違いを犯してしまった。その晩、ヘレンはジェイミーの汗ばんだ頭をなでながら自分を責めた。ジェイミーはレディ・グレーの死に打ちひしがれ、泣き疲れて眠っている。アビゲイルはベッドの反対側で静かにしていた。食堂で一度甲高い叫び声をあげて以来、まったく声を発していない。今はヘレンの隣に横たわり、ジェイミーから顔をそむけて、上掛けの下で小さく丸まっていた。

ヘレンは目を閉じた。大切な子供たちに、わたしはなんてことをしたの？　子供たちをロンドンの自宅での平穏な暮らしから、あの子たちが知っているすべて、親しんでいるすべてから引っ張り出し、この奇妙な暗い場所に連れてきて、かわいらしい老犬の死を目の当たりにさせてしまった。わたしが間違っていたのかもしれない。子供たちのことを思えば、公爵にも、彼の忘れられた愛人として絶望的なかごの鳥生活を送ることにも耐えられたのかもしれない。

でも、それは違う。この数年間のうちに、遅かれ早かれ何かの弾みで公爵を怒らせ、ある日目覚めたら子供たちがいなくなっているだろうということはわかっていた。ヘレンが公爵のもとを離れたのは、何はなくともそれが第一の理由だった。アビゲイルとジェイミーがいなければ、生きてはいけない。

ヘレンは目を開けて起き上がり、暗い窓辺に歩み寄った。だが、その眺めは心落ち着くものではなかった。外壁のツタが伸びすぎて窓を覆い、月はきらめく斑点のようにしか見えない。窓辺に置かれた小さなテーブルは、レディ・ヴェールのおとぎ話を清書するためのデスクとして使っていた。ヘレンはその原稿に触れた。この作業も進めたいが、今夜は集中力がなさすぎる。

子供たちに目をやった。ジェイミーは疲れて眠っていて、アビゲイルはさっきと同じ体勢だ。まだ起きているかもしれないと考え、ベッドを回って娘の上にかがみ込む。

眠っていたら目が覚めない程度に軽く肩に触れ、ささやき声で言った。「ちょっと歩いてくるわね。すぐ戻ってくるから」

閉じたまぶたは動かなかったが、それでもアビゲイルは眠っていないように思えた。ヘレンはため息をついて娘の頬にキスし、部屋を出てそっとドアを閉めた。

廊下は当然薄暗く、どこに行けばいいのかさっぱりわからなかった。この城は、考え事をしながら散歩するのには向いていない。それでも落ち着かない気分だったので、とにかく動きたかった。ろうそくの光を壁にちらつかせながら、廊下を歩く。城は五階建てだ。ヘレンと子供たちが使っている寝室は三階にあり、ほかにも以前は品のよい寝室や居間だったと思われる部屋がいくつかあった。彫り模様の入った廊下の壁板を、無為に指でなぞる。そのうち埃を払い、古い木材を磨くようメイドに命じなければならないが、この階の掃除は優先順位としては低い。

ヘレンは突如ぞっとして足を止めた。今、わたしは城に関する計画、それも長期的な計画を立てているけど、明日にはここにいるかどうかもわからないんだわ。今この瞬間にも、リスターがわたしと子供たちを探すために、人を差し向けているに違いないのだから。そう思うと恐怖に鳥肌が立ち、今すぐ逃げ出したくなった。だが、田舎での狩猟パーティに参加した経験から、勢子《せこ》に追い立てられて逃げ出した鳥の行く末はわかっている。空から撃ち落とされるのだ。それはまずい。気をしっかり持ち、せっかく見つけたこの隠れ家に留まったほうがいい。

ヘレンは身震いし、廊下の突き当たりの階段を下り始めた。踏み板は平らで頑丈だが、むき出しになっている。サー・アリスターに、ちゃんとしたカーペットを買うお金はあるかしら？　踊り場には一、二枚絵画を掛けたい。ちょうど今日、大量の絵画の保管場所を見つけていた。二階の閉め切られた部屋に絵が横向きに並べられ、布が掛けられていた。

階段は城の裏手の厨房近くに続いていた。ヘレンは一階に下りたところでためらった。厨房に灯りがついている。新しい使用人ではないはずだ。メイドと従僕は毎日村から通ってくる。ミセス・マックレオドはいずれは住み込む予定だが、料理人の宿所を一目見たとたん、引っ越してくるのは掃除が終わってからにすると言い出した。厨房に灯りがついているということは、サー・アリスターが夜食を食べているか、ミスター・ウィギンズがうろついているかのどちらかだ。考えただけでぞっとする。今はあの意地悪な小男と言い争う元気はない。

そこで、城の表側に向かうことにした。暗い食堂の前を通りかかったとき、サー・アリスターはあの大きな犬の遺体をどうしたのだろうと思った。ヘレンはサー・アリスターを食堂に残したまま、ジェイミーとアビゲイルの世話をするために出ていった。最後に見たとき、彼は黙って犬の上にかがみ込んでいた。目に涙は浮かんでいなかったが、全身から悲しみがにじみ出ていた。

ヘレンは食堂から目をそらした。サー・アリスターに同情なんてしたくない。ここにわたしを置きたくないとわざわざ宣言するような、不愉快な男なんだから。人だろうが物だろうが、何も大事にしない人だと思いたい。でも、そうではないということなのね？　血も涙もない鬼の仮面をかぶっているけど、その奥には人間が隠れている。時には傷つくこともある人間が。

気づくと城の正面まで来ていた。最初に入ってきた巨大なドアの前だ。ろうそくを置き、重いかんぬきを外して、ドアをなんとか押し開ける。サー・アリスターはこの作業を軽々とこなしていた。いつも着ているあの古い狩猟用ジャケットの下には、筋肉が潜んでいるに違いない。突然、豊かすぎる想像力が一糸まとわぬ城主の姿を作り上げ、ヘレンはぎょっとすると同時に、なぜか体をほてらせて立ちすくんだ。もう！　わたしったら、どうしてしまったの？　サー・アリスターの裸を想像したことで、好奇心が湧き起こってきた。胸毛はあるのかしら？　お腹は印象どおり引き締まっているの？　そのうえ、暗闇の中に立っているうちに、こんなことも考えていた。男性の部分は長いの？　短いの？　細い？　太い？

こんなのみだらすぎる。

ヘレンは息を吸い込んで露骨な想像を振り払い、ろうそくを城の前の石の階段に置いた。月は高く昇っていて、慣れると暗闇でも多少は目が利いた。私道沿いの木立が風にそよぎ、先端が夜空を背に揺れている。体がぶるっと震える。羽織るものを持ってくればよかった。

城の横手に入る小道らしきものがあったので、ヘレンはそこをたどり始めた。城の裏に出ると、遠くの丘の上に満月が輝いているのが見えた。昼間のように明るい光から目をそらしたとき、自分一人ではなかったことに今さら気づいた。夜空を背に、長身の男性が影になっている。その姿は古い石柱のようにいかめしく、じっとしていて、寂しげだった。もう何世紀もそこに立っているように見える。

「ミセス・ハリファックス」

ヘレンが向きを変えようとしたとき、サー・アリスターは言った。「夜になってもわたしを困らせるつもりか？」

「ごめんなさい」ヘレンはもごもご言った。頬が赤く染まるのを感じ、あたりが暗くてよかったと思った。赤面しているのも隠せるし、表情も見られずにすむ。気まぐれな想像力が、サー・アリスターの裸像をぼんやりと作り上げていた。もう、どうしよう！「旦那様のじゃまをするつもりはなかったんです」

ヘレンは来た道を引き返し始めたが、サー・アリスターに声をかけられて足を止めた。

「待ってくれ」

ヘレンはサー・アリスターを見つめた。今も丘のほうを向いて立っているが、顔はこちらを見ている。

彼は咳払いをした。「ミセス・ハリファックス、ここでわたしと話をするんだ」

その言葉は命令として、有無を言わさぬ口調で発せられたが、しゃがれた声の奥にどこか懇願するような響きを感じ、ヘレンは心を決めた。

サー・アリスターのそばに歩いていく。「何のお話をしましょうか?」

彼は肩をすくめ、ふたたび丘のほうを向いた。「女性にはつねにおしゃべりの種があるんじゃないのか?」

「流行やゴシップ、その他まったくもってどうでもいい話題のことですか?」ヘレンはにこやかにたずねた。

その口調に潜むとげに不意を突かれたらしく、サー・アリスターは口ごもった。

「すまない」

「えっ?」ヘレンは聞き間違いだと思い、目をぱちくりさせた。

サー・アリスターは肩をすくめた。「ミセス・ハリファックス、わたしは洗練された人づき合いに慣れていないんだ。許してくれ」

今度はヘレンが戸惑う番だった。サー・アリスターが忠犬の死を悼んでいるのはわかっているのに、そんな彼に辛辣な言葉を浴びせるなんて、思いやりに欠けていた。この一四年間、一人の男性の欲求を満たすことを生業としてきたわたしらしくない反応だわ。

ヘレンはその妙な感想を振り払い、無難な話題を探しながら、サー・アリスターにもう少し近寄った。「夕食のミートパイはとてもおいしかったですね」

「ああ」サー・アリスターは咳払いをした。「あの子は二切れも食べていた」

「ジェイミーです」

「え?」

「息子の名前はジェイミーといいます」ヘレンは責める口調にならないよう言った。

「そうか。ジェイミーだったな」サー・アリスターはかすかに身じろぎした。「ジェイミーはどうしている？」

ヘレンは慌てて足元に視線を落とした。「泣き疲れて眠っています」

「そうか」

ヘレンは月に照らされた景色を眺めた。「ずいぶん荒れた土地ですね」

「昔からそうだったわけじゃない」サー・アリスターの声は低く、しゃがれた響きはどこか心地よかった。「昔は庭園があって、小川に続いていた」

「庭園はどうなったのですか？」

「庭師が死んで、それからは雇っていない」

ヘレンは眉をひそめた。荒廃したテラスガーデンは銀色の月明かりに包まれているが、草が伸び放題なのはわかった。「庭師が亡くなったのはいつですか？」

サー・アリスターは上を向き、星を見つめた。「一七……いや、一八年前かな？」

ヘレンは目をみはった。「それから一度も庭師を雇われていないのですか？」

「必要がないと思ったのでね」

それっきり沈黙が流れた。月に雲がかかる。突然、この人は幾晩こうして一人寂しく立ちつくし、庭の残骸を眺めてきたのだろうと思った。

「旦那様……」

サー・アリスターはこちらを向いた。「何だ？」

「失礼な質問をお許しください」暗闇が表情を隠してくれるのがありがたい。「ご結婚はされなかったのですか？」

「ああ」サー・アリスターはためらったあと、ぶっきらぼうに言った。「婚約者はいたんだが、亡くなった」

「お気の毒に」

サー・アリスターが何やら身動きした。何気なく肩でもすくめたのだろう。彼はヘレンの同情など必要としていない。

それでも、話題を打ち切る気にはなれなかった。「ご家族もいらっしゃらないのですか？」

「姉が一人、エジンバラに住んでいる」

「それなら、そう遠くはありませんわ。行き来がおありなのでしょうね」

ヘレンは自分の家族のことを懐かしく思い出した。姉妹と弟、母、父……。公爵の愛人になって以来、誰にも会っていない。ロマンチックな夢のために、どれほどの代償を払ったことか。

「姉のソフィアには長い間会っていない」サー・アリスターが答え、ヘレンの思考は中断された。

陰になった彼の横顔を見て、表情を読み取ろうとする。「交流を絶たれているのですか？」

「縁を切ったというようなことではない」サー・アリスターの声は冷ややかだった。「わたしはあまり遠出をしないし、姉はわたしを訪ねる理由がないというだけだ」

「そうですか」

サー・アリスターはゆっくり回り、ヘレンに体を向けた。月を背にしているため、表情はまったく見えない。突如彼の体が大きくなって、さっきよりも近く、不気味に立ちはだかっているような気がした。

「ミセス・ハリファックス、今夜はやけにわたしに関心があるようだね」うなるように言う。「でも、わたしはきみの話がしたいんだ」


ミセス・ハリファックスの顔は月明かりに照らされ、何の装飾も必要としない美貌を際立たせていた。だが、彼女の美しさに惑わされることはもうない。容姿は目に留めているし、賞賛もしているが、今は見かけからはわからない真の姿も知っていた。労働に慣れているとは思えないのに、一日かけて汚い食堂を掃除してくれる快活な女性。自力で生きてきたわけではないだろうに、この城とその城主の生活に入り込むことに全力を尽くす女性。面白い。何が彼女を突き動かしているのだろう？　これまではどんな生活を送っていたんだ？　どういう男から身を隠そうとしている？　アリスターはミセス・ハリファックスを見つめ、青紫色の目に浮かぶ表情を読み取ろうとしたが、夜の闇に紛れて見えなかった。

「わたしの何をお知りになりたいの？」彼女はたずねた。

その声は冷静で、むしろ男性的とも言えるほど率直で、きわめて女性らしい外見との対比は驚くほどだった。いや、魅力的と言ったほうがいい。

アリスターは首を傾げ、まじまじとミセス・ハリファックスを見た。

「ご主人に先立たれたと言っていたね？」

ミセス・ハリファックスはあごを上げた。「はい、そうです」

「いつ？」

彼女は目をそらし、一瞬ためらった。「この秋で三年になります」

アリスターはうなずいた。実にうまくやっているが、嘘をついているのは間違いない。夫はまだ生きているのか？　それとも、夫以外の男から逃げているのか？

「ミスター・ハリファックスの職業は？」

「医師でした」

「でも、商売は繁盛していなかったということか」

「どうしてそう思われるのですか？」

「もし繁盛していたのなら」アリスターは指摘した。「今ごろきみは働かずにすんでいただろうから」

ミセス・ハリファックスは額に手を当てた。「ごめんなさい、この話をするのはつらくて」

それが〝かわいそうでしょう、だから追及はやめて〟という合図であることはわかっていたが、ここまで追いつめた以上、好奇心を抑えることはできなかった。ミセス・ハリファックスの困惑ぶりを見て、ますます熱が入る。アリスターは彼女に近寄り、その胸が肩に触れるほどそばに行った。髪からレモンの香りが漂ってきた。「ご主人のことは好きだったのか？」

ミセス・ハリファックスは手を下ろしてアリスターをにらみつけ、厳しい口調で言った。

「心から愛していました」

アリスターは唇に、あまり感じがよいとは言えない笑みを浮かべた。

「では、亡くなったときはさぞつらかっただろうね」

「はい、おっしゃるとおりです」

「若いころに結婚したのか？」

「まだ一八でした」ミセス・ハリファックスは下を向いた。

「幸せな結婚生活だったわけだね」

「ものすごく幸せでした」その声はけんか腰で、嘘をついているのは明らかだった。

「ご主人の外見は？」

「それは……」ミセス・ハリファックスは両手で自分の体を抱くようにした。「お願いです、話題を変えていただけませんか？」

「わかった」アリスターは物憂げに言った。「ロンドンのどこに住んでいた？」

「前にも申し上げましたが」ミセス・ハリファックスの声は落ち着きを取り戻した。「レディ・ヴェールのお宅です」

「そうだったな」アリスターはつぶやいた。「うっかりしていた。きみが家事を取り仕切る経験が豊富だったことをつい忘れてしまうんだ」

「豊富ではありません」ミセス・ハリファックスは小声で言った。「それはご存じのはずです」

しばらく沈黙が流れ、城の角から風が吹きつける音だけが聞こえた。

やがて、ミセス・ハリファックスは顔をそむけたまま、ごく小さな声で言った。

「今はただ……その、身を寄せられる場所が必要なのです」

アリスターの中に勝利の波のようなものが押し寄せてきた。彼女はわたしのもとにいる。ここを離れることはできない。勝ち誇った気分になるなど、理不尽もいいところだった。ミセス・ハリファックスがこの城に来て以来、出ていくよう言い続けてきたのだから。なのに、彼女はここにいなければならない、自分は徳のある紳士として彼女をここに置いてやらなければならないのだと思うと、どういうわけか満足感でいっぱいになった。

だが、その気持ちを表に出すつもりはない。「ミセス・ハリファックス、実を言うと、驚いていることが一つあるんだ」

「何でしょう？」

アリスターはレモンの香りがするその髪に唇がつきそうなくらい、身を乗り出した。

「きみのように美しい女性なら、求婚者があとを絶たないんじゃないかと思ってね」

ミセス・ハリファックスはこちらを向き、突如二人の顔はあと数センチのところまで近づいた。彼女がしゃべると、息が唇にかかるのがわかった。

「わたしを美しいとお思いなのですね」

その声は妙に淡々としていた。

アリスターはうなずき、なめらかな眉と色っぽい唇、美しい大きな目を見た。

「見とれるほどに美しい」

「女性と結婚するには、美しくさえあればじゅうぶんだとお考えなのでしょうね」その声は苦々しさを帯びていた。

謎のミスター・ハリファックスは、妻にどんな仕打ちをしたのだ？

「たいていの男はそうだろうね」

「女性の内面なんて気にも留めないのよ」ミセス・ハリファックスはぼそりと言った。「何が好きで何が嫌いか、何を恐れ、何を望んでいるか、本当はどんな人間なのか」

「そうなのか？」

「ええ」彼女の目はくもり、悲しみを帯びていた。風が巻き毛をさらい、顔に張りつく。

「かわいそうなミセス・ハリファックス」アリスターは軽く茶化すように言った。衝動に身を任せ、左手を――損なわれていないほうの手を――上げ、彼女の顔から髪を払う。その肌は絹のようになめらかだった。「これほど美しいと、つらい思いもするのだね」

非の打ちどころのない眉の間にしわが寄る。「さっき〝たいていの男は〟とおっしゃいましたね」

「そうだったかな？」アリスターは手を下ろした。

ミセス・ハリファックスは鋭い目つきになり、アリスターを見上げた。

「旦那様は、妻には美しさが最も重要な基準だとはお考えにならないのですか？」

「ああ、きみはわたしの外見のことを忘れてるんじゃないかな。自然の摂理として、美しい妻は醜い夫のもとから逃げ出すか、夫を嫌いになるかのどちらかだ。わたしのように気味の悪い男が美しい女性を愛するのは、間抜けなことだよ」うっとりするほど美しい彼女の目に、アリスターはほほ笑みかけた。「わたしは欠点だらけの男だが、間抜けではないのでね」

おじぎをして、大股で城への道を引き返す。ミセス・ハリファックスを――孤独で、どうしようもなく魅惑的な美女を残して。


「いつおうちに帰れるの？」

次の日の午後、ジェイミーがたずねた。石を拾って投げる。

石は遠くまでは飛ばなかったが、それでもアビゲイルは顔をしかめた。「やめなさい」

「なんで？」ジェイミーはぐずるように言った。

「当たったら困るでしょ。人とか、物とかに」

ジェイミーは古い馬小屋の庭を見回した。自分たちとスズメが数羽いるだけだ。

「人って誰？」

「知らないわよ！」

アビゲイルは自分も石を投げたかったが、それは淑女のすることではない。それに、今ここにいるのは、古い敷物の埃をたたくためだ。庭の一角には、母が従僕に張らせた物干し綱に敷物がずらりと掛かっていて、埃を払われるのを待っている。アビゲイルは腕が痛かったが、手にしたほうきを振って敷物をたたいた。敷物をたたくのはなかなか気分がいい。埃が盛大に舞い上がった。

ジェイミーはしゃがみ、次の石を拾った。「おうちに帰りたいよ」

「それはもう聞き飽きたわよ」アビゲイルはいらいらして言った。

「だって、帰りたいんだもん」ジェイミーは立ち上がって石を投げた。石は馬小屋の壁に当たり、庭に敷かれた灰色の石の上に落ちた。「前のおうちでは敷物をたたかなくてよかったよ。ミス・カミングズが時々公園に連れていってくれたし。ここではお仕事ばっかり」

「とにかく、おうちには帰れないの」アビゲイルは言い返した。「それから、さっきも言ったけど――」

「おい！」背後から男の声が聞こえた。

アビゲイルはほうきを持ったまま、肩越しに振り返った。

ミスター・ウィギンズがこちらに向かって走ってきた。そよ風に赤毛をなびかせ、ずんぐりした腕を宙で振っている。「何やってるんだ！　石を投げるのはよせ。おつむが弱いのか？」

アビゲイルは背筋を伸ばした。「弱くなんか――」

ミスター・ウィギンズは鼻を鳴らし、馬が驚いたときのような音をたてた。

「わたしやほかの誰かに当たるかもしれないっていうのに石を投げ散らしておいて、おつむが弱いんじゃなければ、いったい何だっていうんだ」

「そんな言い方はやめて！」ジェイミーは言った。立ち上がって両脇で手をこぶしにしている。

「そんな言い方が、何だって？」ミスター・ウィギンズは二人のアクセントをまねて言った。「おつむの弱いロンドンのお坊ちゃん、おまえは何者なんだい？」

「ぼくのお父様は公爵だぞ！」ジェイミーは真っ赤な顔で叫んだ。

アビゲイルはぎょっとして凍りついた。

だが、ミスター・ウィギンズは頭をのけぞらせて笑っただけだった。「公爵だと？　じゃあ、おまえは何だ？　小公爵か？　ははは！　まあ、小公爵でも何でもいいけど、石は投げるな」

そう言うと、ミスター・ウィギンズは笑いながら歩いていった。

アビゲイルは息を止め、彼の姿が見えなくなるまで待った。それから弟のほうに向き直り、ささやき声に怒りを込めて言った。「ジェイミー！　公爵様のことは言っちゃいけないことになってるでしょう」

「だって、おつむが弱いって言われたんだもん」ジェイミーの顔は相変わらず真っ赤だった。

「公爵様は本当にぼくたちのお父様だし」

「でも、そのことは誰にも言わないようにってお母様に言われてるわ」

「こんなところ、もういやだ！」ジェイミーは雄牛のように頭を下げ、馬小屋の庭から走り去った。

正確には、走り去ろうとした。城の角まで行ったところで、反対側から来たサー・アリスターに頭からぶつかったのだ。

「おっと」サー・アリスターは両手で難なくジェイミーを受け止めた。

「離して！」

「いいとも」

サー・アリスターは両手を上げ、ジェイミーは解放された。だが、体が自由になったとたん、どうしていいのかわからなくなったようだった。城主の前に立ちつくし、うつむいて下唇を突き出している。

サー・アリスターはしばらくジェイミーを見ていたが、やがてアビゲイルに向かって片方の眉を上げた。髪は顔にかかり、傷跡は日光に鈍く光って、あごは今も無精ひげに覆われているが、ミスター・ウィギンズに比べれば少しも怖くなかった。

アビゲイルはほうきを持ったまま、左右の足に体重を移し替えた。

「敷物をたたいていたの」背後の敷物の列を弱々しく手で示す。

「なるほど」サー・アリスターはジェイミーに視線を戻した。「わたしは馬小屋に鍬《くわ》を取りに来たんだ」

「何に使うの？」ジェイミーはぶつぶつ言った。

「レディ・グレーのお墓を作るんだよ」

ジェイミーは肩を丸め、丸石を蹴った。

しばらく沈黙が流れた。

やがて、アビゲイルは唇をなめて言った。「お気の毒です」

サー・アリスターは片目でアビゲイルを見た。その表情に親しみやすさはまるでなかったが、アビゲイルは勇気を振り絞り、恐怖と恥ずかしさで体が凍りついてしまわないうちに、勢いよく言った。「レディ・グレーのこと、お気の毒です。それから、叫んでしまってごめんなさい」

「えっ?」サー・アリスターは目をしばたたいた。

アビゲイルは深く息を吸った。「わたしたちがここに来た夜のことです。旦那様を見たとき、悲鳴をあげてごめんなさい。失礼なことをしたと思ってるの」

「ああ。いや……ありがとう」サー・アリスターは目をそらして咳払いをし、またも沈黙が流れた。

「手伝ってもいい?」アビゲイルは問いかけた。「その、レディ・グレーのお墓を作るのを」

サー・アリスターは顔をしかめ、眼帯の上で眉根を寄せた。「本気で言ってるのか?」

「はい」アビゲイルは言った。

ジェイミーもうなずいた。

サー・アリスターはしばらく二人を見てからうなずいた。「よし、わかった。ここで待っていてくれ」

馬小屋の中に入り、鍬を持って出てくる。「行こう」

二人のほうは振り返らず、城の裏手に向かって歩きだした。

アビゲイルはほうきを置き、ジェイミーとともにサー・アリスターのあとを追った。ジェイミーをちらりと見る。弟の目尻には涙がにじんでいた。昨夜、ジェイミーはかなり長い間泣いていて、アビゲイルはその声に胸が締めつけられる思いだった。顔をしかめ、小道に目をやる。岩が突き出してでこぼこになっていた。サー・アリスターは先頭に立って古い庭園を横切り、小川に向かった。レディ・グレーとは会ったばかりだったというのに、不思議とアビゲイルも泣きたい気持ちだった。なぜ犬の埋葬を手伝うと言い出したのか、自分でもよくわからなかった。

庭園の下には、草が生い茂った区画があった。サー・アリスターは草を踏み分けて進み、一同が小川に近づくと、水の流れる音が聞こえてきた。先のほうでは流れの中に岩が突き出し、水がぶつかって白く泡立っている。だが、庭園の真下の流れは穏やかで、木立の陰で池のようになっていた。一本の木の根元に、古い敷物に包まれた塊が見える。

喉元にせり上がるものを感じ、アビゲイルは顔をそむけた。

だが、ジェイミーは塊のところにまっすぐ歩いていった。「レディ・グレーなの？」

サー・アリスターはうなずいた。

「こんなにいい敷物を埋めるのはもったいない気がするわ」アビゲイルはぼそりと言った。

サー・アリスターは、片方しかない明るい茶色の目でアビゲイルを見た。

「あの子は塔の暖炉の前で、あの敷物に寝そべるのが好きだったんだ」

アビゲイルは恥ずかしくなって目をそらした。「そうだったの」

ジェイミーはしゃがみ込み、色あせた敷物を、その下にある犬の毛皮そのもののようになでた。サー・アリスターは鍬を構え、木の下を掘り始めた。

アビゲイルはふらりと小川に近づいた。水は澄んでいて冷たそうだ。水面には葉が数枚、ゆったりと浮かんでいる。アビゲイルは注意深く膝をつき、川底の岩を眺めた。とても近くに見えるが、一メートルほど下にあることはわかっている。

背後でジェイミーがたずねた。「どうしてここにお墓を作るの?」

鍬が土を掘り返す音が聞こえる。「あの子はわたしと散歩するのが好きだったんだ。ここに魚釣りに来たときは、その木の下で昼寝をしていた。お気に入りの場所だったんだよ」

「そっか」ジェイミーは言った。

それからは、サー・アリスターが穴を掘る音だけが聞こえた。アビゲイルは池の上に身を乗り出し、指で水をなぞった。水はびっくりするほど冷たかった。

背後で土を掘る音がやみ、敷物を引きずる音が聞こえた。サー・アリスターがうなる。アビゲイルは池に顔を近づけ、中で水草が揺らめくさまを見つめた。わたしが人魚なら、この中の岩の上に座って、水草の庭のお手入れをする。水と一緒に何もかもが流れていって、上の世界で起こっていることは耳に入らない。わたしは安全。幸せ。

岩の間で一匹の魚が銀色に光り、アビゲイルは体を起こした。振り向くと、サー・アリスターがレディ・グレーの墓にかけた土をならしているところだった。ジェイミーは草地から小さな白い花を摘んできて、墓の上に供えた。

アビゲイルのほうを向き、別の花を差し出す。「お姉様もお供えする？」

その瞬間、なぜだかわからないが、アビゲイルは胸が内側から爆発しそうな気がした。そんなことになれば、死んでしまう。

だから、くるりと向きを変え、城に戻る丘を駆け上がった。全力で走っているうちに、顔に当たる風が頭の中の考えをすべて吹き飛ばしてくれた。

ヘレンがまだ若くてうぶで、恋をしていたころは、リスターが訪ねてくれたときのために、しょっちゅう夜遅くまで起きていたものだった。そしてしょっちゅう、結局あきらめて一人寂しく眠りについたものだった。そうやって夜待っていたのは、もう昔のこと――何年も前のことだ。だからその晩、真夜中にシュミーズに肩掛けを羽織り、薄暗い図書室をうろつきながらサー・アリスターの帰りを待つはめになったのは、実に腹立たしいことだった。

あの人はどこ？

サー・アリスターは夕食に姿を見せず、ヘレンが塔に上ってみたところ、部屋は空っぽだった。結局、鴨のローストがすっかり冷めてしまうまで待ったあと、今やぴかぴかになった食堂でヘレンと子供たちだけで食事をした。冷えた鴨と固まったソースを食べながら子供たちに質問すると、午後に犬を埋葬したことをジェイミーが話してくれた。アビゲイルは皿の上で豆をつついただけで、偏頭痛がするから早めに部屋に戻りたいと言った。まだ偏頭痛がするような年齢ではないが、ヘレンは娘をかわいそうに思い、部屋で静かに休ませることにした。それも心配事の一つだった。何かを秘めたような、アビゲイルの悲しげな小さな顔。どうすれば娘の力になれるのか、その方法さえわかればいいのに。

夕食後はミセス・マックレオドと、献立や厨房の改装について話し合った。その後、炊事炉で沸かした湯でジェイミーを風呂に入れたが、そこらじゅうに水が飛び散ったので、息子を寝かしつける前に拭き取らなければならなかった。これらの用事をすませる間も、サー・アリスターが帰ってきた物音を聞き逃さないよう、耳をすましていた。だが努力の甲斐もむなしく、聞こえたのは泥酔したミスター・ウィギンズがどたどたと馬小屋に入っていく音だけだった。それからしばらくして、雨が降り始めた。

サー・アリスターはどこ？　そもそも、どうしてそんなことが気になるの？　ヘレンは本の山のそばで足を止めた。そこには、サー・アリスターが著したアメリカの鳥と動物と花の記録書が今も積まれていた。壁際の長テーブルにろうそくを置き、身をかがめて分厚い書籍をテーブルの上に運んでくる。埃が小さく舞い、くしゃみが出た。ろうそくを動かし、ろうを垂らさずページを照らせる位置に置いてから、本を開いた。

扉絵は緻密な手彩色のイラストで、古典的なアーチが描かれていた。アーチの向こうに青々とした森と青い空、澄んだ池が見える。アーチの片側には昔ながらのふわりとした服をまとった美女が立ち、歓迎の意を表しているようだ。片手を上げ、読者をアーチの中に招待している。アーチの反対側には、丈夫そうな鹿革のブリーチと上着、つばの広い帽子という格好の男性が立っていた。片方の肩に荷物を掛け、片手に虫眼鏡を、もう片方の手に杖を持っている。絵の下には説明文がついていた。

〝新世界はイギリスの植物学者、アリスター・マンローを歓迎し、不思議発見の旅に誘う〟

この小柄な男性はサー・アリスターのつもりなのかしら？　ヘレンは絵をまじまじと見つめた。もしそうだとしたら、ちっとも似ていない。男性はキューピッドの弓のような形の口とふっくらしたピンク色の頬をし、どちらかと言えば男装した女性に見えた。ヘレンは鼻にしわを寄せ、ページをめくった。凝った字体で表題が書かれている。〝ニューイングランドの動植物概説　アリスター・マンロー著〟

次のページには、こんな言葉があった。

献辞

神の恩寵による大英帝国国王

ジョージ陛下

陛下のお気に召すとあれば

本書と我が研究を捧げます。

敬具

アリスター・マンロー

一七六二年

ヘレンはその文字をなぞった。実際、陛下はこの本がお気に召したのだろう。出版後、間もなく、著者はナイト爵を賜ったと聞いたことがある。ヘレンは数ページめくったところで、はっと息をのんで手を止めた。昨夜この本を見ていたときは、さほど注意は払っていなかった。熱心にのぞき込む子供たちの頭で、後ろに立っていたヘレンにはページがよく見えなかったのだ。だが、今は……。

目の前のページいっぱいに、裸の枝に曲線状の長い花びらがついた花の絵が描かれていた。美麗な花がいくつも固まって咲き、紫がかったピンク色で美しく手彩色が施されている。その下の枝には一つだけ花がついていて、別の角度から詳細が見えるようになっていた。その横の枝では、葉が開きかけていた。一枚の葉に派手な黒と黄の蝶が留まり、脚と触角が細かく描かれている。挿絵の下には〝ツツジ属カナデンセ〟と記されていた。

あれほど無愛想で、洗練とは無縁な人が、どうしてこの本の下絵が描けるような芸術家でもあるの？　ヘレンは頭を振って次のページをめくった。図書室は静かで、窓に打ちつける雨の音が聞こえるだけだ。美しい挿絵に引き込まれたヘレンは、数分とも数時間ともつかない間、絵と言葉に夢中になって、ゆっくりページをめくっていった。

我に返った理由はわからない――雨音が外界の音を遮断していたので、物音のせいではないのは確かだ――が、ヘレンは顔を上げて眉をひそめた。ろうそくは根元近くまで燃え、陰気な塊になっている。ヘレンはろうそくを注意深く持って、図書室のドアに向かった。ホールはがらんとしていて暗く、雨が玄関の巨大なドアに打ちつけている。ヘレンが次にとった行動には、何の根拠もなかった。

ろうそくをテーブルに置き、ドアをぐいぐい引いた。ドアはしばらく動かなかったが、やがて不満げなうなり声をあげながら開いた。たちまち雨が吹き込んできて、頭の先から爪先までずぶ濡れになる。冷たさに驚いてあえぎ、暗闇越しに私道を見つめた。

何も動いていなかった。

なんて間抜けなの！　これじゃただの濡れ損だわ。ヘレンがドアを閉めようとしたとき、何かが目に入った。長い影が、私道沿いの木立から現れたのだ。馬に乗った男性だ。ヘレンは圧倒的な安堵に包まれたあと、その光景を目にしたことで怒りが込み上げた。

髪が頭に張りつくような大雨の中、転げ落ちるように階段を下り、彼を心配して過ごした時間のことを叫んだ。

「何をなさっていたの？　わたしは一日中こすり洗いをして埃をたたいて献立を考えていたっていうのに、旦那様はただ偉そうにすっぽかすだけ？　子供たちが待っているとは思わなかった？　ジェイミーは旦那様がいなくてがっかりしていたわ。鴨も冷たく……すごく、すごく冷たくなって。ミセス・マックレオドには謝っても謝りきれないし、このあたりにはあの人しか料理人はいないんです！」

サー・アリスターは馬の上で軽く身をかがめていて、帽子は消え、古い乗馬ジャケットの肩は濡れて光っていた。全身ずぶ濡れに違いない。彼は死人のように青ざめた顔をヘレンに向け、からかうように唇の端を上げた。「ミセス・ハリファックス、ずいぶん感じのいいお出迎えだな」

ヘレンは馬勒をつかみ、雨の中に立って目をしばたたいた。

「二人で決めましたよね。わたしは旦那様と食卓をご一緒する、旦那様は夕食の席に着く、って。わたしと取り決めをしておいてそれを破るなんて、どういうおつもりですか？　わたしを見くびっているのね？」

サー・アリスターは一瞬目を閉じ、ヘレンは彼の顔に疲労のしわが刻まれていることに気づいた。

「ミセス・ハリファックス、またきみに謝らなければならないようだ」

ヘレンは顔をしかめた。具合が悪そうに見える。この豪雨の中、いつから馬に乗っていたの？

「でも、どこにいらっしゃったの？　この嵐の中を動き回らなければならないほど大事な用事って何？」

「気まぐれだよ」サー・アリスターはため息をついて目を閉じた。「ただの気まぐれだ」

そう言うと、馬から落ちた。

ヘレンは悲鳴をあげた。幸い、馬はよく訓練されていて、驚いて主人を踏みつけたりはしなかった。サー・アリスターは背中から倒れ、ヘレンは動かなくなった体の上に身を乗り出した。ジャケットの下で何かが動く。小さな黒い鼻が、次にくうんと鳴く小さな頭が、濡れた布の合わせ目から突き出した。

サー・アリスターはジャケットの下に子犬を隠していた。

6

来る日も来る日も、正直者はイチイのノットガーデンの真ん中で怪物の見張りを続けた。それは退屈な仕事だった。怪物は檻の片隅でぶすっとし、ツバメは延々と飛び回り、石像は静かに前を見据えているだけだった。

夕方になると、日が沈みきる前に美貌の若者が交代しにやってきたが、そのとき決まって同じ質問をした。「今日は何か怖い思いをしましたか？」

そして毎回、正直者は答えた。「いいえ……」

『正直者』より

「ミスター・ウィギンズ！」ヘレンは降りしきる雨に向かって叫んだ。「ミスター・ウィギンズ、手を貸してちょうだい！」

「しいっ」サー・アリスターは意識を取り戻したらしく、うめくように言った。「ウィギンズは早寝をしているか、泥酔しているかのどちらかだ。あるいは、両方」

ヘレンはサー・アリスターをにらみつけた。彼は水たまりに横たわり、胸の上には子犬がうずくまっていて、どちらも寒さに震えている。「旦那様を中に入れるには、誰かに手伝ってもらわないと」

「いや」サー・アリスターは起き上がり、座る体勢をとった。「その必要はない」

ヘレンは彼の腕を取って強く引き、立ち上がるのを手伝った。「頑固な人ね」

「きみこそ頑固だ」サー・アリスターは言い返した。「子犬は傷つけないでくれ。一シリング出して買ってきたんだから」

「しかも、死にそうになってまで連れて帰ったんですものね」ヘレンはあえぎながら言った。

サー・アリスターはよろよろと立ち、ヘレンは彼の冷えた胸に両腕を回して体を支えた。その体勢だと、頭が彼の腕の下に入り、頬が脇腹にくっつく。サー・アリスターは重い腕を片方ヘレンの肩にかけた。

「頭がおかしいんだわ」

「それが主人に対する家政婦の口の利き方か？」サー・アリスターは歯をかちかち鳴らしながらも、もう片方の腕を曲げて子犬を落とさないようにした。

「朝になったら首になさってください」ヘレンはぴしゃりと言い、サー・アリスターがおぼつかない足取りで階段を上るのを手伝った。彼は口では皮肉を言いながらもヘレンにぐったりともたれ、頬に不規則な胸の上下が感じられた。大柄でたくましい男性だが、きっと何時間も雨の中を馬に乗っていたのだろう。

「ミセス・ハリファックス、忘れたのか？　きみが玄関に現れた晩から、わたしは何度もきみを首にしようとして失敗しているんだ。おっと」サー・アリスターはドア枠につまずき、ヘレンはバランスを崩した。

「わたしに任せてくだされぱいいんです」ヘレンはあえいだ。

「なんと偉そうな女だ」サー・アリスターは考え込むように言いながら、よろよろと戸口をまたいだ。「きみなしでどうやって生きてこられたのかわからないよ」

「わたしもです」ヘレンはサー・アリスターを壁にもたれさせ、ドアを引っ張って閉めた。子犬がくうんと鳴く。「熱が出ても自業自得ですよ」

「ああ、女性の声はなんと耳に心地よいことか」サー・アリスターはつぶやいた。「とても柔らかく、とても優しくて、男なら守ってやりたい衝動に駆られてしまうね」

ヘレンは鼻を鳴らし、彼を階段に向かわせた。二人が通ったあとには水が落ち、明日掃除をする必要がありそうだった。小馬鹿にしたような物言いとは裏腹に、サー・アリスターは青くなってがたがた震えていて、命にかかわるほど体が冷えきっているのではないかと心配になる。屈強な男性が高熱で亡くなる例は、父の回診を手伝っていたころに何度も見ていた。一週間は元気に笑っていたかと思うと、数日後には死んでいるのだ。

「階段に気をつけて」ヘレンは言った。サー・アリスターは背が高く、体重もあるので、階段を踏み外したら、下まで転げ落ちるのを止められる自信はない。

サー・アリスターからはうなり声しか返ってこなかったので、ヘレンは余計に心配になった。もう言い返す元気もないのかしら？　このあとのことを考えながら、サー・アリスターにゆっくり階段を上らせる。湯を沸かして、紅茶もいれたほうがいいわね。ミセス・マックレオドは昨夜、やかんを炊事炉の埋火《うずみび》の近くに置いていた。きっと今夜も同じところにあるはず。サー・アリスターを自分の寝室に連れていったら、急いでやかんを取りに行こう。

ところが、寝室に通じる廊下に着くころには、サー・アリスターの体には波のような震えが押し寄せていた。このままでは、子犬が腕から振り落とされかねない。

「ここでいい」ドアの前まで来ると、サー・アリスターはうなった。

ヘレンはその言葉を無視し、ドアを押し開けた。「馬鹿な人」

「エジンバラとヨーロッパ大陸の著名な科学者が何人も、それには同意しかねると言うだろうね」

「その人たちは、旦那様が死にかけながら濡れた子犬をつかんでいるところを見たことがないのではないかしら」

「確かに」サー・アリスターはよろよろとベッドに向かった。かなり広い部屋だ。重いカーテンが掛けられた窓と窓の間に、巨大な柱のついたベッドが鎮座し、上掛けが床まで垂れている。一つの壁の前に古めかしい大きな暖炉があり、城のほかの部分と同じ薔薇色の石でできていた。城が造られて以来、城主が代々使っている部屋なのかしら?

だが、ヘレンはその疑問を頭から振り払った。「ベッドはだめよ。濡れてしまうから」

サー・アリスターを暖炉の前に連れていく。冷えた暖炉の前に、大きな椅子が一つ置かれていた。サー・アリスターはその椅子にどさりと座ってぶるぶる震え、ヘレンはしゃがんで火をかき立てた。燃えさしが今もかすかに光っている。その上に石炭を積み、火がつくまで息を吹きかけた。雨粒が髪から顔へと伝い、床に落ちる。体が震えたが、サー・アリスターの寒さに比べればたいしたことはない。

ヘレンは立ち上がり、サー・アリスターのほうを向いた。「服を脱いでください」

「おお、ミセス・ハリファックス、ずいぶん大胆だね」その言葉は酔っ払っているかのようにろれつが怪しかったが、息から酒のにおいがしないことはわかっていた。「きみがわたしを狙っていたとは知らなかったよ」

「ふん」ヘレンは震える子犬を取り上げて暖炉のそばに下ろし、濡れた塊はぽつんとうずくまった。子犬のことはあとで考えればいい。今は主人の世話が先決だ。

ヘレンは立ち上がり、サー・アリスターの肩から濡れそぼったジャケットを脱がせ始めた。彼は協力するように身をかがめたが、その動きはぎこちなかった。炉辺に放ると、ジャケットは湯気を上げ始めた。次にサー・アリスターの前にひざまずき、濡れたベストのボタンを外していく。重いまぶたの下から視線を感じ、鼓動は速まる一方だった。ボタンを外し終えるとベストを引きはがし、ジャケットの上に放った。シャツのボタンを外し始めたとき、自分の息が荒くなっているのがわかった。作業に集中し、硬い胸板に張りつく透けた白い布を見つめる。布の下で、縮れた毛が影になっていた。彼の熱い息が頭頂部にかかるのが感じられる。それは親密すぎる体勢だった。

そのことを深く考える間を作らないよう、ヘレンは決然とシャツを脱がせたが、裸の胴体があらわになったときはやはりたじろいだ。サー・アリスターの体は、ヘレンが想像していたよりずっとすばらしかった。力強い曲線を描く幅の広い肩が、驚くほど厚い腕の筋肉に続き、胸板は広く、上半分は黒っぽい縮れ毛に覆われている。毛の間からのぞく赤茶色の乳首は硬く突き出していて、ぎょっとするほど生々しかった。引き締まった腹は、黒っぽい毛がへそのまわりに細く円を描いたあと、幅を増してブリーチのウエストの中に消えていた。ヘレンはその魅惑的な毛に向かって手を伸ばしたあと、自分が何をしているかに気づいた。

わがままな手を引っ込め、スカートの中に隠してきびきびと言う。

「残りの服も脱がせたいから、立ってください。寒さでほとんど青くなっているわ」

「ミセス・ハリファックス、きみの視線だけで体が熱くなる、よ」彼はのろのろと言いながら立ち上がった。軽薄な言葉も、歯をかたかた鳴らしているせいで台なしだ。

「ふん」

顔全体が真っ赤になっていることはわかっていたが、それでもこの濡れたブリーチは脱がせなければならない。ヘレンはボタンを外し始め、サー・アリスターが手伝おうと手を伸ばしてくると、それを振り払った。最後のボタンを外したとたん、彼はぐらりと傾き、ヘレンは自分が赤面していることも、彼に何と思われるかも気にしている場合ではなくなった。

「ベッドに寝て」命令するように言う。

「偉そうな女だ」サー・アリスターはぼやいたが、その言葉はまたももつれた。彼はのろのろと巨大なベッドに向かった。

ベッドに上がったサー・アリスターを、ヘレンはマットの上で仰向けにさせ、ブーツとブリーチ、ストッキング、下着を脱がせた。毛に覆われた長い脚と、そのつけねに黒っぽい毛が密集した部分はちらりと見ただけで、ベッドに押し込んで上掛けを掛ける。

何か茶化すような言葉――ずいぶん慌ててわたしをベッドに入れるんだな、とか何とか――をかけられるかと思ったが、サー・アリスターは目を閉じただけだった。彼が口を慎んだことで、ヘレンはひどく不安になった。一度だけ足を止め、子犬を拾い上げてサー・アリスターの隣に押し込んだあと、厨房に走った。

ああ、よかった！　ミセス・マックレオドはやはり、炊事炉の埋火でやかんを温めてくれていた。ヘレンは手早く紅茶をいれ、ポットとカップ、たっぷりの砂糖と、古びた金属製の寝床用あんかを持って、サー・アリスターの寝室に戻った。階段を駆け上がったせいで息を切らしながら部屋に入ると、彼の体は今も上掛けの下で動かず、ヘレンの心臓は痛いくらいに打った。

だが、そのときサー・アリスターが身動きした。「わたしの裸を見て城から逃げ出したんじゃないかと思っていたよ」

ヘレンは鼻を鳴らし、物でいっぱいの盆をベッド脇のテーブルに置いた。

「わたしには幼い息子がいるんです。男の裸ならしょっちゅう見ているわ。今夜もジェイミーを風呂に入れたんですから」

サー・アリスターはうなった。「わたしのものは男の子とは少し違っていてほしいのだが」

ヘレンは咳払いし、すまして言った。「もちろん違いはありますが、それでもやはり似たようなものです」

「ふん」サー・アリスターの視線を意識しながら、あんかを暖炉の前に持っていき、焼けた石炭をすくう。「では、わたしの服を脱がせるのは、ジェイミー少年を風呂に入れるのと同じようなものだったと」

「当然です」ヘレンは言い、我ながらすばらしい落ち着きぶりだと思った。

「嘘だね」サー・アリスターはしゃがれた声で静かに言った。

ヘレンはそれを無視し、温まったあんかをベッドに持ってきた。

「動いてもらえますか?」

サー・アリスターは疲れてしわの寄った顔でうなずいた。彼がマットレスの上で寝返りを打つと、ヘレンはあんかをシーツの上に置くために上掛けをめくった。精いっぱい努力はしたが、むき出しの脚から腰、脇腹にかけての曲線を見ずにいることはできなかった。腹の中に熱が広がっていく。慌てて目をそらした。

ヘレンが作業を終えると、サー・アリスターは体を戻し、目を閉じてうなった。

「気持ちいい」

「よかったです」ヘレンは炉床にやかんを置き、急いで戻ってきた。「紅茶をいれますので、起きてください」

サー・アリスターは目を開け、驚くほど鋭い目でヘレンの胸元を見つめた。「ミセス・ハリファックス、ずぶ濡れじゃないか。自分の世話もしたほうがいい」

ヘレンは体を見下ろし、シュミーズと肩掛けがほとんど透けていることに気づいた。胸の先が立っているのが、薄い生地越しにはっきり見える。どうしよう！　だが、今は慎みを気にしている場合ではない。「自分のことは、旦那様が落ち着かれてからにします。起きてください」

「きみのお節介には、あとで仕返しをしてやるからな」サー・アリスターはたしなめるように言いながらも、枕に寄りかかって半身を起こした。

「どうぞ」ヘレンは答え、カップに砂糖を入れてから、湯気を立てている紅茶を注いだ。

「ミセス・ハリファックス、紅茶に砂糖はいらないんだが」サー・アリスターが背後でだらりと言う。

「いいから黙って」ヘレンが振り返ると、彼の視線が胸に釘づけになった。「熱くて甘いものこそ、今の旦那様に必要なんです。飲んでください」

ヘレンが支えているカップから、サー・アリスターは紅茶をすすり、顔をしかめた。

「この紅茶なら、鉄錆も落とせそうだ。わたしを殺す気か？」

「ええ、まさにそれがわたしの狙いです」ヘレンはなだめるように言った。サー・アリスターのぶっきらぼうな言葉に、胸の片隅が締めつけられるような気がした。とても強情で、とても無愛想な人だけど、今はこんなにもわたしのことを必要としている。「もう少し飲んでください」

サー・アリスターはもう一口カップからすすったが、その間中じっと顔を見つめられたせいで、ヘレンはどぎまぎした。がっしりした喉が動くのを見て、指が震える。慌ててカップを引っ込め、盆に置いた。

「ありがとう、ミセス・ハリファックス」サー・アリスターは言った。彼は目を閉じ、体はベッドに沈めていたが、顔色は戻ってきていた。「今夜はもう、きみがいなくても大丈夫そうだ」

ヘレンは顔をしかめた。「煉瓦を温めるか、紅茶のお代わりを持ってこようかと」

「おい、紅茶は勘弁だ。今夜は下がってくれ。ただし」サー・アリスターは明るい茶色の目を開け、ヘレンに皮肉めいた視線を送った。「わたしと一緒に寝てくれるなら話は別だが?」

あからさまな誘いにヘレンは思わず目を見開き、何を言えばいいのか、どうすればいいのかわからず凍りついた。次の瞬間、身を翻して部屋を出ていき、サー・アリスターの笑い声を背中で聞きながら、そそくさと自分の寝室に戻った。

昨夜、濡れた生地越しに家政婦の豊かな胸の輪郭を見たせいかもしれない。彼女の髪のレモンの香りが、部屋に亡霊のようにまとわりついているせいかもしれない。あるいは、ただ生物学的欲求に襲われただけかもしれない。いずれにせよ次の朝、アリスターは彼女の色っぽい赤い唇が、痛いほど硬くなったあそこに吸いついている光景とともに目覚めた。あまりにも生々しい淫夢で、体は夢と現実の区別をつけることができなかった。

アリスターはうなり声をあげ、上掛けをはねのけた。頭、というより全身にひどい痛みを感じたが、それでも股間は誇らしげに屹立している。アリスターは自在に形を変えるその部分をじっと見つめた。どんなに知的な男でも、ぷっくりした唇と白く丸い胸のふくらみを見ただけで原始的な欲求に身を任せてしまうとは、なんという皮肉だろう。ミセス・ハリファックスの姿を鮮やかに思い浮かべると、そこはぴくりと動いた。プライドが高く、口が達者な彼女。

そんな女性の、一糸まとわぬ姿。

アリスターはごくりと唾をのんで自分自身に触れた。熱い鉄のような皮膚をなぞり上げ、うずく先端を手のひらで包む。ふくれあがったそこは、すでに皮膚がぴんと張りつめ、指の間で滴が光っていた。想像上のミセス・ハリファックスは目の前でひざまずき、白い胸を自分の手で支えている。彼女はそれを差し出すように持ち上げ、奔放ながらも内気そうに、歯で下唇を噛んだ。アリスターは先端を手でしごき、快感の稲妻が玉を直撃するのを感じた。ミセス・ハリファックスの胸は大きくて色つやがよく、小さな手からこぼれんばかりだ。赤い先端を親指と人差し指ではさみ、きゅっとつまんで、挑発するような視線を向けてくる。アリスターはうなり、そっと引っ張りながら手を根元に下ろした。彼女があの柔らかな左右の胸を寄せてくれて、わたしが身を乗り出し、あの甘美なる熱いふくらみの間にこれを差し入れることができれば……。

隣で子犬がくうんと鳴いた。

アリスターはびくりとし、とっさに上掛けをつかんだ。「うわっ!」

ようやく思い出して、体を枕にもたせかけた。下を見る。子犬は掛かっているシーツに半分埋もれるようにして、寝具にしがみついていた。

「大丈夫だよ、わんちゃん」アリスターは言った。「わたしの頭がどうかしているのは、おまえのせいじゃない」今もあそこがこわばってうずいているのも、おまえのせいじゃない。それどころか、この状態で朝目覚めるのはよくあることだった。植民地から戻って以来、動物的な欲望をなだめるには、自分の手を使うしかなかった。何年も前に一度、欲求不満が募って、エジンバラのいかがわしい地区に出かけたことがあった。金と引き替えに男の性的欲求を満たしてくれる女性の奉仕を受けようとしたのだ。ところが、そこで見つけた娼婦は、貸部屋のろうそくの光でアリスターの顔を見たとたん、値上げを要求してきた。アリスターは屈辱と自己嫌悪を感じ、背中に娼婦の罵声を浴びながら、その場をあとにした。そんなおぞましい経験は、二度と繰り返したくなかった。そこで、原始の欲求が理性を打ち負かしたときは、自分の手で我慢することにしたのだ。

アリスターの声を聞いて、子犬は上掛けからよろよろと這い出し、嬉しそうにしっぽを振った。茶色と白のスパニエルで、耳が垂れ、鼻に斑点が入っている。グレンラーゴの先にある農家のごみ箱で見つけた。昨日、グリフィンに乗って子犬を探しに行ったのは、思いつきだった。レディ・グレーの墓に花びらをまいているジェイミーの姿が脳裏に焼きつき、しばらく頭から離れなかった。それ以上に心をかき乱されたのは、アビゲイルがあんなふうに決然と墓から走り去ったことだった。かわいそうに、気難しくて人に好かれにくいタイプだ。女の子に求められるかわいらしさや、素直さがない。アリスターは小さく鼻を鳴らした。あの子はどこかわたしに似ている。

子犬は大きすぎる前足をふんばって体を伸ばし、腹をベッドにつける勢いであくびをした。おしっこをしたがっているのは間違いなく、赤ん坊なので場所は選ばないだろう。

「ちょっと待ってくれよ、わんちゃん」アリスターはつぶやいた。

関節をきしませながら起き上がり、服を着始めたが、下着をつけたところで突然ドアが開いた。この朝二度目にシーツをたぐり寄せる。子犬は振り返り、闖入者《ちんにゆうしや》にキャンキャン吠えた。

アリスターはため息をつき、悪態を嚙み殺して、驚いている青紫色の目を見つめた。「おはよう、ミセス・ハリファックス。入る前にノックしようとは思わなかったのか？」

美しい目でまばたきをしたあと、彼女は顔をしかめた。

「ベッドから出て何をなさっているの？」

「一応答えてやるが、ブリーチを探している」片方のこぶしを腰に当て、昨夜から眼帯をつけっぱなしだったことを神に感謝した。「わたしを一人にしてくれたら、きちんと服を着てきみを迎えられるんだが」

「ふん」ミセス・ハリファックスは出ていくどころか、せかせかとアリスターのそばを通り過ぎ、手にしていた盆をベッドのサイドテーブルに置いた。「あなたが今しなければならないのは、ベッドに戻ることです」

「わたしが今しなければならないのは」アリスターはかすれた声で言った。彼女が入ってきたせいで、股間が活気を取り戻したのが感じられる。「服を着て子犬を外に連れていくことだ」

「温かいパン粥をお持ちしました」

ミセス・ハリファックスは快活に答え、腕組みをしてアリスターの前に立った。わたしがパン粥を食べると本気で思っているのか？

アリスターはサイドテーブルに置かれたボウルに目をやった。半分まで牛乳が入っている。そこに浮かぶびしゃびしゃのパンを見て、完全に食欲をそがれた。

「ミセス・ハリファックス、もしかすると」アリスターはシーツを落とし、子犬に手を伸ばした。「きみはわざとわたしの気を変にさせる作戦を決行しているんじゃないだろうか」

「え？」

「きみがわたしの仕事をじゃましていること、わたしが必要としていない使用人を雇ったこと、わたしの生活全体をめちゃくちゃにしていること、これらすべてが偶然とは思えない」

「そんなつもりは……」

ミセス・ハリファックスが何やらまくしたてている間、アリスターはボウルの前に子犬を座らせた。子犬は顔と片方の前足をボウルに突っ込んで食べ始め、ミルクとパンの塊をテーブルにまき散らした。アリスターはミセス・ハリファックスのほうを向いた。

あっけにとられていた彼女が声を発した。「だから、わたしは——」

「それから、きみの服装の問題もある」

ミセス・ハリファックスは自分の体を見下ろした。「わたしの服装がどうかしましたか？」

「そのドレスは」アリスターは彼女の胸元のレースをはじき、指が温かく柔らかな胸をかすめた。「家政婦にしてはおしゃれすぎる。なのに、きみはわたしの気を散らすために、その格好で城を歩き回ることをやめない」

ミセス・ハリファックスは頰を赤く染め、青紫色の目に憤慨の光を浮かべた。

「一応言っておきますけど、わたしはドレスを二着しか持っていないんです。旦那様の気に障ったところで、わたしのせいではありません」

アリスターはミセス・ハリファックスに近づき、問題のドレスに胸を触れ合わせんばかりにした。もはや彼女を追い払おうとしているのか、引き寄せようとしているのかもわからなかった。レモンの香りが鼻にまとわりつく。「じゃあ、ノックもせずにわたしの部屋に押しかけてきた理由はどう説明する？」

「それは——」

「わたしが導き出せる結論はただ一つ、きみはわたしの裸を見たかったんだ。もう一度」

ミセス・ハリファックスは視線を落とし——そうせずにはいられなかったのだろう——奔放な股間に下着がテントを張っているのを目にした。色っぽい、誘うような唇が開く。やめてくれ！　もう我慢できない。

アリスターは思わずミセス・ハリファックスの顔をのぞき込み、彼女がぷっくりした赤い唇をそわそわとなめるさまを見つめた。「きみの好奇心を満たしてあげなければならないようだ」

キスをしようとしているんだわ、とヘレンは気づいた。サー・アリスターの顔に刻まれたしわから、目に浮かんだ官能の色から、断固とした姿勢からそれが感じられた。彼はキスをしようとしていて、恐ろしいのはヘレン自身もそれを望んでいることだった。時に皮肉っぽく、時に感情をむき出しにするあの唇を感じたい。わたしを味わう彼を味わって、男の香りを吸い込みたい。ヘレンはサー・アリスターのほうに身を乗り出し、顔を上に向け、胸の高鳴りを感じた。ああ、キスしてほしい。次の一呼吸を望むよりずっと、キスに焦がれていた。

そのとき、子供たちが部屋に飛び込んできた。正確には、飛び込んできたのは、いつも走っているジェイミーだけだった。アビゲイルのほうは、もう少しゆっくり後ろからついてきた。サー・アリスターは声を殺して汚い言葉で罵り、後ろを向いてシーツでウエストを覆った。だが、彼が子供たちの視線を気にする必要はまるでなかった。

「わんちゃんだ!」ジェイミーは叫び、いたいけな子犬に向かって突進した。

「気をつけろ」サー・アリスターは言った。「その子はまだ……」

だが、声をかけたときはもう手遅れだった。ジェイミーが犬を抱き上げるのと同時に、黄色い液体がちょろちょろと床に流れた。ジェイミーは口を開け、犬を抱えたままその場に立ちつくした。

「あ……」サー・アリスターは立派な胸板をむき出しにしたまま、呆然と前を見ていた。ヘレンは彼に同情した。昨夜は寒さで死にかけ、今朝は服を着る間もなく、おもらしする犬と走り回る子供たちに侵食されている。

ヘレンは咳払いした。「わたし――」

そのとき、笑い声が聞こえてきた。かわいらしく甲高い、少女の笑い声だ。ロンドンを発ってから一度も聞いていなかった声。ヘレンは振り返った。

アビゲイルが戸口に立ったまま、両手で口を覆い、指の隙間から笑い声をもらしていた。その手が下ろされる。

「おしっこかけられた！」アビゲイルは気の毒な弟をはやし立てた。「おしっこいっぱいかけられた！　この子の名前、水たまり《パドルズ》にするといいわ」

ヘレンは一瞬、ジェイミーがわっと泣きだすのではないかと思ったが、そのとき子犬が身をよじったので、ジェイミーは犬を胸に抱き寄せてにっこりした。「おしっこはしても、いい子だもん。でも、パドルズはいやだよ」

「当然だ、パドルズはやめてくれ」サー・アリスターが低い声で言うと、子供たちは二人とも目をみはり、そこにいたのかという顔で彼を見た。

アビゲイルは真顔になった。「ジェイミー、その子はわたしたちの犬じゃないのよ。名前はつけられないわ」

「ああ、確かにきみたちの犬じゃない」サー・アリスターは気楽な調子で言った。「でも、名づけは手伝ってもらいたい。それと、今すぐこいつを芝生に連れ出して、城じゃなくてそっちで残りの用を足してもらいたいんだ。引き受けてくれる人はいるかな？」

子供たちはその仕事に飛びつき、サー・アリスターがうなずく間もなく、部屋を飛び出していった。突然、ヘレンは城主と二人きりで部屋に取り残された。

ヘレンは床の水たまりを、パン粥とともに厨房から持ってきた布巾で拭いた。サー・アリスターの目は見ないようにする。

「ありがとうございました」

「何がだ？」サー・アリスターは何でもないような声で言い、シーツをベッドに掛け直した。

「おわかりでしょう」ヘレンは顔を上げ、視界が涙でぼやけていることに気づいた。「アビゲイルとジェイミーに子犬の世話をさせてくださったことです。それが……それこそが、今のあの子たちが必要としていることだったんです。ありがとうございました」

サー・アリスターは肩をすくめ、どこか気まずそうな顔になった。

「たいしたことじゃないよ」

「たいしたことじゃない？」とたんにヘレンはいらだち、立ち上がった。「旦那様はあの犬を手に入れようとして、死にかけたんですよ。たいしたことです！」

「誰が子供たちのためにあの犬を手に入れたと言った？」彼はうなった。

「違うのですか？」ヘレンは問いただした。サー・アリスターは人でなしを演じたがるが、その下にはまったく別の人格が潜んでいるのがわかる。

「もしそうだったら?」サー・アリスターは近づいてきて、そっとヘレンの肩をつかんだ。

「ご褒美が欲しいところだね」

考える暇も、言い争う暇も、予期する暇さえなかった。サー・アリスターの唇がヘレンの唇に重ねられた。唇は温かく、あごの無精ひげがかすかにざらりと感じられ、とても気持ちがいい。男らしい。切望が伝わってきた。こんなふうに求められるのは久しぶりだった。最後に男性とキスしたのがいつなのかさえ思い出せない。ヘレンはサー・アリスターに身を預け、むき出しの上腕に両手を置いた。その感触もすばらしく、指に触れる肌は熱くてなめらかだった。サー・アリスターが口を開き、舌で優しく探ってきたので、ヘレンも口を開いて彼を迎え入れた。喜んで。うっとりと。簡単に。

おそらく、簡単すぎるほどに。

これがヘレンの大きな欠点だった。軽はずみに行動してしまう。軽はずみに恋に落ちてしまう。自分のすべてを差し出してしまい、その衝動的な情熱をあとになって後悔するのだ。遠い昔、リスターのキスもすてきだと思った。その結果、どうなった?

絶望しか残らなかった。

ヘレンは息を切らしながら身を引き、サー・アリスターを見つめた。彼の目は半開きで、顔は紅潮し、黒っぽい頰ひげが官能的な影を作っている。

ヘレンは言葉を探した。「わたし……」

結局、手を口に押し当て、どこまでもうぶな乙女のように部屋を飛び出した。

「ローヴァー」

ジェイミーは言った。城の裏の草地にしゃがんで、子犬が甲虫を見つけて匂いを嗅ぐ様子を眺めている。

アビゲイルはあきれたように目を動かした。「この子にローヴァーっていう名前が似合うと思うの？」

「うん」ジェイミーは言い、つけ加えた。「それか、キャプテン」

アビゲイルは注意深くスカートを持ち上げ、草が乾いている部分を見つけて座った。ほとんどの場所が、昨夜の嵐でびしょ濡れになっている。「トリスタンがいいと思うわ」

「それは女の名前だよ」

「違うわ。トリスタンは偉大な戦士だったの」アビゲイルは自分の言ったことに自信が持てず、かすかに顔をしかめた。「別のものだったかもしれないけど。とにかく、女じゃないわ」

「でも、女の名前に聞こえるよ」ジェイミーは言い張った。

小枝を拾い、子犬の鼻先に持っていく。子犬は小枝に嚙みつき、ジェイミーの手から奪った。地面に伏せて後ろ足をぶざまに広げ、小枝を嚙み始める。

「そんなもの食べさせちゃだめでしょ」アビゲイルは言った。

「ぼくが食べさせたんじゃないよ」ジェイミーは言った。「とにかく――」

た。

「おい！」おなじみの声が聞こえた。「そこにいるのは何だ？」

背後にミスター・ウィギンズが立っていた。頭が朝日を覆い隠し、赤毛が顔のまわりで立っているせいで燃えているように見える。彼は足をかすかにふらつかせ、子犬をにらみつけた。

「サー・アリスターの犬よ」子犬を取り上げられるのではないかと不安になり、アビゲイルは急いで言った。「サー・アリスターに言われて犬の世話をしてるの」

ミスター・ウィギンズは目を細め、小さな目は顔のしわにほとんど埋もれた。「公爵の娘にしては、卑しい仕事だな？」

アビゲイルは唇を噛んだ。ミスター・ウィギンズが昨日のジェイミーの言葉を忘れてくれることを切望していたのだ。

だが、ミスター・ウィギンズが気にしていたのは別のことだった。「とにかく、厨房で小便させないようにしてくれよ。これ以上仕事を増やされちゃたまらないからな」

「この子は――」ジェイミーが言いかけたが、アビゲイルがさえぎった。

「それは大丈夫です」かわいらしく言う。

「そうか」ミスター・ウィギンズはうなり、その場を立ち去った。

アビゲイルは彼が城の中に姿を消すのを待ってから、ジェイミーに向き直った。「もう二度とあの人に余計なことを言っちゃだめよ」

「お姉様の命令なんて聞かないもん！」ジェイミーは下唇を震わせ、顔を真っ赤にした。

アビゲイルはそれが、弟が突然叫ぶか泣くか、あるいはその両方の前兆だと知っていたが、それでも念を押した。「ジェイミー、これは大事なことなの。あの人にからかわれても、余計なことを言ってはだめ」

「言ってないもん」ジェイミーはぶつぶつ言ったが、それが嘘であることはお互いわかっていた。

アビゲイルはため息をついた。ジェイミーはまだ幼いので、ここまで言うのが精いっぱいだ。子犬を抱き上げて差し出す。「パドルズを抱っこする？」

「この子はパドルズじゃない」ジェイミーは言ったが、それでも子犬を受け取って胸にぎゅっと抱き、柔らかな毛に顔をうずめた。

「わかってるわよ」

アビゲイルは草の上にゆったり座って目を閉じ、顔に陽光を感じた。ジェイミーの言ったことをお母様に伝えないと。お母様を探して、今すぐ言わないと。でも、言ったらお母様は怒るし、心配するし、それではせっかくの幸せが台なしになってしまう。そもそも、たいしたことじゃないかもしれないし。

「パドルズはまだ馬小屋を見たことがないよ」ジェイミーが隣で言った。機嫌を直したようだ。「見せてあげよう」

「そうね」

アビゲイルは立ち上がり、弟のあとから濡れた草地を横切って、馬小屋に向かった。とりあえず天気はいいし、かわいい子犬の世話もできる。アビゲイルは何気なく振り返り、ミスター・ウィギンズが歩いていった方向を見た。彼の姿はどこにもなかったが、遠くに黒い雲が不気味に、低く垂れこめ、太陽を脅かしていた。

アビゲイルは身震いし、走ってジェイミーを追いかけた。

「次の議会で、ホイートンがまたも軍人恩給の議案を提出するという噂だ」

ブランチャード伯爵はそう言って椅子に寄りかかり、リスター公爵は椅子が壊れるのではないかと思った。

「あの男はしつこいからな」ハッセルソープ卿が嘲るように言った。「ほとんど議論することなく却下されると思うが。閣下はどうお考えですか？」

リスターは手にしたブランデーグラスをじっと見つめた。一同がいるのはハッセルソープの書斎だ。それなりに居心地のよい部屋だが、内装は紫とピンクで施されている。ハッセルソープは冷静で頭の切れる男で、首相の座を狙っているが——おそらく近いうちに実現するだろう——妻は知性というものがほとんど見当たらない女性だ。内装は彼女の趣味に違いない。

リスターはハッセルソープに目をやった。「もちろん、ホイートンの議案はお話にもならない。イギリス陸軍に籍を置いたことのあるどこぞの馬鹿に一人残らず恩給を出すなど、政府の金がいくらあっても足りない。だが、国民の支持はある程度集めるだろうな」

「まさか、本気で議案が通るとお思いですか？」ブランチャードはぎょっとしたようだった。

「いや、通りはしない」リスターは言った。「ただ、議論にはなるかもしれない。街で配布されているパンフレットは読んだか？」

「あの文章は洗練されているとは言いがたい」ハッセルソープが鼻を鳴らした。

「ああ、それでもコーヒーハウス（当時の男性の社交場で、情報収集や政治的議論が行われた）の常連には影響を与えている」リスターは顔をしかめた。「それに、フランスとの戦争中に植民地で起こった出来事のせいで、国民は下級兵士の行く末を大いに気にかけるようになった。スピナーズ・フォールズの大虐殺のような残虐行為を知って、我が国の兵士はじゅうぶんな給金をもらっているのかと考える者が出てきたんだ」

ハッセルソープはわずかに身を乗り出した。「わたしの兄もスピナーズ・フォールズで命を落とした。あの大虐殺が、パンフレットの宣伝文句として利用されていると思うと、反吐が出るね」

リスターは肩をすくめた。「同感だ。わたしはただ、この議案を却下するのに直面するであろう反対意見を指摘しただけだ」

ブランチャードはふたたび椅子をきしませ、飲んだくれの兵士がどうの、泥棒がどうのととりとめのない話をしたが、リスターは聞いていなかった。部屋のドアが細く開き、ヘンダーソンの顔がのぞく。

「ちょっと失礼」リスターは言い、ブランチャードのおしゃべりをさえぎった。

紳士たちの同意を待たず、立ち上がってドアに向かう。「何だ？」

「おじゃまして申し訳ございません」ヘンダーソンは緊張した様子でささやいた。「例の女性の逃亡について、お知らせしたいことがございます」

リスターは肩越しにちらりと振り返った。ハッセルソープとブランチャードは額を突き合わせているし、いずれにせよ声が聞こえる距離ではない。リスターは秘書に向き直った。

「どうした？」

「彼女と子供たちが、一週間以内にエジンバラで目撃されました」

エジンバラ？　面白い。ヘレンにスコットランド人の知り合いがいたとは初耳だ。エジンバラに身を寄せる場所を見つけたのか、それともさらに先に進んだのか？

リスターはヘンダーソンに視線を戻した。「わかった。あと一ダース、人を送れ。エジンバラをしらみつぶしに探して、彼女がまだいるかどうか、もしいなければどこに向かったのか調べさせろ」

ヘンダーソンはおじぎをした。「かしこまりました、閣下」

リスターはほんの少しだけほほ笑んだ。猟師と獲物の距離は縮まった。そのうち、近いうちに、ヘレンのかわいらしい首根っこをこの手でつかんでやる。

7

ある夕方、正直者が怪物の見張りをしていたところ、いつもの時間になっても美貌の若者はやってこなかった。太陽は沈み、イチイのノットガーデンには長い影が落ち、檻の中のツバメたちは飛び回るのをやめて留まる場所を見つけた。正直者が怪物をじっと見ると、柵の向こうに何か白っぽいものが見えた。気になって近づいたところ、驚いたことに怪物は姿を消していた。代わりに裸の女性がいて、長い黒髪を体のまわりに、外套のように広げていた。

そのとき、若者が息を切らし、叫びながら城の中庭に駆け込んできた。「交代だ！　もう行ってくれ！」

正直者は言われたとおりその場を去ろうとしたが、背後から若者に呼びかけられた。「今日は何か怖い思いをしましたか？」

正直者は足を止めたが、振り返りはしなかった。「いいえ……」

『正直者』より

ミセス・ハリファックスはわたしを避けている。午前の半ば、紅茶とビスケットの盆を書斎に運んできたのがあの魅惑の家政婦ではなくメイドだった時点で、アリスターは確信した。あのキスで嫌われてしまったのか？　わたしの魂胆を知って怯えている？　だが、構うものか。ここはわたしの城だ。わたしの平穏を脅かそうとしているのは彼女のほうなのだ。今さら逃げ隠れはできない。それに、とアリスターは塔の階段を駆け下りながら思った。もう朝の郵便のことを確認しに行ってもおかしくない時間だ。

厨房に入ると、ミセス・ハリファックスは炉床で湯気を立てる鍋をはさんで、料理人と何やら相談していた。アリスターには気づいていない。アリスターがホールから入ってきたドアのそばでは、子供たちが子犬と遊んでいた。ほかの使用人は見当たらない。

「お昼を食べに来たの？」ジェイミーがたずね、もぞもぞする子犬を胸に抱き寄せた。「今からパドルズにミルクをあげるんだ」

「そのあと外に連れていってくれよ」アリスターはぼそりと言った。炊事炉に向かって歩き始める。「それから、子犬にはほかの名前をつけてやってくれ」

「はい」アビゲイルが背後から言った。

アリスターが近づくと、ミセス・ハリファックスは顔を上げ、驚いたように目を見開いた。

「サー・アリスター、何かご用でしょうか？」

そのまなざしには警戒の色があった。〝このように気味の悪い男を自分に近寄らせたことに、ぞっとしているんじゃないか？〟嘲るような声が頭に響く。

アリスターは思わず顔をしかめて言った。「郵便を取りに来たんだ」

料理人は何やらつぶやき、鍋の上に身を乗り出した。ミセス・ハリファックスはそばのテーブルにするりと近寄った。そこには、手紙の薄い束が置かれていた。

「申し訳ありません。上にお持ちするべきでした」彼女はそう言い、手紙の束を差し出した。

アリスターは彼女とかすかに指を触れ合わせて束を受け取り、眉をひそめて手紙を見ていった。エティエンヌからの返信はもちろんなかった――まだ時間がかかるはずだ――が、その期待が捨てきれなかった。ヴェールの手紙を読んで以来、スピナーズ・フォールズの裏切り者のことばかり考えてしまう。あるいは、ミセス・ハリファックスと出会ったことで、あのおぞましい大虐殺で顔とともに失ったもののことを考えるようになったのかもしれない。

「お待ちの手紙があるのですか？」ミセス・ハリファックスの声が、アリスターの暗い思考を打ち破った。

アリスターは肩をすくめ、手紙の束をポケットに押し込んだ。「外国の学者仲間からの手紙をね。ものすごく重要というわけではないんだが」

「外国の方と文通なさっているのですか？」ミセス・ハリファックスは興味を引かれたらしく、首を傾げた。

アリスターはうなずいた。「外国の博物学者たちと、発見や意見を交換しているんだ。フランス、ノルウェー、イタリア、ロシア、植民地アメリカ。中国の原野を探検している友人もいるし、アフリカの奥地に行っている人もいる」

「すごいわ！　旦那様もそうしたお友達のもとを訪ねて、見聞を広められるのでしょうね」

アリスターはミセス・ハリファックスを見つめた。わたしをからかっているのか?

「わたしはこの城を離れない」

ミセス・ハリファックスはぽかんとした。

「本当に? 旦那様がこのお城を気に入っていらっしゃるのはわかるけど、たまには旅をされているはずだわ。研究にも必要でしょう?」

「植民地から帰って以来、旅はしていない」その大きな青紫色の目と見つめ合うことに耐えられなくなり、アリスターは視線をそらして、ドアのそばで子犬と戯れる子供たちに目をやった。「きみもわたしの外見は知っている。わたしがここから出ない理由もわかるだろう」

「でも……」ミセス・ハリファックスは眉根を寄せ、一歩近づいてきて、しかめつらしい目つきでアリスターの目をのぞき込んだ。

「外に出るのが難しいのはわかります。人にも見られるでしょう。お気持ちはお察しします。けれど、永遠にこのお城に閉じ込められる……旦那様がそのような罰を受ける筋合いはありません」

「筋合い?」アリスターは唇が引きつるのを感じた。「植民地で死んだ男たちは、誰も死ぬ筋合いなんてなかった。わたしの運命は、その〝筋合い〟があるかどうかには何の関係もない。わたしは傷を負っている、というただの事実だ。怯えているんだよ。小さな子供や傷つきやすい人間のように。だから、この城にこもっている」

「これからの人生もこんなふうに生きていくなんて、耐えられるのですか?」

アリスターは肩をすくめた。「これからの人生のことなど考えていない。これがわたしの運命というだけだ」

「過去は変えられません。それはよくわかっています」ミセス・ハリファックスは言った。「でも、過去は受け入れながらも、希望を持ち続けることはできませんか？」

「希望？」アリスターはミセス・ハリファックスを見つめた。彼女の熱弁ぶりには、何か個人的な理由があるとしか思えなかったが、それが何なのかはわからない。「何が言いたいのかさっぱりだ」

ミセス・ハリファックスはアリスターのほうに身を乗り出し、青紫の目に真剣な色を浮かべた。「将来のことは考えないのですか？　幸せになるための計画は？　よりよい人生を送るための努力は？」

アリスターは首を横に振った。彼女の哲学は、わたしの考え方とは相容れない。「過去はどうしたって変えられないというのに、将来の計画を立てて何になる？　わたしは今も不幸ではない」

「では、幸せですか？」

アリスターはドアのほうを向いた。「それは大事なことか？」

「もちろん大事なことです」小さな手が腕にかけられるのを感じた。アリスターはすばやく振り返り、ミセス・ハリファックスに向き直った。まぶしくて、美しい彼女に。「幸せも、幸せになりたいという希望もなしに、どうやって人生を生きるというのです？」

「やっとわかったよ、きみはわたしを馬鹿にしているんだな」

アリスターはうなり、彼女の手を振りほどいた。

ミセス・ハリファックスの抗議には耳を貸さず、大股で厨房を出る。彼女に悪意がないことはわかっていたが、その誠実さこそ、ある意味嘲笑よりも残酷だった。どうすれば将来のことが考えられる？　将来など存在しない。未来を信じることは、六年前にやめた。そんな楽観を取り戻すことを考えただけで、全身に恐怖が押し寄せてくる。だから、厨房からも、勘のよすぎる家政婦からも逃げ出すほうが、自分の弱さと向き合うよりよっぽどいい。


その日の午後、玄関の階段を掃いていたヘレンは、ガラガラという音を聞いて顔を上げた。立派な四頭立ての馬車が私道をこちらに向かっている。この城の孤立具合に慣れた今では、それは実に奇妙な光景に思え、ヘレンは一瞬口をぽかんと開けてその場に立ちつくした。やがて、恐怖のあまり心臓が肋骨の中でびくりと跳ねた。まずいわ、公爵に居場所を突き止められたの？

本来なら、階段を掃くのはメグかネリーの仕事だが、メイドたちは一階の居間の大掃除で忙しかった。ひび割れから生えた雑草に我慢できなかったヘレンは、昼食後に自分で階段掃除にやってきた。そういうわけで、しわしわのエプロンをつけ、ほうき一本で武装してこの場に立っている。これでは、子供たちを隠す時間もない。

馬車が威厳たっぷりに停まると、かつらをつけた従僕が飛び降りてステップを設置し、扉を開けた。とても背の高い淑女が現れ、頭を下げて馬車の天井を避けた。ヘレンは安堵のあまり、その場に座り込みそうになった。女性はしゃれたクリーム色のドレスに縦縞のペチコートをつけ、頭部が麦わらでできたレースの帽子をかぶっている。背後には背の低いぽっちゃりした女性がいて、ラベンダー色と黄色のドレスに身を包み、大きなフリルのついた帽子とボンネットで陽気そうな赤ら顔を縁取っていた。背の高いほうの女性が背筋を伸ばし、恐ろしげな眼鏡の奥から怪訝そうにヘレンを見た。かなり変わった眼鏡で、大きな真ん丸のレンズに黒縁がつき、両目の間がバツ印になっている。

「あなたは」女性は言った。「誰？」

ヘレンは膝を曲げておじぎをし、ほうきを持っている割にはうまくできたと思った。

「ミセス・ハリファックスと申します。サー・アリスターの新しい家政婦です」

背の高い女性は疑わしげに眉を上げ、付き添い人のほうを向いた。

「フィービー、今のは聞こえた？　この人はアリスターの家政婦らしいわよ。あの子が家政婦を雇うなんてことがありえると思う？」

背の低いぽっちゃりした女性はスカートを振って伸ばし、ヘレンに笑いかけた。

「ソフィー、この人は自分で家政婦と言っているし、わたしたちが到着したときに階段を掃いていたのだから、アリスターは確かに家政婦を雇ったのだと考えていいと思うわ」

「そう」背の高い女性の返事はそれだけだった。「ではお嬢さん、案内してちょうだい。アリスターがまともな部屋を用意しているとは思えないけど、とにかく泊まらせてもらうから」

ヘレンは顔が熱くなるのを感じた。〝お嬢さん〟と呼ばれたのは久しぶりだが、この女性は特に意味があって言ったわけではなさそうだ。

「何とかご用意いたします」ヘレンは言ったが、自信はなかった。今すぐメイドに客用寝室を二つ掃除させれば、日が暮れるまでに準備が整う可能性はある。あくまで可能性だ。

「自己紹介をしたほうがいいんじゃないかしら」背の低い女性が小声で言った。

「そうなの？」背の高い女性は不思議そうに言った。

「ええ」断固とした答えが返ってきた。

「わかったわ」背の高い女性は言った。「わたしはミス・ソフィア・マンロー。サー・アリスターの姉よ。こちらはミス・フィービー・マクドナルド」

「はじめまして」ヘレンはもう一度膝を曲げた。

「お会いできて嬉しいわ」ミス・マクドナルドは笑顔になり、ふっくらした赤い頬を輝かせた。ヘレンが使用人であることを忘れているように見える。

「どうぞお入りください」ヘレンはていねいに言った。「その……サー・アリスターはお二人がお越しになるのをご存じなのですか？」

「知るはずないでしょう」ミス・マンローは即座に答え、城の中に足を踏み入れた。「知っていれば、ここにはいないはずよ」帽子を取り、顔をしかめてホールを見回す。「あの子、ここにいるんでしょう？」

「はい、もちろんです」ヘレンは言い、二人分の帽子を受け取った。ホールをきょろきょろし、最終的に大理石のテーブルに置いた。あまり埃が積もっていないといいのだけど。「お二人がいらっしゃったことを知れば、お喜びになるはずです」

ミス・マンローは鼻を鳴らした。「あなたはわたしより楽観的なのね」

ヘレンはその発言には返事をしないほうがいいと判断した。メイドに掃除をさせている居間に二人を案内し、昼食のときより事態が進展していることを祈る。

ところが、ドアを開けてみると、従僕のトムが頭を大きな蜘蛛の巣だらけにして派手にくしゃみをし、メグとネリーはこらえきれず笑っていた。ヘレンが入っていくと、三人は背筋を伸ばし、ネリーは笑いを抑えるために手を口に当てた。

ヘレンはため息をつき、淑女たちのほうに向き直った。「食堂でお待ちいただいたほうがよさそうです。この城で掃除が完了しているのはそこだけで……あとは厨房と」

「その必要はないわ」ミス・マンローは居間に入り、虫に食われた動物の頭が並ぶ壁を非難がましく見つめた。「ここはフィービーとわたしが仕切るから、あなたはアリスターを呼んできてちょうだい」

ヘレンはうなずき、使用人を二人の淑女に任せてその場を去った。階段を上っていると、ミス・マンローが大声で命令しているのが聞こえた。今朝、厨房で言い合いをして以来、サー・アリスターの姿は見ていない。正直に言えば、ヘレンが彼を避けていたのであり、昼食も自分で運ばずメグに運ばせる始末だった。三階まで上ったところで、実はサー・アリスターが塔の部屋にいるのかどうかもわからないことに気づいた。散歩をしに外に出ている可能性もある。

だが、塔のドアをノックすると、サー・アリスターの低い声が聞こえた。「どうぞ」

ヘレンはドアを開け、塔の中に入った。サー・アリスターはいちばん大きなテーブルの前に座り、虫眼鏡を手に本の上に身を乗り出していた。

彼は顔を上げずに言った。「ミセス・ハリファックス、仕事のじゃまをしに来たのか？」

「お姉様がいらっしゃいました」

それを聞いて、サー・アリスターはすばやく顔を上げた。「何だと？」

ヘレンは目をしばたたいた。彼はひげを剃っていた。傷のないほうの頬はつるりとし、むしろ端整と言ってもいい。ヘレンは胸がどきりとするのを感じた。「お姉様が――」

サー・アリスターはテーブルのまわりをせかせかと歩き回った。

「そんな馬鹿な。なぜソフィアがここに来る？」

「それは、おそらく――」

だが、サー・アリスターはすでにヘレンの脇を通り過ぎていた。「何かあったに違いない」

「特にそのような様子は見受けられませんでしたが」ヘレンは叫びながら彼のあとを追った。

ヘレンの声は耳に入らないらしく、サー・アリスターは走って階段を下りた。一階のホールに着くころには、ヘレンはあえいでいたが、サー・アリスターは少しも息を切らしていなかった。

彼は足を止め、顔をしかめた。「どこに案内した？」

「汚い動物の頭がある居間です」ヘレンはぜいぜいしながら言った。

「最高だ。何か言われるに決まっている」サー・アリスターはぶつくさ言った。

ヘレンはあきれて目を動かした。旦那様のお姉様を、私道で待たせるわけにはいかないでしょう？

サー・アリスターは先に立って歩き、勢いよく居間に入った。「何があった？」

ミス・マンローは振り向き、奇妙な眼鏡の奥で顔をしかめた。

「おじい様の狩猟記念品はもうぼろぼろよ。捨てたほうがいいわ」

サー・アリスターは顔をしかめた。「エジンバラからわざわざ来たのは、おじい様の狩猟記念品に文句をつけるためではないでしょう。それに、顔につけているものは何です？」

「これは」ミス・マンローは不格好な眼鏡に触れた。「ミスター・ベンジャミン・マーティンが発明した眼鏡で、光が目に与える損傷を科学的に軽減してくれるの。わざわざロンドンから取り寄せたのよ」

「なんてことだ、不細工ですね」

「サー・アリスター！」ヘレンはあえいだ。

「だが、事実だ」サー・アリスターはぶつくさ言った。「姉上もわかっている」

だが、ミス・マンローの笑みは硬かった。「あなたのように無粋な人が、そういう反応をすることはわかっていたわ」

「で、それをわたしに見せるためにわざわざこちらへ？」

「いいえ、たった一人の弟がまだ生きているか確かめに来たのよ」

「どうして生きていないと思うのです？」

「三通立て続けに手紙の返事が来なかったからよ」ミス・マンローは言い返した。「あなたはこの古い城のどこかで朽ち果てているんだと思うしかないでしょう？」

「姉上の手紙には必ず返事を出しています」サー・アリスターは顔をしかめた。

「ここ三通には返事がなかったわ」

ヘレンは咳払いをした。「お茶をお持ちしましょうか？」

「あら、いいわね」ミス・マクドナルドがミス・マンローの背後から言った。「スコーンもお願いできるかしら？　ソフィーはスコーンが大好物なの。そうよね？」

「あんなもの――」ミス・マンローは言いかけたが、唐突に口を閉じた。その様子だけ見れば、ミス・マクドナルドにつねられたのかと人は思うだろう。ミス・マンローは息を吸って認めた。「お茶をいただくわ」

「わかりました」ヘレンはメグに向かってうなずいた。メグもほかの使用人たちも、突っ立ってきょうだいの言い合いを眺めていた。「料理人にお茶の用意をさせて、もしあればスコーンかケーキも添えるよう言ってちょうだい」

「かしこまりました」メグは急いで部屋を出ていった。

ヘレンがにらむと、残りの使用人もしぶしぶあとに続いた。

「お姉様に座っていただいたら？」ヘレンはサー・アリスターに小声で言った。

「わたしは仕事がある」サー・アリスターはぶつぶつ言ったが、それでも声をかけた。「座ってください、姉上、ミス・マクドナルド、ミセス・ハリファックスも」

「でも――」ヘレンは言いかけたが、サー・アリスターに片目でにらまれ、反論は思い止まった。すました顔でひじ掛けのない椅子に座る。

「ありがとう、アリスター」

ミス・マンローは言い、長椅子に腰を下ろした。

ミス・マクドナルドがその隣に座って言った。「アリスター、またお会いできて嬉しいわ。クリスマスに来てくれなくてがっかりしていたのよ。おいしい鴨のローストがあったのに。見たことがないくらい大きな鴨だったわ」

「わたしはクリスマスだからって訪ねたりしません」サー・アリスターはぶつぶつ言った。

彼に隣に座られ、ヘレンは少し落ち着かない気分になった。

「でも、来てほしいのよ」ミス・マクドナルドがやんわりとたしなめた。

彼女の言葉は、ミス・マンローのきつい言い方より効果があったようだ。サー・アリスターの高い頬骨が、少し赤らんだように見える。「わたしが遠出を嫌っていることはご存じでしょう」

「ええ、そうね」ミス・マクドナルドは言った。「でも、だからってわたしたちをないがしろにしていいことにはならないわ。クリスマスに手紙が来なかったとき、ソフィーはひどく落ち込んでいたのよ」

ミス・マンローは隣で鼻を鳴らし、そのさまは落ち込みとは無縁だった。

サー・アリスターは顔をしかめ、口を開きかけた。

ヘレンは彼が何を言い出すか不安になり、急いでミス・マクドナルドに話しかけた。

「エジンバラにお住まいとお聞きしましたが？」

ミス・マクドナルドは顔を輝かせた。「ええ、そうなの。ソフィーとわたしは、街が一望できるホワイトストーンの家に住んでいてね。ソフィーは科学と哲学関係の会にたくさん所属しているから、毎日のように講演や実演会や展示会に参加できるのよ」

「すてきですね」ヘレンは言った。「あなたも科学や哲学に興味がおありなのですね？」

「もちろん、興味はあるわ」ミス・マクドナルドはにっこりして答えた。「でも、ソフィーと違って本職ではないから」

「何を言っているの」ミス・マンローががみがみ言った。「あなたは経験がない割にはよくやっているわ」

「あら、ありがとう、ソフィー」ミス・マクドナルドはつぶやき、困った人でしょう、と言わんばかりにヘレンに視線を送った。

ヘレンは笑いを嚙み殺した。ミス・マクドナルドは手強い友人を扱う術を心得ているようだ。

「サー・アリスターが次の名著をお書きになっていることはご存じですか？」ヘレンはたず

ねた。「わたしたちにも見せていただけるかしら？」

「そうなの？」ミス・マクドナルドは手を打ち合わせた。「わたしたちにも見せていただけるかしら？」

ミス・マンローは弟に向かって眉を上げた。「仕事が再開できたようで安心したわ」

「まだ取りかかったばかりですよ」サー・アリスターはぶつぶつ言った。

そのとき、メイドたちがお茶を運んできたので、それを並べるためにしばらくその場は騒がしくなった。

サー・アリスターはどさくさに紛れ、ヘレンに身を寄せて耳打ちした。「名著だと？」

ヘレンは頬が熱くなるのを感じた。「旦那様のご本は名著ですもの」

茶色の目がヘレンの顔を探った。「では、きみはあれを読んだのだな？」

「まだ全部ではありませんが、昨晩途中まで拝見しました」サー・アリスターにじっと見つめられ、息が止まりそうになる。「引き込まれました」

「本当に？」

サー・アリスターはいつのまにかヘレンの唇を見つめていた。その目は険しく、熱を帯びている。今朝のキスを思い出しているのかしら？　わたしは二度とあんなことはしない。この人と関係を持てば、またも危険を顧みず愚行を犯すことになるもの。だが、彼が視線を上げ、目と目が合ったとき、ヘレンは悟った。

危険は承知のうえで、この愚行にすっかり魅入られてしまっていることを。

お茶のあと、アリスターは午後の残りの時間を塔の中で過ごした。アナグマの項目を書き終えたかったのもあるが、これ以上魅惑的な家政婦のそばにいたら、とてつもなく愚かなことをしでかす気がしたのだ。それに、ソフィアに城を掃除しろとせっつかれるのもわかっていた。そんな事態からは逃げるのが賢明だ。

そういうわけで、アリスターが次にミセス・ハリファックスに会ったのは夜になってからだった。部屋を出るときは夕食用に身なりを整えることを忘れず、姉にあまり厳しく叱られないよう、まともなジャケットとブリーチまで引っ張り出した。ミセス・ハリファックスも一張羅を着てきたようだった。階段を下り終えたとき、アリスターのほうが先に彼女に気づいた。城に来てからは毎日同じ青いワンピース姿だったが、今夜は緑と金色のドレスを着ている。家政婦には豪華すぎるうえ、柔らかな胸元がいっそうあらわになっていた。その姿を見たとたん、アリスターはわざわざ髪を後ろで束ね、ひげを剃ってきてよかったと思った。

そのとき、ミセス・ハリファックスが振り返ってアリスターに気づき、一瞬動きを止めた。見開かれた青紫色の目は傷つきやすそうで、かわいらしい頬は初々しいピンク色をしている。今すぐきびすを返し、階段を上ったほうがいい。塔に閉じこもって、わたしの城からも生活からも出ていけと命じるのだ。彼女は輝かしい未来を望んでいるようだが、わたしにそんなものはない。

だが、アリスターはミセス・ハリファックスに近づいた。

「ミセス・ハリファックス、夕食の準備はうまく取り仕切れているようだね」

ミセス・ハリファックスは気もそぞろに食堂をのぞき込んだ。

「大丈夫だと思います。もし給仕に至らない点があれば、おっしゃってください。トムはまだスープの給仕の練習中で」

「ああ、でもそれはきみがその場で確かめてくれればいい」アリスターは言い、彼女の腕を取った。「夕食を一緒にするという取り決めを忘れたのか？　昨夜はわたしの側の義務にずいぶんこだわっていたじゃないか」

「でも、お姉様が！」ミセス・ハリファックスは頬を真っ赤にした。「お姉様はきっと……きっと……おわかりでしょう？」

「姉はきっとわたしを変わり者だと思うだろうが、そんなことは最初から知っている」アリスターはミセス・ハリファックスに皮肉なまなざしを向けた。「ミセス・ハリファックス、今は清純を装っている場合じゃない。子供たちはどこだ？」

すでにじゅうぶん狼狽していたミセス・ハリファックスが、ますます狼狽した。

「厨房にいますが、それは無理――」

アリスターはメイドの一人を手招きした。「ミセス・ハリファックスの子供たちを連れてきてくれ」

メイドはいそいそとその場を去った。アリスターは眉を上げ、ミセス・ハリファックスを見下ろした。「ほら。見ただろう。実に簡単なことだ」

「それは礼儀をいっさい無視しているからです」ミセス・ハリファックスはむっつりと言った。

「そこにいたのね、アリスター」ソフィアのはきはきした声が背後から聞こえた。

アリスターは振り返り、姉におじぎした。「ごらんのとおり」

ソフィアは階段の下までやってきた。

「あなたが夕食に顔を出すとは思わなかったわ。しかも、そんなにこぎれいにして。光栄に思うところなんでしょうね。でも、よく見たら」アリスターの腕にのせられたミセス・ハリファックスの手をちらりと見る。「そのおしゃれはわたしのためではなさそうね」

ミセス・ハリファックスは手を引っ込めようとしたが、アリスターは自分の手をしっかり重ねて逃がさなかった。「わたしは姉上の好意を勝ち取ることを最優先していますよ」

ソフィアは鼻を鳴らした。

「ソフィー」背後からミス・マクドナルドがたしなめた。すまなそうにアリスターを見る。かわいそうに、フィービー・マクドナルドはいつもソフィアの尻拭いをして回っているのだ。

アリスターが愚かにもそのことを指摘しようと口を開きかけたとき、ジェイミーが角の向こうから走って現れ、ソフィアにぶつかりそうになった。

「ジェイミー！」ミセス・ハリファックスが叫んだ。

ジェイミーはすべり込むように足を止め、ソフィアをじっと見た。

後ろからアビゲイルが、いつもどおり落ち着いた足取りでやってきた。「メグに、わたしたちも食堂に行くように言われたの」

ソフィアは高い鼻を少女のほうに向けた。「あなたは誰？」

「アビゲイルといいます」彼女は言い、膝を曲げた。「こちらは弟のジェイミーです。この子の失礼をお許しください」

ソフィアは眉を上げた。「そのせりふ、しょっちゅう言ってるんでしょうね」

アビゲイルは人生に疲れたようにため息をついた。「はい、そうなんです」

「いい子ね」ソフィアはほほ笑みのようなものを浮かべた。「弟というのは時にひどく厄介だけど、耐えるしかないのよね」

「はい」アビゲイルはまじめくさって答えた。

「行こう、ジェイミー」アリスターは言った。「二人が〝いばりんぼの姉の会〟を結成する前に、食事にしよう」

ジェイミーは先頭に立ち、いそいそと食堂に向かった。アリスターはいつものようにテーブルの上座に着き、作法どおりソフィアを右隣に案内したが、左にはミセス・ハリファックスを座らせた。ミセス・ハリファックスがその席を避け、下座に身を隠そうとしたので、アリスターは狙いを定めて椅子を引いてやった。

「ありがとうございます」彼女は少しもありがたくなさそうに言い、腰を下ろした。

「どういたしまして」アリスターは穏やかに答え、必要以上に勢いよく椅子を押し込んだ。

ソフィアはアビゲイルに水のグラスの正しい置き方を教えるのに忙しく、二人のやり取りには気づいていなかったが、ミス・マクドナルドはミセス・ハリファックスの向かい側から興味深そうに二人を眺めていた。まずい。そういえば、この小柄な女性はやたら観察眼が鋭いのだ。アリスターがミス・マクドナルドにうなずいてみせると、ウィンクが返ってきた。

「ところで、また本を書き始めたのね」トムが給仕役のメイドを従え、澄んだスープの入ったふたつき壺を運んできたとき、ソフィアが言った。

「はい」アリスターは身構えて答えた。

「それは、前書こうとしていたのと同じ本？」ソフィアは問いただした。「イギリスに生息する鳥と動物と昆虫についての？」

「そうです」

「そう。よかった。それを聞いて安心したわ」アビゲイルが渡そうとしたパンのかごを、ソフィアは手を振って退けた。「けっこうよ。昼食のあとはイーストが使われているパンは食べないの。それなら」ソフィアはアリスターに向き直って話を続けた。「まともな内容になるといいわね。リチャーズが数年前に出した『動物学《ズーロジア》』はひどい代物だったわ。ニワトリがトカゲの仲間であると証明しようとしたのよ、あの馬鹿。ふん！」

メイドがスープのボウルを前に置こうとしたので、アリスターは体を引いた。

「リチャーズは学者ぶっているだけの阿呆ですが、ニワトリとトカゲの比較は理にかなっていると思いますよ」

「あなたはアナグマもクマの仲間だと考えているのよね？」ソフィアの眼鏡が恐ろしげに光

見つけました」

「それに」アリスターは落ち着き払って続けた。何しろ、このような議論は子供のころからしているのだ。「去年の秋、アナグマの死骸を解剖したとき、頭蓋と前腕の骨にも類似点を見つけました」

「はは！」

「実際、両者のかぎ爪には驚くほどの類似が――」

った。

「〝シガイ〟って何？」ソフィアが反論する前に、ジェイミーがたずねた。

「死んだ動物の体のことだよ」アリスターは説明した。隣でミセス・ハリファックスがむせた。アリスターは彼女のほうを向き、気づかうように背中をたたいた。

「大丈夫です」ミセス・ハリファックスはあえいだ。「ただ、話題を変えていただけませんか？」

「わかったよ」アリスターは優しく言った。「代わりに糞の話をするとしよう」

「もう、何なの」ミセス・ハリファックスが隣でぶつくさ言った。

アリスターはそれには取り合わず、ソフィアのほうを向いた。「先日、わたしがアナグマの糞の中から発見したものを知ったら驚きますよ」

「何？」ソフィアは興味深そうにたずねた。

「鳥のくちばしです」

「まさか！」

「でも、事実なんです。シジュウカラかスズメか、小さなものですが、鳥のくちばしであることは確かです」

「シジュウカラではないでしょう。あまり地面には降りてこないから」

「ええ、でもわたしが見たところでは、鳥はアナグマに食べられる前に死んでいたんです」

「もう死体の話はしないと言ってくださったのに」ミセス・ハリファックスがだしぬけに言った。

アリスターは彼女を見て、必死に笑いをこらえた。「もうアナグマの死骸の話はしないと言ったんだ。今話しているのは鳥の死骸のことだよ」

ミセス・ハリファックスはアリスターに向かって顔をしかめたが、当然ながらその顔は美しかった。「何だかお説教くさいわ」

「ああ、そうさ」アリスターはにっこりした。「それで、きみはどうするつもりだい？」目の端で、ソフィアとミス・マクドナルドが眉を上げて視線を交わすのが見えたが、取り合わないようにする。

ミセス・ハリファックスは鼻をつんと上げた。「ご自分のベッドの支度を監督している女性には、もっと礼儀正しく接したほうがいいと思いますわ」

アリスターはぴくりと眉を上げた。「わたしのベッドにヒキガエルを入れると脅しているのか？」

「そうかもしれません」ミセス・ハリファックスはすまして言ったが、その目はアリスターに笑いかけていた。

アリスターの視線は彼女の唇に、色っぽい濡れた唇に落ち、とたんに股間ががちがちにこわばった。ほかの人に聞かれないよう、低い声で言う。「ベッドにもっと別のものを入れてくれたら、その脅しにも耳を貸すよ」

「やめて」ミセス・ハリファックスはささやいた。

「何を？」

「おわかりでしょう」青紫色の目が見開かれ、傷ついたようにアリスターの目を見つめる。

「からかわないで」

小声で発せられたその言葉を聞いて、本当なら恥じ入らなければならないところだった。けれど、アリスターは野卑なごろつきのようにますます興奮した。〝気をつけろ〟とささやく声が聞こえる。〝その女の魅力に参って、彼女が望むものを自分が与えられると思うんじゃないぞ〟その声に耳を貸すべきなのはわかっていた。その声に従い、手遅れになる前にミセス・ハリファックスから身を引くべきなのだ。ところが、アリスターは理性に反して自らを欺き、身を乗り出していた。


その晩遅く、ミス・マンローはティーカップを持ち上げ、ヘレンを射るように見つめて言った。「いつからアリスターの下で家政婦をしているの？」

ヘレンは口の中の紅茶を飲み下し、慎重に答えた。「つい数日前からです」

「ふうん」ミス・マンローは椅子にもたれ、勢いよく紅茶をかき混ぜた。

ヘレンはどぎまぎして、自分の紅茶に向き直った。その〝ふうん〟が肯定なのか否定なのか、あるいはまったく違う何かなのか、判別がつかなかった。一同は夕食を終え、居間に下がっていた。居間は少なくとも以前よりはきれいになっている。メイドたちが午後いっぱい掃除をしてくれ、古い石造りの暖炉には火も燃えていた。動物の剝製は今も気味の悪いガラスの目で見下ろしてくるが、少なくとも耳から蜘蛛の巣が垂れ下がってはいない。それは大きな一歩だった。

ジェイミーとアビゲイルも居間に来たが、すぐにおやすみのあいさつをした。ヘレンが二人を寝かしつけて戻ってくると、サー・アリスターは部屋の奥でミス・マクドナルドと議論していた。ミス・マンローはドアのそばに座っていた。うがった見方をすれば、ミス・マンローはヘレンを待ち伏せしていたのかもしれない。

ヘレンは咳払いをした。「サー・アリスターはお姉様とお会いしたのは久しぶりだとおっしゃっていましたが？」

ミス・マンローは紅茶の上で顔をしかめた。「あの子がここに閉じこもっているから」

「人目を気にされているのだと思います」ヘレンは小声で言った。

サー・アリスターとミス・マクドナルドが会話をしているほうに目をやる。彼は紅茶ではなく、透明のグラスでブランデーを飲んでいた。年上の女性に顔を傾け、まじめな顔で彼女の言葉を聞いている。髪を束ねているため傷跡があらわになっているが、顔つきはすっきりして見えた。ヘレンはその横顔を見ているうちに、傷がなければハンサムな男性なのだと気づいた。傷を負う前は、女性の視線を浴びていたのかしら？　そう思うとどぎまぎしてきて、サー・アリスターから視線をそらした。

するとミス・マンローが感情のうかがい知れない表情でこちらを見ているのがわかった。

「人目を気にしているだけではないわ」

「どういう意味でしょう？」ヘレンは自分の紅茶に向かって眉をひそめ、考えた。「初めてサー・アリスターを見たとき、アビゲイルは悲鳴をあげていました」

ミス・マンローはこくりとうなずいた。

「それよ。知り合いでない子供は、あの子を怖がるわ。大人の男性でも、あの子のことは横目で見るくらいだもの」

「サー・アリスターは、ほかの人にいやな思いをさせたくないのですね」ヘレンがミス・マンローの目を見ると、その目は肯定するようにきらめいた。

「想像できる？」ミス・マンローは穏やかに言った。「顔のせいで、どこへ行っても注目の的になるの。人が立ち止まってじろじろ見て、怖がるのよ。ありのままの自分で、人ごみに溶け込むということができないの。どこにいても目立ってしまう。気の休まる暇がないわ」

「地獄ですね」

ヘレンは唇を噛んだ。不必要な同情の波が押し寄せ、分別が溺れてしまいそうになる。

「特に、サー・アリスターにとっては。あの方は外側だけ見ればぶっきらぼうだけど、内面はご本人も不本意なくらい繊細なのだと思います」

「わかってくれたようね」ミス・マンローは椅子にもたれ、考え込むように弟を見つめた。「植民地から帰ってきたばかりのころはまだましだったの。もちろん、傷は今より生々しくて、見た目の衝撃も強かったけど、本人に自覚がなかったんだと思う。だけど一、二年経つと、自分が置かれた状況に気づいたの。自分はもうその他大勢にはなれない、化け物なんだってことに」

残酷な表現に、ヘレンは否定するような声をあげた。

ミス・マンローはヘレンをじろりと見た。「それが現実よ。もっともらしく言い繕って、傷跡なんて存在しない、普通の男性なんだというふりをしても、あの子には何の得にもならない。アリスターはアリスターであることから逃れられないのよ」彼女は身を乗り出し、ヘレンが目をそらしたくなるほど強いまなざしを注いできた。「でも、だからいっそう、わたしはあの子が愛おしいの。わかる？　植民地に渡ったときも、アリスターは善人だった。帰ってきたときは、比類なき人間になっていた。たいていの人は、戦場での勇ましい行動だけを指して、勇敢だと言うわ。その結果について考えたり、検討したりはしない。一秒か一分、せいぜい二分の行動だけを言うの。だけど、わたしの弟がしたこと、今していることは、重荷を背負ったまま何年も生きることよ。あの子は、残りの人生もこのままの状態で過ごすのだと知っている。それでも、戦い続けている」ヘレンと目を合わせたまま、ミス・マンローは椅子にもたれた。「わたしには、それこそが本物の勇敢さに思えるの」

ヘレンはミス・マンローから視線を引きはがし、ぼんやりとティーカップを見下ろした。手が震えている。昼間に厨房で話したときは、サー・アリスターが背負っているものをよく理解していなかった。この汚い城にこもっている彼を少し臆病だとさえ感じていた。でも、今は……。正直なところ、何年もの間、人間社会から追放されて生きること、その悲運の意味をじゅうぶん理解すること——サー・アリスターほどの知性の持ち主ならきっとわかっている——には、真に不屈の精神が必要だ。本物の勇敢さが。ヘレンはそれまで、彼が耐えているものについて、天寿を全うするまで耐えようとしているものについて、考えたことがなかった。

ヘレンは顔を上げた。サー・アリスターは今もミス・マクドナルドと話をしていて、見えるのは横顔だけだった。この角度からだと、傷跡は完全に隠れている。鼻はまっすぐで高く、あごはがっちりしていて、どこか毅然としていた。頬には肉がなく、まぶたが重く垂れている。ハンサムな、頭のいい男性に見えた。夜遅い時間なので、多少の疲れは感じられる。ヘレンの視線に気づいたのだろう、サー・アリスターは振り返った。細く腫れて赤みを帯びた、醜い傷跡があらわになる。失われた目は眼帯に隠れているが、その下の頬はたわんでいた。

ヘレンは彼の顔を、サー・アリスターその人を見つめた。ハンサムで頭のいい男性と、傷を負った冷笑的な世捨て人の両方を。肺の空気が薄くなり、空気を取り込もうとして胸が痛んだが、それでも見つめ続けた。彼のすべてを見ようとした。サー・アリスターのすべてを。目に映るものに不快感を覚えても無理はないのに、実際に感じたのはあまりに強い魅力だった。今すぐ立ち上がり、彼のもとに駆け寄らないようにするのが精いっぱいだった。

サー・アリスターはブランデーグラスをゆっくり掲げ、ヘレンに向けて乾杯の動作をしてから口をつけたが、その間もグラスの縁越しにこちらを見つめていた。

ようやくヘレンは視線を外し、あえぎながら肺に空気を満たすことができた。サー・アリスターと視線が絡み合ったあの瞬間に、何かが起こっていた。きっと、彼の魂をのぞき込んだのだ。

サー・アリスターのほうも、ヘレンの魂をのぞき込んでいたのかもしれない。

あのようなことがあった翌日、正直者は一日中、自分が見たものについて考えていた。影が中庭に長く伸びると、ツバメの檻のもとに行って扉を開けた。たちまちツバメは飛び立ち、夕方の空に群れを成した。中庭にやってきた美貌の若者は、怒りの叫び声をあげた。若者はローブから上質な絹の袋と小さな金の鉤を取り出して、ツバメを追いかけ、そのまま城から離れていった……。

『正直者』より

8

次の日、アリスターはいつもの習慣で夜明け前に目覚めた。暖炉に火を入れ、ろうそくを灯し、鏡台の上の洗面器の冷たい水で顔を洗って、手早く着替える。だが、廊下に出たところで足を止め、ためらった。レディ・グレーが生きていたころは、この時間に朝の散歩に出かけていたのだが、レディ・グレーは死んでしまったし、まだ名前のない新しい子犬は小さすぎて散歩はさせられない。

アリスターは漠然としたいらだちと悲しみを感じながら、ホールの突き当たりの窓へとやってきた。ミセス・ハリファックスはここにも来たようだ。窓の外側はまだ半分ツタに覆われているが、内側は驚くほどきれいになっている。ぼんやりした桃色の光が丘を照らし始めていた。晴れた一日になりそうだ。散歩日和だな、と鬱々とした気分で思う。あるいは……。気まぐれなアイデアが浮かび、アリスターは階段を下りた。下階にあるソフィアとミス・マクドナルドの寝室のドアの下からは、光は漏れていない。ああ、姉を出し抜くなど何年ぶりだろう。アリスターはドアをドンドンとたたいた。

「何なの？」部屋の中からソフィアが叫んだ。アリスターと同じで、一瞬でぱちりと目が覚めるタイプだ。

「起きる時間ですよ、お寝坊さん」アリスターは呼びかけた。

「アリスター？　ついに頭がおかしくなったの？」ソフィアはどすどすと歩いてきて、勢いよくドアを開けた。ゆったりしたねまきを着て、白髪まじりの髪を長い三つ編みにしている。不機嫌そうなその顔を見て、アリスターはにやりとした。「夏だし、天気はいいし、魚は泳いでいますよ」

ソフィアは目を丸くしたあと、合点がいったように細めた。「三〇分ちょうだい」

「二〇分」アリスターは肩越しに叫んだ。すでに角を曲がり、ミセス・ハリファックスの部屋に向かっている。

「わかったわよ！」ソフィアは叫び返し、ばたんとドアを閉めた。

ミセス・ハリファックスの寝室のドアの隙間もやはり暗かったが、アリスターはお構いなしに木製のドアを騒々しくたたいた。中から、こもったうなり声とドンという音が聞こえる。そのあと、あたりは静まり返った。アリスターはふたたびノックした。

はだしの足がぺたぺたと近づいてきて、ドアを細く開けた。アビゲイルの白っぽい小さな顔がのぞく。

アリスターはアビゲイルを見た。「起きているのはきみだけか？」

アビゲイルはうなずいた。「お母様とジェイミーを起こすのは一苦労なの」

「じゃあ、手伝ってくれ」

アリスターはそっとドアを開け、室内に入った。以前は物置として使われていた広い部屋で、アリスターはそこに置かれた不格好な巨大ベッドを久しぶりに目にした。ジェイミーとミセス・ハリファックスはまだ眠っていて、アビゲイルがさっきまで寝ていたらしき箇所で上掛けの角がめくれている。子犬はシーツの上で体を丸めていたが、アリスターが近づくと体を起こして伸びをし、ピンクの舌を巻いた。アリスターは枕元に行き、ミセス・ハリファックスを揺り起こそうとしたが、その手がはたと止まった。ソフィアと違って、ミセス・ハリファックスは髪を編まずに下ろしていた。髪はもつれた柔らかな絹糸のように、枕の上に大きく広がっている。頬はピンク色で、薔薇色の唇は半開きになって深い寝息を立てていた。彼女の無防備さと、張りつめた自分の股間に、アリスターは一瞬頭がぼうっとした。

「起こすの？」アビゲイルが背後から問いかけた。

その声にはっとした。幼い少女の前でこんなことを考えるとは！　アリスターは目をしばたたき、身を乗り出してミセス・ハリファックスの肩をつかんだ。柔らかく温かい肩の感触が手に伝わる。「ミセス・ハリファックス」

「うーん」ミセス・ハリファックスはため息をつき、肩をすくめた。

「お母様！」アビゲイルが大声で呼んだ。

「なあに？」ミセス・ハリファックスはまばたきし、青紫色の目で困惑したようにアリスターの目をのぞき込んだ。「何なの？」

「起きてちょうだい」アビゲイルは耳が遠い相手に話しかけるように言った。「今から……」振り向いてアリスターを見る。「どうしてこんなに早く起きなきゃいけないの？」

「釣りに行くんだ」

「わあい！」ジェイミーが叫び、母親の反対側でぴょんと起き上がった。姉が思っているほど寝起きが悪いわけではないのか、釣りと聞いて活気がみなぎったのかはわからない。

ミセス・ハリファックスはうめき、額から髪をかき上げた。

「でも、どうしてこんなに早く起きるんです？」

「それは」アリスターは身を乗り出し、彼女の耳元でささやいた。「魚は早起きだから」

ミセス・ハリファックスはうなったが、ジェイミーは母親のそばで膝をつき、ベッドの上で跳ねながら歌うように言った。「行こう、行こう、行こう！」

「わかったわ」ミセス・ハリファックスは言った。「でも、サー・アリスターには出ていっていただかないと、着替えができません」自分がねまき姿であることをようやく思い出したのか、頬の赤みが濃くなっている。

一瞬、アリスターは挑むようにミセス・ハリファックスの目を見つめた。上掛けの下は薄いシュミーズ姿らしく、彼女が起き上がるまで見ていたい誘惑に駆られる。繊細な生地の下で自由に震える胸を、むき出しの肩のまわりで揺れる髪を見たい。

狂気だ。こんなのは狂気の沙汰だ。

そこで、アリスターは彼女の目を見つめたまま、顔を近づけて言った。「二〇分後に」子犬を抱き上げ、これ以上狂気に取りつかれる前にと部屋を出た。

アリスターが階段を駆け下りて厨房に向かう間、子犬はおとなしく腕に抱かれていた。アリスターが厨房に入ると、炊事炉で火をかき立てていたミセス・マックレオドは驚いた。調理台の前に座ってあくびをしていたメイドの一人は、アリスターを見てキャッと声をあげる。

ミセス・マックレオドは背筋を伸ばした。「旦那様?」

「パンとバターとチーズを包んでくれ」アリスターは厨房を何となく見回した。「果物と冷肉もお願いできるかな? 釣りに行くんだ」

ミセス・マックレオドはうやうやしくうなずいた。幅の広い赤ら顔は、アリスターの突然の要求にも動じた様子はない。「かしこまりました」

「それから、戻ってきたら豪勢な朝食を出してくれ」アリスターは眉をひそめた。「ウィギンズは見たか?」

メイドが鼻を鳴らした。「あの人のことだから、まだ寝てるんですよ」アリスターに見られると、顔を赤らめて背筋を伸ばした。「あ、すみません」

アリスターは謝ることはないというふうに、子犬を抱いていないほうの手を振った。

「ウィギンズを見かけたら、馬小屋を掃除するよう言っておいてくれ」

ウィギンズはどうしようもない怠け者だ、と思いながら朝日の中に出ていく。ほかの使用人が来て初めて、彼の怠けぶりがよくわかった。いや、それは違う。アリスターは露がきらめく草の上に子犬を下ろした。ウィギンズが役立たずの働き手であることは前からわかっていた。今まではただ、気にしていなかっただけなのだ。

アリスターは顔をしかめて、子犬があくびをし、鼻を突き出して朝のそよ風の匂うさまを眺めた。ウィギンズの件はそのうち何とかしなければならないが、ありがたいことに今朝はまだいい。

「ほら、用をすませるんだ」子犬に向かってささやく。「ここですぐに出せるようになったほうがいいぞ。城の中で糞をしたら、ミセス・ハリファックスに何をされるかわかったもんじゃない」

その命令が通じたかのように、子犬は草の中にうずくまった。

アリスターは頭をのけぞらせ、大笑いした。

城の厨房を出たところで、母は足を止めた。アビゲイルにはその理由がすぐにはわからなかったが、母の前に回り込むと納得した。サー・アリスターが陽光の中に立ち、足元に子犬を置いて、両手を腰に当てて笑っていたのだ。大きくて深い、男性の笑い声。アビゲイルは今まで、そんな笑い声を聞いたことがなかった。公爵にはめったに会わないし、会ったときもこんなふうに笑っていた記憶はない。そもそも、こんなふうに笑えるとも思えなかった。公爵はどこか堅い印象がある。堅すぎて、公爵にぶつかられた物は壊れてしまいそうだった。

サー・アリスターの笑い声は新鮮で、すてきで、こんなに心地よい音は聞いたことがなかった。お母様も同じように感じているかしらと思い、母を見上げる。母も同じ気持ちのようだった。目を見開き、口角を上げて、驚きまじりの笑みを浮かべている。

ジェイミーが二人を追い越し、サー・アリスターと子犬に向かって走っていった。

「まだ夢を見ているみたい」背後から声が聞こえた。

アビゲイルは驚いて振り返った。

ミス・マンローが厨房の戸口に立っていた。おかしな眼鏡の奥のまなざしが、どこか優しげに見える。「アリスターのあんな笑い声を聞いたのは久しぶりだわ」

「そうなのですか?」母はたずねた。ミス・マンローではなく、何か別のものを見ているように見える。何かもっと重要なものを。

ミス・マンローはこくりとうなずいた。声を張り上げてサー・アリスターに呼びかける。

「アリスター、釣り道具はどこ? まさか素手でマスを捕まえろとは言わないわよね?」

「ああ、姉上、来てくれたのですね。てっきりもうベッドから出ないことにしたのかと」

ミス・マンローは鼻を鳴らし、淑女らしからぬ音をたてた。

「朝方、あれだけ騒いでおいて？　よく言うわ」

「ミス・マクドナルドは？」

「あの人は朝は苦手だって知ってるでしょう」

サー・アリスターはにやりとした。「釣り竿は馬小屋にあります。子供たちと取りに行ってきますよ。ミセス・マックレオドにピクニックのバスケットを頼んでおきました。ミセス・ハリファックスと、準備ができたか確かめてきてください」

彼はそう言うと、返事を待たず馬小屋に向かって歩きだしたので、アビゲイルは走ってあとを追いかけた。

ジェイミーは子犬を抱き上げた。「釣りをするのは初めて」

サー・アリスターはジェイミーを見下ろした。「そうなのか？」

ジェイミーはうなずいた。

「そうか、でも釣りは上品な紳士なら誰もがたしなむ娯楽なんだ。ジョージ陛下も釣りをされるって知ってたかい？」

「ううん、知らなかった」ジェイミーはサー・アリスターの広い歩幅についていくため、飛び跳ねるように歩いた。

サー・アリスターはうなずいた。「陛下とお茶をしたときにおっしゃっていたよ」

「公爵様も釣りはする？」ジェイミーはたずねた。

「公爵？」サー・アリスターは不思議そうにジェイミーを見つめた。

アビゲイルは心臓が止まりそうになった。

だが、サー・アリスターはうなずいた。「もちろん、公爵様も釣りはすると思うよ。よかった、きみに釣りを教えることができて。お姉様にもね」サー・アリスターはアビゲイルにほほ笑みを向けた。

アビゲイルは胸がふくらみ、顔に笑みが広がるのを感じた。抑えようとしても、抑えられなかっただろう。

一同は薄暗い馬小屋に入り、隅のドアに向かった。サー・アリスターはぐいとドアを開け、中を漁った。

「あった」彼はうなり、自分の身長よりも長い釣り竿を取り出した。それを壁に立てかけ、ふたたび小部屋に体を突っ込む。「確か……ああ、これでいい」あと四本、釣り竿が現れた。

サー・アリスターは物置から出てきて、革の持ち手と蝶番のついた古いかごを取り出した。

「アビゲイル、これを持っていってくれるか?」

「はい」アビゲイルはしっかり返事をしたが、かごは見た目より重かった。持ち手を両手で握り、胸の前に持ち上げる。

サー・アリスターはうなずいた。「いい子だ。それから、こっちはジェイミー」小さめのかごをジェイミーに渡す。「これでよし」

釣り竿はサー・アリスターが肩にかつぎ、三人は母とミス・マンローが待つ城の前まで戻った。

「お母様、ジョージ陛下が釣りをするって知ってた？」ジェイミーはたずねた。片腕に子犬を抱え、反対側の手でかごを持っている。

「そうなの？」母は疑わしげにサー・アリスターに目をやった。

「本当だよ」サー・アリスターは空いている手で母の腕を取った。「一日一回、月曜は二回釣るんだ」

「ふうん」母はそれしか言わなかったが、楽しそうに見えた。ロンドンを発ってから初めて、お母様が楽しそう。アビゲイルはそう思いながら、露の降りた草地をスキップで進んだ。


釣りというのはいやに待ち時間の長い娯楽なのね。三〇分後、ヘレンは思った。羽根で巧みに偽装した小さな針を糸の先につけ、水の中に放って、魚が食いつくのを待つ。羽根と針を水面できらめくハエと見間違えるほど、魚も愚かではないだろうと思うのだが、どうやら魚はかなり愚かな生き物のようだ。あるいは、単にひどい近眼なのかもしれない。

「手首の動きに注意して」サー・アリスターが言う。「魚の尾ひれのように振るんだ」

ヘレンは眉を上げ、肩越しに彼を振り返った。サー・アリスターは土手を上ったところに立ち、値踏みするようにヘレンを見つめている。真剣に指示をしているつもりのようだ。ヘレンはため息をついて前を向き、手首に注意して長い釣り竿を振った。釣り糸が真ん中で折れて宙に跳ね上がり、頭上の枝に絡まる。

「もうっ」ヘレンは声を殺してつぶやいた。

すでに三度も釣り糸の投入に成功しているアビゲイルが、くすくす笑った。ミス・マンローは礼儀を守って何も言わなかったが、あきれたように目を動かしたのが見えた気がした。ジェイミーはとっくに〝振る〟技の習得に飽き、子犬と一緒にトンボを追い回していて、ヘレンの失態には気づきもしなかった。

「取るよ」いつのまにかサー・アリスターがそばに来ていて、長い腕をヘレンの頭上に伸ばした。

枝から釣り糸を外す間、彼の息が頬に温かく感じられた。ヘレンは身じろぎもしなかった。内心は震えていたが、サー・アリスターのほうはヘレンの近くにいることにまるで動じていないようだった。

「ほら」サー・アリスターは言い、毛針を枝から外した。ヘレンの背後に立ち、体の左右から前に手を伸ばして、釣り竿の持ち方を実演する。姿勢を整えるために軽く手で触れられただけで、体に衝撃が走った。

作業に集中するのよ。ヘレンは自分を叱りつけ、真剣な表情を作ろうとした。土手に立ちっぱなしなのはいっこうに構わないが、釣りの才能がないことにはとっくに気づいている。

驚いたことに、アビゲイルはまったく違っていた。娘はサー・アリスターの指示を、古代の神秘術の習得を目指す弟子のように重々しい表情で聞いていた。初めて川の真ん中に正確に釣り糸を投げ入れることに成功したときは、色白の小さな顔を誇らしげに輝かせた。それだけでも、夜明け前に起きて濡れた草の中を歩いてきた甲斐があったというものだ。

「わかってくれたかな？」サー・アリスターのかすれた声が耳元で聞こえた。

「ええ、大丈夫」ヘレンは咳払いをした。

サー・アリスターは顔の角度を少し変え、わずか二センチほどの距離でヘレンの視線をとらえた。「ご希望なら、もっと詳しく教えてあげるよ。竿の扱い方を」

その声はほかの誰にも聞こえないよう潜められていたが、ヘレンの頬はかっと熱くなった。

「考え方はじゅうぶん理解できたと思いますわ」

「ほう？」サー・アリスターは眉を上げ、目に悪魔じみた輝きを浮かべた。

ヘレンはゆっくり釣り竿をなで上げ、かわいらしくほほ笑んだ。「覚えはいいほうなの」

「ああ、でもやるからには技を極めたいはずだ。そのためには、適切な練習が欠かせないよ」サー・アリスターがわずかに身を寄せてきたので、ヘレンは一瞬取り乱した。ここでキスするつもり？　野外で、子供たちとあなたのお姉様の目の前で？

「アリスター！」ミス・マンローが叫んだ。

ヘレンはぎくりとしたが、サー・アリスターは冷静にささやいた。

「あとにしたほうがよさそうだな」

「アリスター、釣れたわ！」

その報告に、サー・アリスターはようやく振り返り、ソフィアが釣り糸と格闘しているところまで歩いていった。ジェイミーもその騒ぎに注意を引かれ、しばらく誰もこちらを見なかったので、ヘレンはその隙に呼吸を整えた。

ふたたびあたりを見回すと、サー・アリスターがソフィアの釣った魚の大きさをからかっているところだった。ヘレンの毛針が川岸近くの、ほとんど魚のいなさそうな浅瀬に入り込んでいることには気づいていない。頭上には明るい青空が広がり、薄い雲が流れている。小川は泡立ち、光り輝く水の底にすべすべした石が見えた。土手には草が青々と茂り、レディ・グレーが眠る小さな木立がある。小川はとても居心地がよく、普段の心配事が吹き飛んでしまう魔法の場所だった。

突然サー・アリスターが叫び、銀色の魚が釣り糸に引っ張られて水から飛び出した。ジェイミーは走って見に行き、アビゲイルはぴょんぴょん飛び跳ね、ミス・マンローは大騒ぎしながら糸をたぐり寄せるのを手伝った。その騒ぎに気を取られ、ヘレンは釣り竿を川に落としてしまった。

「もう、お母様」釣った魚が古びたかごに安全に収まると、アビゲイルは言った。「釣り竿をなくしてしまったのね」

「心配はいらないよ」サー・アリスターは言った。「土手の木立を過ぎたあたりに引っかかっているんじゃないかな。流れが渦を巻いているところがあるから。姉上、この子たちを頼みます。わたしはミセス・ハリファックスと竿を取りに行ってきますので」

ミス・マンローはうなずいたが、すでに自分の釣り糸を見るのに忙しかった。サー・アリスターはヘレンの腕を取り、土手を上るのに手を貸した。力強い指が上腕に巻きつくというささやかな接触だけで、ヘレンの呼吸は乱れた。馬鹿ね、と自分をたしなめる。この人は親切にしてくれているだけよ。だが、土手を上りきっても彼は腕を放してくれず、ヘレンはおかしいと思い始めた。サー・アリスターは黙ったまま、ヘレンを連れてすたすたと草の上を進んでいく。釣りを中断してわたしの釣り竿を取りに行くはめになって、腹を立てているのかもしれないわ。あんなふうに竿を落とすなんて、わたしって馬鹿みたい。ヘレンはむっつりと思った。

二人は木立に着くと、土手のほうを向いた。子供たちとミス・マンローからは完全に見えない場所だ。

「ごめんなさい」ヘレンは言いかけた。

ところが、サー・アリスターは何も言わず——というより、何の前触れもなく——ヘレンを胸に抱き寄せ、唇で唇をふさいだ。ヘレンの体は勝手に震え始めた。自分がどれだけこれを待っていたか、いつ彼が次の動きに出るかと期待していたかがようやくわかった。胸のふくらみは硬い胸板に押しつぶされ、腕は両方ともつかまれ、唇の上で動く彼の唇はどこまでも揺るぎない。ああ、いい。

すごくいい。

ヘレンは顔を傾け、サー・アリスターの上で溶けた。アップルパイにのせた熱々のカスタードのように。スカートはパニエの入っていない簡素なものだ。体を近づければ、ひょっとすると、彼の男の部分を感じることができるかもしれない。男性に求められるのは久しぶりだった。欲望のほとばしりを感じるのも久しぶりだった。

唇の上でサー・アリスターの熱い唇が開き、ヘレンの口に入り込もうとしてきた。ヘレンは自分から、むしろ積極的に口を開いた。こんなふうに求められるなんて、うっとりしてしまう。征服を目指す騎士のように迫ってくるサー・アリスターを、ヘレンは歓迎した。彼の手はひもで締められた腹の上をさまよったあと、薄いドレス生地だけで覆われた胸に這い上がった。ヘレンは期待に息をつめ、唇の熱さにさえ集中できず、その手が動くのを待った。期待は裏切られなかった。薄いショールの端からそっと指が入り込み、なで、探り、刺激して、肌をもてあそぶ。胸の頂が痛いほど張りつめ、硬くなった。ああ、服を脱ぎ捨てて、熱い手のひらで胸を包み込んでもらいたい。

ヘレンが何か声をもらしたらしく、サー・アリスターは唇を引きはがし、耳をすまさなければ聞こえないほど低い声でささやいた。「しいっ。向こうから姿は見えないが、声は聞こえるかもしれない」

サー・アリスターはヘレンのショールの中に差し入れたままの自分の手を見つめた。その視線に、ヘレンは思わず背をそらした。彼はくすぶったような目でヘレンを一瞥した。そして目を閉じ、ヘレンの胸に顔を近づけた。熱く濡れた舌が、ドレスと肌のきわを探るのが感じられる。

ああ、どうしよう。

土手の下から、ジェイミーの甲高い声が聞こえた。「お母様、すごい虫がいるよ！」

ヘレンは目をしばたたいた。「ちょっと待って、ジェイミー」

「もっときみが欲しい」サー・アリスターが低い声でつぶやいた。

欲望の稲妻が全身を貫いた。

「お母様！」

サー・アリスターは体を起こし、安定した手つきですばやくヘレンのショールを直した。

「ここにいてくれ」

土手をすべり下り、予想どおり渦の中でゆるく回転していた釣り竿を器用につかむ。ふたたび土手を上って、何気ない調子でヘレンのひじを取った。「行こう」

ヘレンはジェイミーたちのもとに戻りながらいぶかった。キスをしたときのあの信じられないほどの切望を、この人は感じていなかったのかしら？

どうかしている。狂気の沙汰だ。アリスターはふたたび釣り場に立ちながら思った。ミセス・ハリファックスは下流寄りの地点で、まったく釣れる見込みのない方法で釣り糸を水面に垂らしていたが、アリスターは自分が何をしでかすかわからず、手伝いに行けなかった。家政婦にキスするなど、何を考えているのだ？　醜いけだもののような男に迫られて、彼女はどう思っただろう？　仰天し、苦しんでいてもおかしくない。

だが、実際の彼女は特に仰天した様子も、苦しむ様子もなく、かわいらしい唇を開いてアリスターの舌を受け入れ、体を押しつけてきた。そのことを思い出すと、男の部分がむくむくと頭をもたげ、危うく水の中に釣り竿を落としそうになった。とたんに、ソフィアが怪しむような視線を向けてきた。釣り竿をなくしてしまえば、何を言われるかわかったものではない。間違いなく辛辣な言葉を投げかけられるだろう。

アリスターは咳払いをした。「そういえば、ミセス・マックレオドがパンや何かを詰めてくれているはずだが」

その言葉に、ジェイミーが即座に反応した。子犬と一緒に飛び跳ねながらやってきたので、ミセス・ハリファックスはこれ幸いとばかりに釣り竿を脇に置いて、かごの中を探りに行った。「すてき！　ハムとパンと果物があるわ。まあ、ミートパイとミニケーキまで」アリスターを見上げる。「何を召し上がりますか？」

「全部を少しずつ」アリスターは答えを返した。目の隅でミセス・ハリファックスの動きを追う。彼女は息子に笑いかけ、おしゃべりをしながら食べ物の皿を並べていたが、時折アリスターが見ていないと思ってちらちら視線を投げかけてきた。

彼女の何に惹かれるのだろう？　確かに美人だが、それは普段なら思い止まる理由になる。美しい女性を前にすれば、自分の醜悪さが意識されるだけだ。だが、ミセス・ハリファックスは何かが違う。わたしの外見に対するショックは克服したようだが、それだけでなく、わたしにも外見を忘れさせてくれる。彼女といると、女性と危険な火遊びをしているただの男になれる。

その感覚に溺れてしまう。

アビゲイルがいらだたしげな声をあげた。もつれた釣り糸をほどこうとしているのを見て、アリスターはそばに行った。「ほら、手伝うよ」

「ありがとう」アビゲイルは言った。

アリスターは彼女のまじめくさった顔を見下ろした。「あっちで何か食べてきてもいいんだよ」

アビゲイルは首を横に振った。「わたしはこっちがいいの。釣りが好きだから」

「きみには素質があるみたいだね」

アビゲイルは怪しむようにアリスターを見た。「ソシツ?」

アリスターはにっこりした。「上手ってことだよ」

「本当に?」

「ああ」

アビゲイルは釣り竿をきつく握りしめた。「わたし、何も上手にできたことがないの」

今度はアリスターがアビゲイルを見る番だった。何か凡庸な決まり文句を言って、自信のなさを一蹴してやるべきなのだろうが、彼女の悩みを軽くする言葉は思いつかなかった。

アビゲイルは肩越しに母親を振り返った。「お母様はわたしにがっかりしてる。わたし、ほかの女の子みたいに……ちゃんとできないから」

アリスターは顔をしかめた。アビゲイルはこの年齢の少女にしてはずいぶん気難しいが、ミセス・ハリファックスが娘を愛しているのは見ていればわかる。「きみはちゃんとしてると思うよ」

アビゲイルの眉間にしわが寄るのを見て、アリスターは自分が正しい言葉をかけられなかったことに気づいた。もう一度何か言おうと口を開きかけたとき、ピクニックの一団に呼ばれた。

「旦那様の分が用意できたよ」ジェイミーが言った。

ミセス・ハリファックスは皿を差し出したが、アリスターの視線は慎重に避けている。アリスターはうなり声をあげそうになった。慎重に動こうとするほうが、あからさまに戯れるよりよっぽど周囲の目を引くのだ。ミセス・ハリファックスの頭上に目をやりながら、彼女が座っている場所に向かっていると、眉を上げてこちらを見るソフィアの視線とぶつかった。

アリスターは皿を受け取り、ソフィアをいかめしい目つきで見たあと、ミセス・ハリファックスに言った。「ありがとう。きみに釣りをやめさせてまで、みんなに給仕させるつもりはなかったんだが」

「あら、ちっとも構いませんわ。わたし、この遊びにはあまり向いていないみたいですし」

「でも、経験を積めばうまくなるよ」アリスターは物憂げに言った。

その一言に、ミセス・ハリファックスはさっと顔を上げ、目を細めて怪しむようにアリスターを見た。

「ああっ！　糸が！」アビゲイルが悲鳴をあげた。

アリスターは唇が引きつるのを感じた。もしこんなに人目がなければ……。

アリスターが振り向くと、アビゲイルの釣り竿はほぼ正しい角度にたわみ、釣り糸はぴんと張って水中に潜っていた。「アビゲイル、しっかり持つんだ！」

「どうすればいいの？」アビゲイルの目は皿のように大きくなり、顔は白くなっている。

「とにかく竿をしっかり持って。引かなくていい」

アリスターはすでに彼女のそばに来ていた。アビゲイルは土手の上で両足をふんばり、ありったけの力を込めて背中をそらして、竿を握りしめている。

「しっかり」アリスターはささやいた。釣り糸は引っ張られ、水中で円を描くように動いている。「魚は動いているうちに疲れてくる。きみのほうが魚より大きいし、強いし、頭もいい。魚が力尽きるのを待てばいいんだ」

「手伝ってくださらないの？」ミセス・ハリファックスがたずねた。

「魚を針に掛けたのはあの子だもの」ソフィアがきっぱりと言った。「だから、釣り上げることもできるわよ。心配はいらないわ」

「ああ、できる」アリスターは静かに言った。「アビゲイルは勇敢な子だ」

アビゲイルは毅然とした顔で意識を集中させていた。釣り糸の動きはさっきよりも遅くなっている。

「手の力をゆるめるな」アリスターは言った。「時々、疲れたふりをする頭のいい魚がいて、釣り竿を取られてしまうことがあるんだ」

「力はゆるめないわ」アビゲイルは宣言した。

やがて釣り糸の動きはさらに遅くなり、ほとんど止まった状態になった。アリスターは手を伸ばして糸をつかみ、きらめく魚をすばやく水から上げた。

「わあ！」アビゲイルは息をのんだ。

釣り糸の先でばたつく魚を、アリスターは持ち上げた。見たこともないほど大きな魚ではないが、小さくもない。「とても質のよいマスだ。そう思いませんか、姉上？」

ソフィアはまじめな顔で、捕まえた魚を観察した。「最近わたしが見た中では、最高級の魚と言えるわね」

アビゲイルの頬はほのかなピンク色に染まり、アリスターは彼女が赤面しているのだと気づいた。素知らぬ顔をして魚をつかみ、ひざまずいて、口から釣り針を外す方法を実演してみせる。

アビゲイルはその様子を熱心に見つめ、アリスターが魚をかごに入れると、うなずいた。

「次は自分でやるわ」

その瞬間、アリスターの胸になじみのない感情が湧き起こった。あまりに不慣れな感覚だったので、少し間があってからその正体に気づいた。誇らしさだ。この気難しい、毅然とした子供を誇らしく思ったのだ。

「ああ、そうだね」アリスターが言うと、アビゲイルは笑いかけてきた。

その頭上で、彼女の母親がアリスターに向かってほほ笑んでいた。まるで、エメラルドのネックレスでももらったかのような顔で。

9

正直者が怪物の檻のほうを向くと、すでに例の女性が横たわっていた。彼は柵に近づいて質問した。「あなたは誰ですか？」

女性はのろのろと立ち上がって言った。「わたしはシンパシー王女。父は西方にある大きな都市の王です。水晶のホールに住み、金銀で編まれた服を着て、どんな些細な望みでも叶えてもらいながら暮らしていました」

正直者は顔をしかめた。「では、なぜ――」

「しいっ」女性は身を乗り出した。「あの男がやってきます。ツバメはもう捕まえたようですから。あなたがわたしと話しているのを見たら怒るでしょう」

そう言われると、正直者は女性を檻の中に置いて城に戻るしかなかった……。

『正直者』より

午後になるころには、ヘレンは昼寝をしたい気分になっていた。アビゲイルとジェイミーは、早朝の冒険にもまったく疲れていないようだった。それどころか、ミス・マンローとミス・マクドナルドにくっついて、意気揚々とアナグマ狩りに出かけていった。一方、ヘレンはあくびをしながら、サー・アリスターのねぐらに続く階段を上っている。

朝以来、サー・アリスターの姿を見ていなかった。彼はあれから塔に閉じこもっていて、ヘレンは我慢の限界に来ていた。どうしてキスをしたの？　わたしをもてあそんだだけ？　それとも――考えるのもいやだけど！――二回味見したら興味を失ったの？　ヘレンは朝からずっとその疑問に苛まれ、答えを見つけなければ気がすまなくなっていた。

今、サー・アリスターのために紅茶とスコーンを運んでいるのも、おそらくそれが理由だ。塔のドアは細く開いていたので、ヘレンはノックをせず、肩をもたせかけて押した。ドアは静かに開いた。サー・アリスターはいつものテーブルの前に座っていて、ヘレンが入ってきたことには気づいていない。ヘレンは立ちつくして目をみはった。彼は目の前の紙に顔を近づけて何かを描いているが、目を引いたのは絵そのものではなかった。

サー・アリスターは指が損なわれた右手を使っていた。

右手の親指と真ん中の二本の指で鉛筆を持ち、手そのものが不格好な鉤のようになっている。ヘレンはその姿を見ただけで、同情の念が込み上げてきて手がうずいたが、彼は細かく正確に手を動かし続けていた。もう何年もこんなふうに手を使っているのだろう。ヘレンは彼の経験に思いを馳せた。傷を負って植民地から戻ったあと、一から学び直したのだ。絵の描き方を。文字の書き方を。小学生なら誰でも身につけている技術を練習することは、屈辱だったかしら？　いらだつこともあった？

もちろん、いらだったでしょうね。ヘレンの唇にかすかな笑みが浮かんだ。サー・アリスターのことは、今では少しわかっていた。きっと鉛筆を折っただろうし、紙を破っただろうし、耐えられないほど腹を立てたはずだ。それでも頑として練習を続け、あの本で見たような美しい絵をふたたび描けるようになったのだ。彼がそれを成し遂げた証拠は、ヘレンの目の前にあった。一人の学者が、原稿を作成している。

ヘレンが前に進もうとした瞬間、サー・アリスターが叫び声をあげ、鉛筆を落とした。

「どうなさいましたか？」ヘレンはたずねた。

サー・アリスターはびくりと顔を上げ、ヘレンをにらみつけた。「何でもないよ、ミセス・ハリファックス。紅茶はそのテーブルに置いて出ていってくれ」

ヘレンは指定されたテーブルに盆を置いたが、出ていけという部分は無視した。代わりに、彼のもとに駆け寄った。「どうなさったの？」

サー・アリスターは右の手のひらを左手でさすり、女は人の話を聞かないという意味のことをぶつくさ言った。

ヘレンがため息をついて右手をそっと取ると、彼は驚いたらしく急に黙り込んだ。人差し指は赤みを帯びていて、二センチほどの長さしかない。小指は第二関節からなくなっていた。残りの指は長く、指先はわずかに太くなっていて、爪はきれいに整えられている。きれいな指、かつては美しかったはずの手。ヘレンは胸に悲しみが突き刺さるのを感じた。どうしてこんなにも美しいものが、損なわれなければならないの？

喉元にせり上がってきた塊をのみ込み、かすれた声で言う。「傷はないみたい」

サー・アリスターが鋭い目で見つめてきたので、ヘレンは目を見開き、自分の失敗に気づいた。「新たな傷はないという意味よ」

サー・アリスターは頭を振った。「ただの筋痙攣だ」

彼は手を抜き取ろうとしたが、ヘレンは放さなかった。「あとでミセス・マックレオドに、軟膏を温めるよう言っておきます。痙攣した箇所を正確に教えてください」

ヘレンは両手でサー・アリスターの手を取り、広い手のひらを親指で強く押してマッサージした。彼の手は温かく、肌はすべすべしている。指のつけねに、肉体労働でできるようなたこがあった。

「そんなことをしてもらう必要はな――」

ヘレンは急に腹が立って顔を上げた。「どうして必要がないの？　旦那様は痛がっていて、わたしは力になってあげられるんです。必要は大いにあると思いますわ」

サー・アリスターはヘレンを皮肉な目つきで見た。「なぜわたしにかまう？」

厳しい言葉をかけられて、わたしが引き下がると思っているの？　少女じみた涙を浮かべて走り去ると？　わたしは少女じゃない。一七歳のとき、そんな呼び名にはきっぱり別れを告げた。

ヘレンは手を取ったまま、サー・アリスターの顔をのぞき込んだ。「わたしをどんな女だと思っていらっしゃるの？　どんな男にもキスさせる女だと？」

サー・アリスターは目を細めた。「きみはいい人だと思っている。優しい女性だとね」

高みから見下ろすような答えに、ヘレンは暴力的な衝動に襲われた。「いい人？　旦那様とキスしたから？　体を触らせたから？　頭がおかしいんじゃない？　いい人だからってそんなことをさせる女はいないし、わたしも絶対に違うわ」

サー・アリスターは黙ってヘレンを見た。「では、なぜ？」

「それは」ヘレンは彼の顔を両手ではさんだ。顔の左側はでこぼこでがさがさした感触があり、右側はつるりとしていて温かい。「だって、気になるから。旦那様も同じでしょう？」

そう言うと、唇を重ねた。慎重に。そっと。切望のすべてを、孤独のすべてを、その動作に注ぎ込む。キスは始まったときこそ軽かったが、サー・アリスターは顔を傾け、角度をつけて唇を開いて、ヘレンは気づくと彼の膝にのって彼の舌を受け入れていた。

だが、抵抗はしなかった。この瞬間をもう何日も待っていて、それが現実となった今、手足が震えていた。大人になってからずっと愛人として、金で買われた女として生きてきたが、これはその経験を超えたものだった。分かち合うこと、探ること。ここにいるわたしは、この男性と対等だ。彼と同じように責任を持ち、同じようにのめり込めるのだと思うと、いっそう興奮が高まった。彼のジャケットのウール地の上で指を震わせながら、舌で口を攻められる。甘く、ひそやかに、官能的に。そのうち、唇だけで頂点に達してしまうのではないかと恐れるほどだった。

ヘレンはあえぎながら顔を引いた。「ねえ――」

「わたしを止めないでくれ」サー・アリスターはささやいた。ヘレンの身頃のひもに手をかけ、すばやくほどいていく。「きみを見たい。触りたい」

ヘレンはうなずき、彼を見守った。止めるつもりなど少しもなかった。サー・アリスターの表情は熱を帯び、片目は身頃を開く作業に集中している。ヘレンは喉元が赤く染まるのを感じた。最後にリスターと床をともにしたのは何年も前のことで、そのころもこれほどの熱意を、これほどの一心不乱さを感じた覚えはなかった。がっかりされたらどうしよう？　この人を喜ばせてあげられなかったら？

身頃が開くと、サー・アリスターはそれをはぎ取り、上の空でショールとともにテーブルに放り投げた。目はヘレンの胸に釘づけになっている。次にはコルセットに取りかかった。

ヘレンは咳払いをした。「わたしが――」

「やらせてくれ」

サー・アリスターの目がヘレンの視線をとらえる。「構わないか？」

ヘレンは唇を噛んでうなずいた。じっと動かず、コルセットが外されていくのを待つ。彼の指は素肌をかすめたが、動きを止めることはなかった。自分の肺に入る呼気の一つ一つが、サー・アリスターの落ち着いた呼吸が、彼の揺るぎない視線が意識される。やがてコルセットは取り去られ、シュミーズが肩から外され、肌がウエストまであらわになった。

サー・アリスターはただ見つめていた。

ヘレンは思わず手を上げ、体を隠そうとした。

手首がつかまれ、膝に引き下ろされる。「だめだ」サー・アリスターはささやいた。「見せてくれ」

ヘレンは目を閉じた。彼の視線が自分を取り込んでいく様子に、これ以上耐えられなかったからだ。

「きれいだ」サー・アリスターはつぶやいた。「こんなにきれいだと、男は気が狂ってしまう」

左手の人差し指が、喉元で脈が激しく打つ箇所をなぞり、徐々に下りていって、片方の胸のふくらみにたどり着いた。息が止まりそうになりながら、ヘレンは待った。指はゆっくりと胸の先端に触れ、そこが縮み上がるまで円を描いた。

ヘレンは息をのんだ。

「これが欲しい」サー・アリスターは言った。

ヘレンが目を開けると、彼の目は熱心にこちらを見つめ、唇は真一文字に引き結ばれていて横柄にも見えるほどだった。

視線がさっと上がり、ヘレンの目をとらえる。「きみのすべてが欲しい」

ヘレンは口がからからになった。「じゃあ、奪って」

サー・アリスターはヘレンの背後に腕を伸ばし、テーブルに散乱したものを勢いよく払いのけた。鉛筆が飛んで床に転がり、本がどさりと落ちる。ウエストがつかまれ、ヘレンの体はどっしりしたテーブルの上にのせられた。

「スカートを脱いで」サー・アリスターは突然椅子から立ち上がり、塔のドアに歩いていって、鍵を掛けた。

彼が戻ってきたとき、ヘレンはまだウエストのリボンと格闘していた。サー・アリスターはヘレンの手を押しやり、自分でほどき始めた。ヘレンは嬉しさのあまり大声で笑いたくなったが、その発作をきっぱりと抑えつけた。サー・アリスターの頭の後ろに手を伸ばし、髪をしばっていたひもをほどく。たっぷりした黒髪が荒々しく野性的に、痩せた頬の上に落ちた。ヘレンは髪を指ですいて、その動作の親密さを堪能した。

サー・アリスターはヘレンの残りの服を脱がせるのに夢中で、髪をすかれていることにも気づいていないようだった。しばらくして、スカートが脇に放られた。ヘレンはストッキングと靴だけにされ、間抜けな気分になりそうだったが、それらを脱がせるサー・アリスターのおごそかな表情に救われた。やがて一糸まとわぬ姿となり、ヒップをじかに木製のテーブルにつけ、サー・アリスターにアフロディーテの誕生を見守るかのような視線を向けられた。こんなふうに見られると、うっとりしてしまう。うっとりしながらも、恐怖を感じた。だって、わたしはアフロディーテではないから。三〇を過ぎた、ただの女。生まれてこのかた、一人の男性しか知らない女だから。

「アリスター」ヘレンはささやいた。

彼はジャケットを脱いだ。「どうした?」

自分の懸念をどう言葉にしていいのかわからない。

「わたし……その、あまり経験が……だから……」

アリスターの口角が上がった。すでにシャツ姿になっている。

「心配はいらないよ、ヘレン」

そう言うと、ヘレンの胸に唇をつけ、強く、熱く、感じやすい先端を吸った。ヘレンはとっさに背をそらし、彼の頭をつかんで胸に引き寄せた。さらさらした髪を指ですく。この人の言うとおりかもしれない。心配はいらない。つかのまのこの時だけは、ただ感じればいい。

アリスターは反対側の胸に移り、左手の親指と人差し指でヘレンの体を支えた。さっきまで口に含んでいたほうの濡れた乳首を右手の親指でこすり、情欲のきらめきを二重に与えていく。ヘレンは脚を開いてアリスターを引き寄せようとしたが、彼は硬くて重く、自分がその気になるまで動いてくれそうになかった。

欲求不満の嘆きが、唇から小さくもれた。

アリスターは顔を上げた。頬が赤みを帯び、目がいたずらっぽく輝いている。「こうして欲しいのか？」

彼はヘレンと目を合わせたまま、震える腹から太ももの合わせ目の縮れ毛まで、手を這い下ろしていった。

「アリスター！」ヘレンはあえいだ。「わからない、わたし――」

「わからないのか？」目をとろんとさせ、アリスターはささやいた。「本当に？　ヘレン？」

ヘレンが魅了され、恥じ入り、そして熱く高ぶりながら、彼の顔を見つめていると、そこに手が触れた。声にならない衝撃に、唇が開く。親指が優しく円を描いた。彼の指が柔らかく愛撫し、分け入り、刺激し、探っていく。

「ああ」ヘレンはあえいだ。

「わたしを見るんだ」アリスターはささやいた。「わたしから目を離さないで」

彼はゆっくりと指を挿入し、ヘレンが目を見開くとほほ笑んだ。指を抜いてふたたび差し入れ、その間も親指は中心で柔らかく円を描いている。ヘレンはまぶたを伏せた。熱くてたまらない。このまま続けられたら、恐ろしく動物的な声をあげてしまいそう。でも、やめてもらいたくはない。

「ヘレン」アリスターはつぶやいた。「美しいヘレン。高みに昇りつめて、甘い露でわたしの指を包み込んでくれ」

ヘレンの頭はのけぞり、肩の上でぐらぐら揺れた。まるで夢を見ているみたい。わたしは娼婦。美しく色っぽい娼婦で、アリスターはそんなわたしを崇拝しているの。熱い口が喉元にキスをし、舌が這わせられるのを感じると、それが始まった。小さな震えが大きな震えとなり、熱と快感がほとばしった。快感のあまりの大きさに、その瞬間、ヘレンは完全に我を忘れた。

しばらくして目を開けると、アリスターは今もゆるやかに手を動かしながら、こちらを見ていた。

「よかったか？」アリスターはたずねたが、その声は聞いたこともないほど優しかった。

ヘレンは頬がかっと熱くなり、うなずくことしかできなかった。

「よかった」アリスターは手を引っ込め、ブリーチの前のボタンを外した。「もう一度できるかやってみよう」

毛と濃い色の肌――そこは想像よりもずいぶん大きかった――は一瞬見えただけで、気づくとアリスターはヘレンの脚の間にいた。キスをされる。優しく。軽く。だが、ヘレンの意識は下のほうに釘づけだった。アリスターのものが押し当てられると、その熱さに、大きさに息をのんだ。

キスをやめ、息を切らして言う。「待って――」

「しいっ」アリスターはつぶやいた。ヘレンの唇の端に吸いつく。「簡単な生物学だよ、本当だ。わたしはきみに入るようにつくられている。きみはわたしを受け入れるようにつくられている。そういうことだ」

「でも――」

アリスターは腰を突き出した。頭部がヘレンの合わせ目に分け入り、中を押し広げていく。ヘレンの目がぱちりと開いた。

アリスターは目に悪魔じみた輝きを浮かべ、ヘレンを見守っていた。薄く笑い、ふたたび突き立てる。彼が押し入ってくるのが感じられた。

「わかったか？」アリスターは喉を鳴らすように言った。「簡単なことだよ」

彼がもう一度腰を突き出すと、根元がヘレンの肌に当たった。アリスターは完全にヘレンの中に収まっていた。こんなにもいっぱいに満たされた感覚は初めてだ。アリスターがごくりと唾をのみ、とたんにヘレンは悟った。この人は自分で装っているほど、自信にあふれているわけじゃないんだわ。アリスターの頬は赤くなり、目は細められ、口は今にも歯をむきそうにゆがんでいる。

「きみは知らないだろうけど、興味深い事実がある」アリスターは低くしゃがれた声で言った。「男はここまで来ると、後戻りすることは……あっ！」ヘレンが内側に力を入れると、彼は頭をのけぞらせて目を閉じた。目を開けたときには、野蛮な決意に唇が固く結ばれていた。「後戻りすることは不可能なんだ」

アリスターはわずかに身を引き、ふたたび押し入った。「男は行為を成し遂げなければ気がすまない」ふたたび、今度は強めに、しっかりと突いた。「自分の命がかかっているかのように」

ヘレンはほほ笑み、アリスターに脚を巻きつけた。アリスターは片手をテーブルの上のヘレンの腰の横につき、反対側の手を尻に添えて、力強いリズムを刻み始めた。テーブルは揺れ、ドンドンと音がし、ガラス製の何かが端から落ちて床で割れた。

だが、ヘレンは気に留めなかった。またも笑い声が喉をせり上がり、今回はそれを解き放った。ヘレンは頭をのけぞらせ笑みをもらし、アリスターは力強く敏捷な、断固とした肉体で愛の行為を遂行した。純粋な喜びに、ヘレンは天井に向かってほほ笑みながら、ずっしりしたものが自分の中をこすり、いっぱいに満たすのを感じた。こんなにも軽やかな気分になったのは初めてだった。

こんなにも自由だなんて。

そのとき、新たな波が押し寄せ、驚くほど唐突にヘレンをさらった。体が高く運ばれ、純粋な、極上の喜びの波頭に乗せられる。頂点に達したときに下を見ると、アリスターはなおもすばやくヘレンの中に突き立てていて、広い肩が盛り上がり、張りつめ、髪の生え際に汗が光っていた。そして、彼は頭と背中をのけぞらせて叫んだ。とたんに動きが止まり、ヘレンの中で震え、痙攣しながらも、その顔は不思議なくらい穏やかだった。

ヘレンには最初、その表情の正体がわからなかったが、やがて気づいた。安らぎだ。


ああ、最後に女性と交わったのはずいぶん昔のこと——正確には、スピナーズ・フォールズ以前のことだ。それがこんなにも恍惚とした感覚をもたらすものであることを、すっかり忘れていた。いや、違う。ヘレンの首筋に向かってあえぎながら、アリスターは思った。以前はここまで甘美なものだった記憶はない。こんなにもすばらしいものではなかった。ほほ笑みながら、温かな女性の体を抱き寄せる。きっと、年を重ねることでよくなっていくものもあるのだろう。

ヘレンはアリスターの下でわずかに身をよじった。柔らかな尻に、このテーブルは硬すぎるのかもしれない。アリスターは体を起こし、ヘレンに目をやった。赤みを帯びた顔ととろんとした目を見て、馬鹿げた男の誇りが波のように全身に押し寄せたのは、自然なことに違いない。これほどの美女を喜ばせて、誇らしく思わない男がどこにいる？

「ああ」ヘレンはそっと言った。「ああ、今のは……その……」

アリスターの口に笑みが浮かんだ。彼女の声はぼうっとしているように聞こえた。

「すてきだった？」アリスターはきき、ヘレンの唇の端にキスをした。

ヘレンはため息をついた。「あ……」

「幸せ？」

アリスターはぽってりした豊かな胸を手のひらで包み、繊細な薔薇色の先端に指をすべらせた。乳房というのは概してすばらしいものだが、とりわけヘレンの胸は魅力的だった。なぜつねにあらわにしておくことができないのか、慎みなどという文明的な概念は糞食らえだと思ってしまう。もちろん、あらわになればほかの男たちにじろじろ見られるから、それは非常にまずい。アリスターは反対側の胸も手のひらで包んだ。やはり普段は覆っておくべきだ。そのほうが、二人きりで暴くことの興奮がいっそう高まる。

そんな想像をすると目が険しくなり、アリスターは考え込むようにヘレンを見た。もう一度肌を重ねてくれるだろうか？　運がよければ、きっと。むしろこのまま数分待てば、この午後中にあと一回はできるに違いない。

そんなアリスターの心の声が聞こえたかのように、突然ヘレンが体を起こした。

「どうしましょう！　もうすぐ散歩から帰ってくるわ」

「誰が？」

こぼれんばかりの胸のふくらみから手を離すのがいやで、アリスターは強い口調でたずねた。

「あなたのお姉様と子供たちよ」ヘレンはじれったそうに言った。

彼女がまたも身をよじったので、アリスターの萎えたものが情けなくもヘレンの中からすり抜けてしまった。ため息がもれる。今は無理ということか。アリスターは前かがみになり、左右の胸に別れのキスをしてから、体を起こして手早くブリーチのボタンを留めた。アリスターが服を着終えたとき、ヘレンはまだドレスと勝てる見込みのない戦いを繰り広げていた。

「わたしがやる」アリスターは言い、ヘレンの指をコルセットからそっと押しのけた。ひもを結んで魅惑的な胸を隠し、彼女が残りの衣服を着るのを手伝ったが、その間中どうやって自分の要求を言葉にしようかと考えていた。

ヘレンの胸元のショールを整え、息を吸い込む。「ヘレン――」

「靴はどこ?」ヘレンは突然しゃがみ、テーブルの下を探し始めた。「見た覚えはない?」

「ここだよ」アリスターは自分のジャケットのポケットから靴を取り出した。無意識のうちに、そこにしまっていたのだ。「ヘレン――」

「まあ、ありがとう!」ヘレンは椅子に座り、靴を履いた。

アリスターはいらいらと顔をしかめ、彼女を見下ろした。「ヘレン――」

「髪は乱れてない?」

「すてきだ」

「見てないじゃない」

「見てるよ!」その言葉は、アリスターが意図したよりもきつい調子で発せられた。目を閉じて、この馬鹿者が、と心の中で自分をなじる。顔を上げると、ヘレンがいぶかしげにこちらを見ていた。

「大丈夫？」

「ああ」アリスターは歯ぎしりしながら言い、深く息を吸った。「ヘレン、またきみに会いたい」

ヘレンは少し困惑したように、眉根を寄せた。「ええ、もちろんまた会えるわ。わたし、ここに住んでいるんですもの」

「そういう意味じゃない」

「ああ」青紫色の目が丸くなり、アリスターは一瞬、礼儀など無視してふたたびヘレンをテーブルに押し倒そうかと思った。愛を交わしているときは、意思疎通に問題はなかった。

「そういうこと」

アリスターはいらだちを抑えつけた。「答えは？」

ヘレンは一歩近づき、胸のふくらみが――あのすてきなふくらみが！――アリスターの胸に触れそうになった。彼女の顔は今もわずかにほてり、とてもかわいらしいピンク色に染まっていて、目は輝いている。ヘレンは爪先立って上品なキスをしてきたが、アリスターが抱擁を深めようとすると、さっと逃げた。

そして、塔のドアの前で立ち止まり、肩越しに振り返った。

「今夜はどう？」

そう言うと、するりと出ていき、背後で静かにドアを閉めた。

「でも、魚は好きじゃない」ミス・マクドナルドとミス・マンローとの散歩からの帰り道、ジェイミーは言った。「どうして夕食に魚を食べなきゃいけないのかわからないよ」

「せっかく釣ったんだから、食べないと無駄になるでしょう」アビゲイルは言った。「パドルズが歩かなくなり、ジェイミーと交代で抱いているため、息が切れていた。「釣った魚を食べないと、罪になるの」

「でも、ぼくが釣ったんじゃないもん！」ジェイミーは反論した。

「悲しいことよね？」ミス・マクドナルドが陽気に言った。「釣りという罪を犯してもいないのに、捕まえた魚を食べなきゃいけないなんて、なんという不運かしら」

「フィービー」ミス・マンローが文句を言う。「あなたが教えようとしているのは、間違った考え方よ」

「わたしは」ミス・マクドナルドは声を出してジェイミーに耳打ちした。「パンとスープでお腹いっぱいにするつもりよ。魚は嫌いだから」

「フィービー！」

「おいしいヨークシャープディングが釣れるようになってくれれば、わたしも喜んで食べるのに」ミス・マクドナルドは歌うように言った。

ジェイミーはくすくす笑い、アビゲイルも唇にかすかに笑みが浮かぶのを感じた。アナグマは見つからなかったが、楽しいことに変わりはなかった。ミス・マンローはとても厳しいけれど、面白いことをたくさん知っているし、ミス・マクドナルドは笑わせてくれる。

「さて、着いたわ」城が見えてくると、ミス・マンローは言った。「わたしは紅茶とマフィンをいただこうかしら。つき合ってくれる人？」

「はあい！」ジェイミーが即座に叫んだ。

「パドルズはどうすればいいの？」アビゲイルは腕の中で眠る子犬を見下ろした。

「その犬にはもっといい名前をつけてあげないと」ミス・マクドナルドがぶつぶつ言った。

「厨房には寝床があるの？」ミス・マンローがたずねた。

「古い石炭入れなら見つけてきたよ」ジェイミーが答えた。

「そう。もしあれば、わらと毛布を敷いたほうがいいわね」

「馬小屋に行って探してくるわ」アビゲイルは言った。

「いい子ね」ミス・マンローは言った。「居間にあなたのマフィンも取っておくわね」

ほかの三人は城に入り、アビゲイルはそのまま城の横手に回り込んで馬小屋を目指した。

「古い毛布か上着を取ってきてあげられると思うわ」

腕の中で眠る子犬に向かってささやく。パドルズの柔らかな耳がぴくりと動き、眠っているのにアビゲイルの声が聞こえたかのようだった。

日光に照らされた屋外に比べると、馬小屋の中は暗かった。アビゲイルはしばらくドアの内側で足を止め、目が薄闇に慣れるのを待った。手前の端には、空の馬房が並んでいる。アビゲイルは中央の通路を歩き始めた。サー・アリスターの大きな馬グリフィンと、二輪馬車を引かせるポニーは、馬小屋の反対端にいる。そこに行けば、新しいわらがあるはずだ。馬小屋の奥に近づくにつれ、馬が鼻を鳴らし、ひづめを打ちつける音が聞こえてきたが、そこにほかの音が加わった。男がぶつぶつ言っている声だ。

アビゲイルは立ち止まった。胸にきつく抱いたせいで、子犬が身をよじる。馬がふたたび鼻を鳴らしたとき、ミスター・ウィギンズが後ろ向きに馬房から通路に出てきた。腕に何かを抱えている。アビゲイルは逃げようとして体に力を入れたが、走りだすより先に、ミスター・ウィギンズが振り返ってこちらを見た。

「何をしている？」彼は低い声でどなった。「見張りか？　わたしを見張っているのか？」そのとき、ミスター・ウィギンズが大きな銀の皿を腕に抱えているのが見えた。アビゲイルはなすすべもなく皿を見つめ、首を横に振って後ずさりした。

ミスター・ウィギンズの目が細くなり、邪悪な表情になった。

「もし、旦那様か誰かに言ったら、喉をかき切ってやる。わかったか？　おまえも、母親も、ちびの弟もだ。わかったな？」

アビゲイルはやみくもにうなずくことしかできなかった。

ミスター・ウィギンズが一歩近づいてきて、とたんにアビゲイルの脚は動きを取り戻した。

くるりと向きを変え、馬小屋の通路を全速力で駆け抜ける。それでも、背後からミスター・ウィギンズの叫び声が聞こえてきた。

「言うんじゃないぞ！　わかったか？　誰にも言うなよ！」

リスター公爵は書斎の窓からむっつりと外を眺めた。「自分で北に向かう」

背後でヘンダーソンがため息をついた。「閣下、あれからまだ数日です。差し向けた者たちは、まだエジンバラにも着いていないはずです」

リスターはすばやく秘書のほうを向いた。「連中がエジンバラに着いて報告をよこすのを待つ間に、彼女は悠々と海を渡って逃げていくだろう」

「できるだけのことはしたつもりです」

「だからこそ、わたしが北に向かうしかないと言っているのだ」

「ですが、閣下……」ヘンダーソンは言葉を探しているようだった。「あの方は愛人にすぎません。ここまで気にかける相手ではないと思っていたのですが」

「あの女はわたしのものなのに、わたしのもとを去った」リスターは秘書をにらみつけた。「わたしに楯突いたのだ。わたしに楯突いて許される者などいない」

「もちろんでございます、閣下」

「もう決めたのだ」リスターは窓辺に戻った。

「準備を整えてくれ。明日スコットランドに発つ」

10

次の日の夕方、正直者はふたたびツバメを逃がし、美貌の若者はまたもそれを追って中庭から出ていった。正直者が立ちつくして日が沈むのを眺めていると、怪物は美しい王女の姿になった。

彼はたずねた。「どうしてこんなことになったのですか？」

王女は悲しげにため息をついた。「あなたが仕えている男は、力のある魔術師なのです。ある日、あの人はわたしが森で従者たちと馬車に乗っているところを見かけました。その晩、父の城にやってきて、わたしに結婚を申し込んだのです。わたしは断りました。あの魔術師は悪人だし、そんな人とはかかわりたくありませんでしたから。でも、魔術師は腹を立てました。わたしを父の城からさらって、ここに連れてきたのです。わたしは魔法をかけられて、昼間はあの醜い獣の姿にされてしまいました。夜の間だけ自分の姿に戻れるのです。もう行ってください。あなたがわたしと話をしているところを見つかると危険ですから」

正直者はやはりその場を立ち去るしかなかった……。

『正直者』より

その日の午後遅く、フランスから手紙が来た。アリスターはその前にヘレンとの間にあったこと、このあと夜にヘレンとの間に起こることで頭がいっぱいで、従僕が持ってきた紙束にはさまったその手紙を危うく見過ごすところだった。アリスターはロンドンとバーミンガムとエジンバラの雑誌や新聞をいくつか購読していて、それらは一週間分まとめて届くことが多かった。その山の底に、よれよれになった手紙が埋もれていたのだ。アフリカ大陸を回って来たのではないかと思うほどだったが、現在のイギリスとフランスの関係を考えれば、じゅうぶんありえる話だ。

アリスターは手紙を取り、さっきまでハタネズミの解剖に使っていた鋭利なナイフで開封した。手紙に目を通し、何行かは動きを止めて注意深く読んだあと、散らかったデスクの上に放った。それから立ち上がると、落ち着かない足取りで窓辺に向かい、外を眺めた。エティエンヌは慎重に言葉を選んでいたが、言いたいことはすぐにわかった。フランス政府の関係者から聞いた噂によると、第二八歩兵連隊の位置を漏らし、スピナーズ・フォールズの大虐殺に導いたイギリス人スパイは確かに存在したというのだ。しかも、そのスパイは爵位のあるイギリス人だとされているらしい。アリスターは窓の下枠を指でせわしなくたたいた。これは新情報だ。

エティエンヌはこれ以上は手紙では言えないが、アリスターに直接会って話すことはできると書いていた。二週間後にロンドンに着く船に乗る予定があり、ちょうど今その準備をしているところだという。もしアリスターが港まで来るなら、その場で詳しい情報を教えられるとのことだった。

アリスターは顔の左側の傷跡をなぞった。ついにこれが何者かの故意によるものだと判明した今、冷たく揺るぎない怒りが胸に充満していた。筋違いは承知のうえだ。裏切り者を捕まえたところで、この顔が治るわけではない。だが、理不尽だとは思いながらも、心の中の獣は抑えられるものではなかった。何としてでも、スピナーズ・フォールズの裏切り者に報いを受けさせたい。

塔のドアがノックされ、アリスターは上の空で振り返った。「何だ?」

「夕食の準備ができました」メイドの一人がそう呼びかけ、階段をぱたぱたと下りていった。

アリスターはテーブルに戻り、エティエンヌの手紙を手に取った。一瞬見つめたあと悪態をつき、折りたたんで、すでにいっぱいの引き出しに突っ込む。行動を起こす前によく考えなければならないし、この新情報はヴェールにも伝えるべきだろうが、今は夕食をとるのが先決だ。

食堂に近づいたところで、ジェイミーが高い声で魚について何か言うのが聞こえてきた。その声を聞いただけで口元がゆるむ。二週間前ならいらだっていたであろう子供の声に、今はほほ笑んでしまうとはおかしな話だ。わたしはこんなにも気まぐれな人間だったのか? そう思うと落ち着かない気分になり、その考えを頭から追い払った。今がこんなに楽しいのに、なぜ先のことを考える必要がある?

食堂に入ると、すでに全員揃っているのがわかった。ヘレンはどういうわけか、上座のアリスターの席からできるだけ離れた席に着いている。わざとアリスターから目をそらし、頬をかすかに赤らめていた。嘘が下手な人だ。今ここで、姉とヘレンの子供たちの目の前でキスをしてやりたいというひねくれた思いに駆られる。だが、実際には自分の席に歩いていき、詮索するようなソフィアの視線を避けながら腰を下ろした。ソフィアは今夜、アリスターの隣の席に着き、ソフィアの反対隣にはミス・マクドナルドが座っている。理由は不明だが、アリスターの左側にはジェイミーが座っていた。アビゲイルが妙に沈んだ顔で、その反対隣に座っている。ヘレンはその向こう側に座っていた。アリスターからその席は遠すぎて、意思の疎通を図るには旗を上げる必要がありそうだった。

従僕の一人が、湯気の上がる魚の大皿を運んできた。

「おお、おいしそうだ」アリスターは言い、期待に両手をこすり合わせた。新鮮なマスを食べるのは久しぶりだし、マスはアリスターの好物でもあった。「きみにはおいしそうな大きいやつをやろう」いちばん大きなマスをフォークで刺し、ジェイミーの皿に置いてやる。

「ありがとう」ジェイミーはのろのろと言い、小さな胸にあごをつけて、皿の上の魚を見つめた。

ミス・マクドナルドがナプキンを口に当てて咳き込んだ。

アリスターはソフィアに眉を上げてみせた。「どうかしたのか？」

「いいえ、別に」ソフィアは言い、ミス・マクドナルドに向かって顔をしかめた。「でも、ジェイミーはまず小さな魚から食べたいのではないかしら」

アリスターはジェイミーを見た。「そうなのか?」

ジェイミーは情けない顔でうなずいた。

「では、きみの魚はわたしが食べるから、きみには空の皿をやろう」アリスターは言い、自分の皿と交換した。「パンを食べるといい」

その提案に、ジェイミーの背筋が目に見えて伸びた。

「マーマレードかジャムを持ってきてくれ」アリスターは従僕に小声で命じた。「アビゲイル、きみはどうだい? 魚を食べるか?」

「はい」アビゲイルは小声で言い、大皿が回ってくると実際に魚を取ったが、食べずにフォークでつつくだけだった。

アリスターはヘレンと視線を交わした。ヘレンは困惑した顔で頭を振った。

きっと、アビゲイルは気分が悪いのだろう。アリスターは顔をしかめ、ワインを飲んだ。グレンラーゴに医者が一人いるが、治療よりも瀉血《しゃけつ》を専門としている。自分もかかりたくないような医者なのに、子供を任せるなんてもってのほかだ。つまり、エジンバラまで行かなければまともな医者はいないということだ。アビゲイルが本当に病気なら、わたしが連れていくしかない。子供の病気は重症化しやすいし、命にかかわることも多いのだから。くそっ。今朝、子供たちにあんなに早起きさせるんじゃなかった。小川が冷たすぎたんじゃないか? アビゲイルがはしゃぎすぎたのか? 女性が興奮しすぎると病気になるなど実に馬鹿げた理論だと思ってきたが、こうして幼い少女を自宅に迎えてみると、子供に関する知識の乏しさを思い知らされる。

「気分が悪いのか？」アリスターはアビゲイルにたずねたが、その口調が少しきつかったのか、ヘレンとソフィアがこちらを向いた。

だが、アビゲイルは黙ってまばたきをし、首を横に振った。

アリスターは従僕をさっと指さした。「小さいグラスにワインを入れてきてくれ」

「かしこまりました」従僕は食堂を出ていったが、アリスターはアビゲイルから目を離さなかった。

ソフィアが咳払いをした。「散歩中にタカとウサギは見たけど、アナグマはいなかったわ。本当に近くに巣穴があるの？」

「ああ」アリスターは上の空で答えた。アビゲイルは顔色が悪いのだろうか？　もともとかなり色白の子供なので、判断がつきにくい。

「じゃあ、アナグマ探しは次に来るときまでお預けね」ソフィアはため息をついた。

アリスターは驚いてソフィアに目をやった。「何だって？」

従僕がワインの入ったグラスを持って戻ってくると、アリスターはアビゲイルを示した。

アビゲイルは驚いた顔で、ルビー色の液体で満たされた小さなグラスを見つめた。

「少し飲んで。血液に栄養が補給されるから」アリスターはぶっきらぼうに言い、ソフィアのほうを向いて顔をしかめた。「どういう意味だ？　もう帰るのか？」

ソフィアはうなずいた。「明日の朝早く」

「ソフィーは明日、エジンバラ哲学学会の会合に行くの」ミス・マクドナルドが言った。「ミスター・ウィリアム・ワトソンが特別にロンドンからいらっしゃって、ライデン瓶の実演をしてくださるのよ。運がよければ、自分で電気現象を体験することができるの」

「ワトソンが言うには、一ダースの人間が輪になって手をつなぐと、電流がその輪を等しく伝わるんですって」ソフィアが言った。「わたしには馬鹿げた話に思えるけど、もし本当にそんなことができるなら、その場面に立ち会わないわけにはいかないわ」

「でも、来たばかりじゃないか」アリスターはうなった。ソフィアとミス・マクドナルドが来たときは戸惑ったが、突然出ていくと言われるとなぜだかむっとした。

「あなたも一緒に来ればいいじゃない」ソフィアは眼鏡の奥で、挑むように目を見開いた。

突然、アビゲイルがぴたりと動きを止めた。

「それはやめておくよ」アリスターはぶつぶつ言い、アビゲイルをちらりと見た。この子はいったいどうしたんだ?

「でも、今年のクリスマスくらいは来てくれてもいいでしょう」ミス・マクドナルドがずけずけ言った。

アリスターは答えなかった。クリスマスはまだ先のことだ。ヘレンに目をやると、特に理由もなく顔を赤らめた。なぜ面白くもない未来のことなど考える? ヘレンが楽しませてくれる今は、ここで楽しめばいいじゃないか。孤独でみじめな未来は、待たせておけばいい。

その晩、ヘレンは城の階段を泥棒のようにこそこそ上っていた。あるいは、逢い引きに向かう女性のように……いや、これは事実だ。例のおとぎ話を四つとも読み終えたあとも、子供たちが寝つくまで何時間も時が流れた気がした。特に、アビゲイルは何度も寝返りを打っていた。そのうえ、子犬と一緒に寝ると言い張り、ヘレンが何を言っても聞かなかった。眠りに落ちたとき、アビゲイルは子犬を抱いて頰に押しつけていた。幸い、子犬は気にしていないようだった。

ヘレンは顔をしかめ、上階の暗い廊下を爪先立ちで歩いた。アビゲイルはこの城でくつろぎ始めていると思っていた。今朝釣りをしているときは、とても幸せそうに見えた。ところが、今は以前よりもふさぎ込んでいる。じれったいことだが、長年の間に娘について学んだのは、何があったのか問いつめても無駄だということだった。アビゲイルが悩みを口にするには、時間が必要なのだ。だからといって、我が子が何を悩んでいるのかわからないという、母親としての罪悪感が消えることはなかった。

かわいらしくて屈託がなく、おしゃべりな少女たちを目にすると、どうしてわたしの娘はこんなにふさぎ込んでいて繊細なのかしらと思うことがある。だが、色白の小さな顔に不安げな表情を浮かべたアビゲイルを見ると、愛情の波が押し寄せてくるのだ。気難しくてもい い、この子がわたしの娘なんだ。自分の腕を切り落とせないのと同じように、アビゲイルを愛さずにいることなんてできない。

ヘレンはアリスターの部屋の外で足を止めた。

愛――性愛も愛情も――こそが、ヘレンの人生を狂わせてきた。アリスターを求めることで、浮かれ騒ぎに逆戻りするつもり？　傍目にはそう映るだろう。だが、アリスターと結ぼうとしている関係には、リスターとの関係とは根本的に違うところがあった。リスターとの関係では、主導権を握ったことがなかった。ペースを決め、決断を下すのはいつもリスターだった。アリスターはどんなに傲慢で無愛想に見えても、ヘレンに代わって何かを決めたりはしない。

それはヘレンの、ヘレンだけの決断だった。

深呼吸をし、ドアをそっとノックする。反応はない。ヘレンは気を揉み、冷えたスリッパの足をすり合わせた。聞こえなかったのかもしれない。そもそも、ここにはいないのかしら。今夜は塔で過ごすことにしたとか、午後にしたあの約束を忘れたとか、気が変わったとか。最悪！　もしそうなら、なんて気まずい……。

突然ドアが大きく開いたかと思うと、アリスターに腕をつかまれ、部屋の中に引っ張り込まれた。

驚いてキャッと声が出る。

「しいっ」アリスターはしかめっつらで見下ろしながら、ヘレンのねまきのひもをほどいた。

部屋は薄暗かった。ろうそくが数本灯されているだけで、暖炉の火は残り火になっている。

アリスターは青と黒の縦縞の、袖がほつれたガウンを着ていた。黒髪は下ろされ、頬が濡れているのがわかる。

わたしのためにひげを剃ってくれたんだわ。

そう思うと、腹に喜びの震えが駆け抜けた。爪先立ってアリスターの髪を指ですくと、少し濡れているのが感じられた。風呂にも入ってくれたのだ。

「あなたの髪、好きよ」ヘレンはささやいた。

アリスターは目をしばたたいた。「そうなのか？」

ヘレンはうなずいた。「ええ」

「そうか、それは……」何と言っていいかわからないのか、アリスターは顔をしかめた。

「あなたの喉も好き」ヘレンは喉にキスをし、唇に脈の鼓動を感じた。アリスターはガウンの下にシャツは着ておらず、嬉しいことにすぐに胸に触れることができる。

「ワインでも、飲むか？」アリスターはたずねた。ヘレンがガウンのゆるいVネックに唇を這い下ろしたので、声は途中で低くなった。

「けっこうよ」

「そうか」アリスターはすばやくかがんでヘレンを抱き上げた。「よかった、と言うべきかな。わたしもワインは欲しくない」

大股に三歩歩いて、ヘレンを巨大なベッドに下ろす。ヘレンの体はわずかに沈んだが、アリスターがマットレスに膝をつくと、ベッドはさらに沈んだ。

ヘレンは体を起こし、アリスターを制するように胸に手のひらを置いた。「これを脱いで」

アリスターはぴくりと両眉を上げた。

「お願い」ヘレンはかわいらしく言った。

アリスターはむっとした顔をしながらも、ベッドから転がって下り、ガウンを放った。ヘレンの記憶どおりのすばらしい胸があらわになる。広くてたくましくて毛に覆われているが、前回見たとき――彼がパドルズを連れて帰ってきた晩――よりも今回のほうがよかった。何しろ、今度は触ることができるのだ。

堪能させてもらうわ。

そのとき、アリスターがふたたびベッドにのってきたので、ヘレンは首を横に振ってみせた。

アリスターは動きを止めた。「だめなのか?」

ヘレンは彼の下半身に向かって、横柄な調子で指を振った。

「ブリーチも脱いでちょうだい」

今度こそ、アリスターは顔をしかめた。

そこで、ヘレンは黙ってねまきを脱いだ。下にはシュミーズを着ている。シュミーズの肩を外し、袖をすべり下ろした。

アリスターは半分あらわになった胸を食い入るように見つめ、急いでブリーチを脱いだ。

下着のウエストに手をかけて動きを止め、ヘレンを見る。

ヘレンは眉を上げ、シュミーズの襟元のリボンをゆっくり引いた。襟が開き、片方の胸が完全に暴かれる。

アリスターは息を吸い、自分の下着と靴下、靴をむしり取った。そして体を起こし、一糸まとわぬ、いきり立った姿をあらわにした。

ヘレンはごくりと唾をのみ、その部分をじっと見つめた。そこも今日の午後にはきちんと見ていなかったようだ。彼はリスターよりも大きかった……かなり大きかった。

ヘレンはため息をついた。

アリスターは咳払いをした。「次はきみの番じゃないかな」

「そうだったわ！」ヘレンは自分たちがゲームをしていることをすっかり忘れていた。慌ててベッドの上に膝をつき、シュミーズを頭から抜く。

アリスターの視線は即座に胸に落ち、唇の端に不敵な笑みが浮かんだ。「おかえり」

ヘレンは自分の体を見下ろした。「胸に言ってるの？」

「そうだ」アリスターは前に歩いてきて、ベッドに膝をついた。

ヘレンはかすかに顔をしかめた。「さっきの言い方……自分のものみたいに聞こえたわ」

「そのとおりだ」アリスターが身を乗り出して胸の先をなめたので、ヘレンは鋭く息を吸い込んだ。「こんなにもすてきな胸を見るのは初めてだ」

「ありがとう」ヘレンは息を切らして言った。「あなたの体の一部にも、感想を述べていいかしら？」

「ああ」アリスターはヘレンの胸の上でつぶやき、彼女は背筋にかすかな震えが走るのを感じた。「きみが何に興味を示しているのかわからないけどね。わたしの体はきみみたいにきれいじゃない」

「何言ってるの、きれいよ」ヘレンは驚いて言った。

アリスターは疑わしげに眉を上げた。「わたしの体は大きくて醜くて毛だらけだ。ほかの男と大差ない」

「大きくてきれいで、確かに毛だらけね。ほかの男性のことはわからないけど、あなたの体はとてもすてきに見えるわ」ヘレンはアリスターの胸に手を這わせた。「すてきだし、毛だらけよ。ここの毛が濃いのがいいわね」胸をぽんとたたく。「それから、ここが薄いのも」指で腹をなぞった。「あと、この下でまた濃くなっているのも――」

だが、その言葉は最後まで言わせてもらえなかった。最も男らしい部分を握ったところで、肩をつかまれてベッドに押し倒され、強引にキスされたのだ。アリスターが息継ぎのために顔を上げたとき、ヘレンは怒ったふりをして上を見た。

「まだ終わってなかったのに」

「そうか、わたしは終わってしまいそうだ」アリスターはつぶやいた。

ヘレンはにっこりして、そこに置いたままだった手に力を入れた。

アリスターは一瞬目を閉じてから開けたが、その目はさっきよりもぎらついていた。

「一分以上続けたいなら、それはやめてもらわないと」

彼はヘレンの手をそっと引きはがし、筋肉質の太ももをヘレンの脚の間に差し入れた。湿った部分を脚の毛がこするのが感じられる。ヘレンは唾をのんで背をそらし、下腹部をアリスターにすりつけた。

「悪い女だ」アリスターはヘレンの首筋にささやいた。

ヘレンの体をさらにベッドに押しつけ、ほとんど動けなくして、首の下から胸のふくらみへと舌を這い下ろしていく。先端を口に含んでゆったりと吸うさまは、きみをむさぼる時間なら無限にあるのだと言わんばかりだった。

ヘレンは身をよじった。

「動くな」アリスターはうなり、その声にヘレンの湿った肌は震えた。

「でも、動いてしまうんだもの」ヘレンはあえいだ。

「でも、わたしはきみの乳首を味わいたいんだ」アリスターはやり返し、反対側の胸に移った。

ヘレンが下を向くと、浅黒い肌と黒っぽい髪が、自分の白い体の上で動いているのが見えた。エロティックな期待に体が震える。「あなたって胸が好きなのね」

「違う」アリスターはつぶやき、体を少しずり上げて、大きな手で左右の胸を包み込めるようにした。しゃべりながらぼんやりと先端をこすられ、ヘレンは唇を噛んだ。「きみの胸が好きなんだ。だからなめたいし、吸いたい。それに」身を乗り出し、感じやすい胸の脇の曲線に歯を立てた。「噛むのもいいね」

「噛む？」ヘレンは悲鳴をあげた。

アリスターはゆっくりと、みだらな笑みを浮かべた。「ああ。噛みたい」

そう言うと顔を近づけ、ごく優しく乳首に歯を立てた。ヘレンは息を止め、期待に内側が締まるのを感じた。アリスターはヘレンの目を見つめ、髪を海賊のように顔のまわりに垂らして、胸の先端を舌でこすった。

ヘレンの胸はもともとひどく感じやすい。乳首をいたぶられるうちに、息があがってくるのがわかった。だが、アリスターが目を閉じ、口に含んで強く吸ったときは、太ももで彼のたくましい脚をはさんで耐えた。

長く熱い時間が流れた。アリスターになめられ、吸われ、噛まれた乳首は腫れ上がり、赤くなって、彼の唾液でつややかに濡れた。完全に高ぶっているのにまだまだ満足させてもらえず、ヘレンはアリスターの下でもぞもぞと動いた。

アリスターは顔を上げ、自分がヘレンに成し遂げたことを観察した。高い頬骨は赤く染まり、まぶたは物憂げに垂れ、唇は愛撫で赤くなっているものの、今も意地の悪い形に曲がっている。

「異教徒の生け贄のようだ」アリスターは低い声でうなった。「準備が整い、今にもどこかの神に差し出されようとしている」顔を近づけ、ヘレンの耳元でささやいた。「やられるために」

野卑な言葉づかいに、ヘレンはうめいた。こんなふうに語りかけられたことも、こんなふうに愛を交わしたこともなかった。なおざりにされていた欲求が激しく渦を巻く。

た。

「触って」ヘレンは懇願し、脚を大きく開いて、その部分が彼の太ももにこすれるようにした。

アリスターは首を傾げ、とりわけ興味深い標本でも見るようにヘレンを眺めた。太ももに押しつけられた岩のように硬いものだけが、冷静さとは無縁だ。

「きみはまだ準備ができていないんじゃないかな」アリスターはささやいた。

ヘレンは彼をにらみつけた。「準備はできているわ」

「本当に？」アリスターに首筋をなめられ、過敏になった肌が切望に震えた。「すぐにきみと交わるつもりはない。そんなことをすれば、愛の行為をじゅうぶん味わえなくなるから」

「あなたって」ヘレンは半狂乱であえいだ。「悪魔だわ」

アリスターは少年っぽくも見える顔で笑った。「そうか？」

「そうよ」ヘレンの同意はうめき声に変わった。アリスターが突然動き、濡れそぼった合わせ目にあの部分を直接押し当てたからだ。

「気持ちいいか？」熱っぽい口調でたずねてくる。

アリスターがゆっくり押し入ってきたので、ヘレンはうなずくことしかできなかった。小さく、抑えの利いた動きで突き立て、中に入ってくる。つながった部分が濡れた音をたてるのも気にせず、ヘレンはごくりと唾をのんだ。

「じゃあ」アリスターは喉を鳴らした。「準備はできてるんだな。これも」

彼は腰を引いたかと思うと、根元まで突き立てた。急に満たされた衝撃と戦慄に、ヘレンは首をのけぞらせた。

　すると、アリスターは体を引き上げ、ヘレンの脚をいっぱいに開いて、上から腰を押しつけた。女の芯が刺激される。

　ああ、すごい！

　ヘレンは何も言えず、言葉も、思考も、理性も失った。全存在がその一点に集中して、アリスターのすばらしい愛の行為を経験し、受け止めた。いつから絶頂が始まったのかもわからない。長く終わりのない、一つの熱の破裂だった。体の震えを抑えることができない。

　そして、その行為のどこかの時点でアリスターがうなるのが聞こえ、ヘレンは目を開いた。彼は腕をぴんと張ってヘレンの上で体を支え、自分が抱いている女を見ていた。だが、その表情は無関心とはほど遠かった。上唇がめくれ、エロティックに歯がのぞいている。顔は奮闘と汗に輝いていた。片方しかない目は、みだらな意志にきらめいている。

　男の意志に。

　アリスターは腰の動きを速め、ベッドが壁にドンドンと当たった。ヘレンが脚をさらに開いて高く上げ、腰に巻きつけて彼の奮闘を見守っていると、やがてその顔が苦悶するかのようにゆがんだ。アリスターは喉から叫び声をもらし、アリスターは最後に一度強く突いた。

　彼の力強さが、ヘレンの中を温かく満たした。

　次の朝、アリスターは無意識に何かを求め、片腕を投げ出した。完全に目が覚めてようやく、自分が求めていたのはヘレンであること、そのヘレンはここにはいないことに気づいた。ため息をついて顔をこする。昨夜から眼帯をつけたままだったのでむずがゆい。眼帯を引きはがして脇に放り、朝の薄明かりの中にじっと横たわった。

ベッドからは性とヘレンの香りがした。

昨夜のうちに出ていったのだろう。愛の行為で疲れきっていて、まったく気がつかなかった。出ていくのは当然だ。子供たちのことも考えなければならないし、礼儀も守らなければならない。城にはまだソフィアたちもいる。だが、そんなことはどうでもいい、彼女に今ここにいてほしかった。ふたたび愛を交わしたいからというだけでなく——もちろんそれもあったが——ただ一緒に眠りたかった。ヘレンの温かな曲線を、この体に感じたい。彼女を腕に抱いたまま眠り、目覚めてもそこにいることを確認したい。

ヘレンがそれを許してくれる限り。本人は何も言わないが、ヘレンが今さえよければいいというタイプの女性でないことはわかっている。いずれ今後のことを考え始め、この男と一緒にいていいのか疑問を抱くだろう。そうなれば当然、何の未来も望めないことに気づくはずだ。

そして、ここを出ていく。

気の滅入る想像だった。アリスターはそれを、今のところは頭から追い払った。運命に抗っても無駄だということは、身をもって知っている。いつかヘレンはわたしのもとを去る。いつかわたしは別れを嘆くだろうが、それは今日ではない。アリスターは上掛けをはねのけ、顔を洗って眼帯を慎重に結び直し、服を着た。ソフィアは今朝発つと言っていたから、もう下にいるのは間違いない。かばんが馬車に積み込まれるのをじりじりと待っているはずだ。

ところが、アリスターが下りてみると、玄関ホールには誰もいなかった。正面の私道を確認したところ、馬車は待機していたものの、姉の姿は見当たらない。朝食をとっているのだろうか？　城の中に戻って食堂に向かうと、メイドの一人が銀器を並べているところだった。アリスターが目をやると、メイドは膝を曲げた。

「ミス・マンローを見たか？」アリスターはたずねた。

「まだ下りてきていらっしゃいません」メイドは答えた。

アリスターはにんまりした。ソフィアは寝過ごしたのだ。これは珍しいことで、からかう材料になる。「上に行って、ミス・マンローとミス・マクドナルドを起こしてきてくれ。姉は今朝、早く発ちたいと言っていたから」

「かしこまりました」メイドはふたたび膝を曲げ、いそいそと食堂を出ていった。

アリスターはサイドボードに温かいロールパンのかごを発見し、パンを一つ取った。ふたたび廊下に出る。姉が遅れて姿を現す場面に立ち会いたい。パンを食べながら廊下を厨房に向かっていると、声が聞こえた。背中に寒気が走り、口の中のパンが灰になった気がする。

泣き声だ。子供が泣いている。

ヘレンはまだ城のこの区画には手をつけておらず、古びたホールには使われていない部屋がいくつか並んでいた。ドアからドアへと進むうちに、悲しげな声の出所がわかり、アリスターはそのドアを開けた。部屋は薄暗く、汚れた窓から差し込む弱々しい日光に、舞い上がる埃が照らされている。最初、泣き声の主は見えなかったが、やがて身動きして洟をすったので位置がわかった。

アビゲイルは部屋の隅で、シーツが掛けられた長椅子のそばにうずくまり、子犬を腕に抱いていた。

アリスターはゆっくり歩きだしたが、何が起こっているのかも、自分に何ができるのかもわからなかった。そのとき視界の片隅で、ウィギンズが部屋の反対側のドアから忍び足で出ていくのが見えた。

アリスターは激高した。

動いた記憶も、何をしようとした覚えもないが、気づくとウィギンズの骨張った首をつかみ、喉を絞めてホールの板石にたたきつけていた。

「アリスター！」

近くで誰かに名前を呼ばれても、目の前で赤くなっていく汚らわしい顔しか見えなかった。よくもそんなことができたな？　よくもこの子に触ったな？　二度とこんなことはさせない。何があろうと、絶対に。

「アリスター！」

柔らかな女性の手のひらが、傷を負った頬に置かれた。そっと力が加えられ、顔がそちらを向かされる。目の前に、青紫色の目があった。「やめて、アリスター。放してあげて」

「アビゲイルが」アリスターはしゃがれた声で言った。

「この子は大丈夫よ」ヘレンはゆっくり言った。「何を言われたのかは知らないけど、体は傷つけられていないわ」

それを聞いてようやく、アリスターの頭に理性が戻ってきた。ぱっと手を離し、体を起こして一歩後ろに下がる。そこで初めて、まだねまき姿のソフィアとミス・マクドナルドが階段の下に立っているのに気づいた。ミス・マクドナルドは目を丸くしたジェイミーに片腕を回している。ヘレンはシュミーズ一枚で震えていた。ねまきを羽織る暇もなく階段を駆け下りてきたのだろう。アビゲイルはヘレンの背後に立ち、顔に涙の跡をつけて子犬を抱いていた。

アリスターは深呼吸して声を整え、低くたずねた。「こいつに触られたのか？」

アビゲイルはアリスターの目をじっと見つめ、黙って首を横に振った。

アリスターはうなずき、ホールの床であえいでいるウィギンズに視線を戻した。

「出ていけ。この城からも、この土地からも出ていって、二度とわたしの前に顔を出すんじゃない」

「どうなっても知らないぞ！」ウィギンズはかすれた声で言った。「今に見てろ。また来るからな。その小娘を――」

アリスターはこぶしを固め、ウィギンズに一歩近づいた。ウィギンズは弾かれたように立ち上がり、城のドアから駆け出していった。

アリスターが目を閉じ、平静な表情を取り戻そうとしていると、小さな腕がウエストに巻きつくのを感じた。膝をつき、目を閉じたまま、小さな体に腕を回す。

「もう二度と」母親にするのと同じように、アビゲイルの髪に向かってささやく。「もう二度と、きみにつらい思いはさせない。約束するよ」

11

次の日の夕方、正直者がツバメを檻から逃がすのも三度目となった。魔術師が中庭から走り去ったとたん、怪物はシンパシー王女に姿を変え、正直者は檻に近づいた。

「どうすればあなたを助けることができますか？」正直者はたずねた。

王女は首を横に振った。「それは危険な仕事です。大勢の人が挑戦しましたが、まだ誰も成功していません」

だが、正直者はただ王女を見て言った。「教えてください」

王女はため息をついた。「もし助けてくださるのなら、まずは魔術師に薬を与えてください。このあたりの山には、小さな紫色の花が咲いています。その花のつぼみを集め、すりつぶして粉にするのです。時機を見計らって、その粉を魔術師の顔に吹きつけると、月明かりを浴びている間はあなたを止められなくなります。その間に、魔術師の乳白色の指輪を外して、わたしのところに持ってきてください。最後に、できるだけ足の速い馬を二頭見つけてきてくだされば、二人でここから逃げることができます」

正直者はうなずいた。「そのとおりにします、必ず……」

『正直者』より

アリスターがアビゲイルを腕に抱く様子を見ていると、ヘレンは胸の中で何かがよじれ、こじ開けられるのを感じた。アリスターはアビゲイルをとても優しく抱いていた。そのあからさまな対比を意識せずにいることはできなかった。アリスターがアビゲイルを抱くさまは、まるで父親のようだ。だが、本当の父親がアビゲイルを抱いたことはない。

その光景は、ヘレンを芯から揺さぶった。アリスターは昨夜、まるでこの世には自分たち二人きりしかいないようにヘレンと愛を交わし、今はぶっきらぼうな優しさで娘をなぐさめてくれている。ヘレンははっとした。わたしはこの怒りっぽい、孤独な城主を愛し始めているんだわ。もしかすると、すでに愛しているのかもしれない。そう思うと、パニックに似た状態に陥り、心臓が早鐘を打った。今までの混沌とした、理不尽で愚かな人生から、一つだけ学んだことがあったのではないかしら。人を愛してしまうと、信じられないくらい馬鹿げた決断を下すようになるということ。自分と子供たちを危険な目に遭わせる決断を。

それだけでもいい気はしなかったのに、もう一つ恐ろしい発見があった。ヘレンは起きたばかりでぼうっとし、あっけにとられていたとはいえ、今もなお混乱していたが、アリスターがアビゲイルを救ってくれたことだけは心に刻まれていた。母親が救えなかった娘を、アリスターが救ってくれたのだ。

アビゲイルのすすり泣きに体が震え、ヘレンは目を閉じた。

「これを着て」ミス・マンローがそっけなく言い、肩にマントを掛けてくれた。「寒そうだわ」

「なんて愚かなの」ヘレンは小声で言った。「まさかこんな――」

「自分を責めるのは、あの子と話をしてからでいいでしょう」ミス・マンローは言った。

「もちろんです」ヘレンは袖で涙を拭った。「もちろんだわ」

「お母様」ジェイミーが唐突に二人の間に入ってきて、ヘレンのスカートをつかんだ。

「大丈夫よ、ジェイミー」ヘレンはそう言って、決然と背筋を伸ばした。「朝食の準備ができているはずよ。みんな着替えてきて、朝食にしましょう。食べれば気分もよくなるわ」

アビゲイルの頭越しに、アリスターがヘレンを見た。まだ落ち着きを取り戻してはいない。目が獣じみた暴力にきらめいていた。ヘレンがホールに下りてきたとき、アリスターはミスター・ウィギンズを殺しかねない勢いだった。あのとき無理にこちらを向かせなかったら、自分で思い止まっていたかどうかわからない。ヘレンは身震いした。アリスターの野蛮な、原始的な部分を見せつけられたのだから、恐怖を感じてもおかしくない。だが不思議なことに、獰猛な面を知ったことで、恐怖よりも安心感が強くなった。このような安心感は、父親の家に住んでいた子供のころ以来だった。大人のしがらみに巻き込まれる前のことだ。

今の自分が無防備であること――無防備すぎることに気づき、ヘレンは体を震わせた。矛盾する感情が押し寄せてきて、丸腰でアリスターの前に立っている気がする。少しの間だけでも離れて、体勢を立て直したい。

ヘレンはぐっと唾をのみ、ジェイミーの手を取って、もう一方の手をアビゲイルに差し出した。「行くわよ、アビゲイル。支度をしてきましょう」

アビゲイルが手をつないでくると、ヘレンはその手を強く握りすぎないようこらえた。アビゲイルの髪をくしゃくしゃにし、目を見つめ、本当に大丈夫なのか自分の目で確かめたいところだが、娘のトラウマを悪化させるのはまずい。落ち着いて優しく質問したほうがいいだろう。

「すぐに下りてきます」かすかに震える声で、ヘレンはアリスターに言った。

そして、子供たちを連れて寝室に向かった。ジェイミーは何かしらの不安を感じていたようだが、すでに立ち直っていた。急いで服を着て、子犬と一緒にベッドに座る。

一方、ヘレンは鏡台の上の水差しから、たらいに水を注いだ。布を入れて濡らし、アビゲイルの顔をそっと拭く。もう何年もアビゲイルの着替えは手伝っていない。ロンドンにいるときはミス・カミングズに任せていたし、ここへ来る道中はたいていのことはアビゲイルが自分でやっていた。だが今朝、ヘレンは娘の顔から涙の跡を拭いてやった。アビゲイルを座らせて足元にひざまずき、ストッキングを履かせ、ガーターをていねいに膝の上に引き上げる。どの動きも慎重に、落ち着いて行った。アビゲイルのペチコートとスカートを引き下ろし、ウエストを留める。

ヘレンが身頃を手に取ったとき、アビゲイルがようやく口を開いた。「お母様、手伝ってくれなくてもいいのに」

「わかってるわ」ヘレンは言った。「でも、不思議なことに、母親は娘に服を着せるのが楽しくなることがあるの。お母様のわがままを聞いてくれる？」

アビゲイルはうなずいた。頬はいつもどおりほんのり色づき、顔のこわばりもほどけている。ヘレンはひもを結びながら、階段を下りきったときに見えたアビゲイルの打ちひしがれた表情を思い出した。ああ、神様、アリスターが来てくれていなければ……。

「はい」身頃のひもを結び終え、ヘレンは穏やかに言った。「髪を結うから、ブラシを貸してちょうだい」

「三つ編みにして、頭の上にぐるっと留めてくれる？」アビゲイルはたずねた。

「いいわよ」ヘレンはにっこりした。低い椅子に座る。「お姫様にしてあげるわ」

アビゲイルは後ろを向き、ヘレンはブラシで髪をとき始めた。「何があったか教えてくれる？」

アビゲイルの細い肩が上がり、甲羅に引っ込もうとしている亀のように、首がすくめられた。

「話したくないのはわかっているわ」ヘレンは小声で言った。「でも、話さなきゃいけないと思うの。とりあえず、一回は。そのあとは、あなたがいやだと言うなら、二度と話題にしない。それでいい？」

アビゲイルはうなずき、深く息を吸った。

「わたしが起きたとき、お母様とジェイミーはまだ寝ていたから、パドルズを下に連れていったの。外でおしっこをさせてたら、ミスター・ウィギンズがいるのが見えた。だから、パドルズと一緒に走って中に戻って、隠れたの」

アビゲイルは言葉を切った。ヘレンはブラシを置いて、長い亜麻色の髪を三つに分けた。

「それから?」

「ミスター・ウィギンズが部屋に入ってきた」アビゲイルは低い声で言った。「あの人……あの人、わたしにどなったの。わたしを見張っているんだろうって」

ヘレンは眉間にしわを寄せた。「どうしてそんなふうに思ったのかしら?」

「さあ」アビゲイルははぐらかすように言った。

ヘレンは今は追及しないことにした。「それから、どうなったの?」

「それから……泣いたの。我慢しようとしたんだけど、どうしようもなくて」アビゲイルは情けなさそうに打ち明けた。「ミスター・ウィギンズの前で泣くのはすごくいやだった」

ヘレンは口元をこわばらせ、アビゲイルの髪を編むことに集中した。瞬間的に激情に駆られ、アリスターがミスター・ウィギンズを殺してくれたらよかったのにと思った。

「そのとき、サー・アリスターが入ってきた」アビゲイルは続けた。「わたしを見て、ミスター・ウィギンズを見て……ねえ、お母様、サー・アリスターはすごい速さで動いたの! あっという間にミスター・ウィギンズの首をつかんで部屋から引きずり出したわ。わたしもホールに出るまで、何が起こったのかわからなかった。そこにお母様とジェイミーとミス・マンローが来て、お母様がサー・アリスターにやめてと言ったの」説明を終えると、アビゲイルは深呼吸した。

ヘレンはしばらく口をつぐんで考えた。アビゲイルの髪を編み終え、ブラシを脇に置く。

「ヘアピンを持っていて。三つ編みを頭に留めるから」

ヘアピンをアビゲイルの手にのせ、頭の高い位置に三つ編みを巻きつけていく。

「ありがとう」アビゲイルからヘアピンを取り、慎重に三つ編みに挿して留めた。「パドルズとあの部屋に隠れている間に、ほかにも何かあったんじゃない？」

アビゲイルは頭を結われている間、ぴくりとも動かなかったが、視線は手の中のヘアピンに落ちた。

ヘレンの心臓がどきりと音をたてた。何かが喉につかえた気がして、声を出すために咳払いをする。「ミスター・ウィギンズにはどこも触られていないの？」

アビゲイルは目をしばたたいて顔を上げ、不思議そうな顔をした。

「触られるって？」

ああ、どうしよう。ヘレンは何気ない口調を装った。「あの人はあなたに手を触れたの？それとも……キスをしようとした？」

「うえっ！」アビゲイルは顔をゆがめ、驚きと嫌悪の色を浮かべた。「まさか！　キスなんかしないわ……わたしをたたこうとしてたんだから」

「でも、どうして？」

「知らない」アビゲイルは顔をそむけた。「わたしをたたくって言ったとき、サー・アリスターが入ってきて連れていってくれたから」

喉のつかえはたちまち取れた。ヘレンは唾をのみ、念を押すようにたずねた。

「じゃあ、どこも触られていないのね？」

「そう言ってるでしょう。ミスター・ウィギンズが近づいてくる前に、サー・アリスターが来てくれたの。すごく怒ってたから、キスなんかしたくなかったと思うし」

アビゲイルはヘレンを、どうしてわかってくれないの、という顔で見た。

だが、ヘレンは鈍いと思われることをこれほど嬉しく思ったのは初めてだった。最後のヘアピンを挿し、アビゲイルを自分のほうに向かせて抱きしめる。勢い任せに力を入れすぎないよう気をつけた。

「あのとき、サー・アリスターが入ってきてくれて本当によかった。ミスター・ウィギンズのことはもう心配しなくていいと思うわ」

アビゲイルは身をよじった。「鏡を見てもいい？」

「もちろん」ヘレンは腕を広げ、娘を離した。アビゲイルは鏡台の上の古い鏡の前に走っていった。爪先で立ち、角度を変えながら三つ編みを巻きつけた頭を眺める。

「お腹すいたよ」ジェイミーが言い、ベッドから飛び降りた。

ヘレンは明るくうなずき、立ち上がった。「お母様の着替えが終わったら、ミセス・マックレオドが作ってくれた朝食を食べに行きましょうね」

ヘレンは軽くなった心で身支度を始めたが、頭の片隅ではアビゲイルが話をはぐらかしたことが気になっていた。ミスター・ウィギンズが本当にアビゲイルをたたこうとしていたのなら、この子はいったい何を隠しているの？

「あの犬に名前をつけてやらないと」その日の午後遅く、アリスターは誰に言うでもなくつぶやいた。古い肩掛けかばんを肩に掛ける。

低い丘の頂上で足を止め、ジェイミーとアビゲイルが反対側の斜面を転がり落ちるのを眺めた。ジェイミーは地面に身を投げ出し、何かにぶつかる可能性も、小さな体がどこに転がるかもいっさい気にしていない。一方、アビゲイルは注意深くスカートを脚に巻きつけてから腰を下ろし、両腕を頭上に置いて、ゆっくり直線状に丘をすべっていった。

「パドルズという名前は気に入らないの？」ヘレンはたずねた。顔でそよ風を受けていて、その姿はまるで天使のようだ。

それでも、アリスターはヘレンに暗いまなざしを向けた。「大きくなって自分の名前の意味がわかるようになったら、恥ずかしさのあまり死んでしまう」

ヘレンは疑わしげにアリスターを見た。「〝名前の意味がわかるようになったら〟？」

アリスターはその視線を無視した。「犬、特に雄犬には、威厳ある名前が必要だ」

二人は子犬を眺めた。子供たちを追って元気よく丘を駆け下りる途中、自分の大きな前足につまずいて、長い耳と泥だらけの毛の塊となってふもとまで転がっている。起き上がると体をぶるっと振り、ふたたび丘を上り始めた。

アリスターは顔をしかめた。「この犬には特に威厳ある名前をつけてやらないと」

ヘレンは笑った。

アリスターも思わず口元に笑みが浮かぶのを感じた。何しろ天気がよいし、ヘレンも子供たちも安全だ。今のところ、アビゲイルはウィギンズにいたずら目的で触られたのではなく、ただ恐怖に震え上がっていたという事実だけでじゅうぶんだった。朝食の席に着く直前、ヘレンにそう告げられたとき、胸から恐ろしいほどの重みが消えるのを感じた。

その内緒話にはソフィアも参加していたが、姉はうなずいて一言〝よかった〟と言うと、ミセス・マックレオドが用意したオートミール粥とベーコンと卵をかき込んだ。それから間もなく、ミス・マクドナルドとともにエジンバラへと発った。私道を遠ざかる馬車を見ながら、アリスターは複雑な思いに駆られた。ソフィアとの言い合いは楽しかった――姉と過ごすことの楽しさなどすっかり忘れていた――が、城でふたたびヘレンと二人きりになれたのは嬉しかった。ソフィアの観察眼はあまりに、あまりに鋭すぎる。

アリスターは午前中いっぱい仕事に精を出したが、昼食中、ジェイミーが前日アナグマを見つけられなかったことをひどく残念そうに話していた。そこで午後に散歩をしようという話になり、こうして仕事を放り出して田園地帯を歩いている。

「子供たちに名前をつけさせてやると言ったじゃない」ヘレンが言った。

「ああ、でもパドルズはだめだとも言ったよ」

「そうね」ヘレンの唇は曲がったあと、固く結ばれた。「今朝のこと、まだお礼を言っていなかったわね」

アリスターは片方の肩をすくめた。「別にいいよ」

丘のふもとでは、アビゲイルがそろそろと立ち上がり、スカートを振っていた。すでに何度も丘を転がっているのに、スカートに草の染みがついていないのは奇跡的だ。

ヘレンはアリスターの隣でしばらく黙っていたが、やがて体を寄せ、スカートの陰で手を握ってきた。「あなたがあそこでアビゲイルを守ってくれたことが、本当に嬉しいの」

アリスターはヘレンを見た。

ヘレンはせつなそうにアビゲイルを眺めていた。「あの子のことはすごく大事に思っているわ。世間一般の娘とは全然違うけど、神様が与えてくださったものは受け入れなければならないと思うの」

アリスターは一瞬ためらった。余計なお世話だと思いながら、ぶっきらぼうに言う。「あの子はきみに認められないことを恐れている」

「わたしに認められないこと?」ヘレンは困惑した顔でアリスターを見た。「アビゲイルがあなたにそう言ったの?」

アリスターはうなずいた。

ヘレンはため息をついた。「わたし、アビゲイルをものすごく愛している。当然よね、自分の娘だもの。でも、あの子のことはまったく理解できない。あの子の雰囲気……あれほど幼い子にしては、内にこもりすぎているわ。だからって、認めていないわけじゃない。どうすればあの子を幸せにできるのか、知りたいと思っているだけよ」

「その必要はないんじゃないかな」

ヘレンは頭を振った。「どういう意味？」

アリスターは肩をすくめた。「偉そうなことは言えないけど、アビゲイルを〝幸せにしよう〟なんて思わなくていいと思う。どっちにしても、そんなことはできっこないんだ。アビゲイルを幸せにできるのは、アビゲイル本人だけだ。たぶん、きみはあの子を愛するだけでいいんだよ」ヘレンの悲しげな青紫色の目をのぞき込む。「それなら、もうできている」

「そうね」ヘレンは目を見開いた。「そのとおりだわ」

アリスターはふたたび目をそらし、ヘレンがぎゅっと握ってから手を放したのを感じた。

「二人とも、行くわよ」彼女は呼びかけ、丘を下り始めた。

アリスターはヘレンを見つめた。丘を下りる動きでスカートが揺れ、ヒップがなめらかなリズムで誘うように動き、薄金色の髪筋が帽子の広いつばの下でなびいている。アリスターは夢から覚めたように目をしばたたき、ゆったりと揺れるヒップのあとを追った。

「アナグマはどこ？」ジェイミーがたずねた。特に何も考えていない様子で、アリスターの手を取る。

アリスターはあごを前にしゃくった。「あの丘を越えたところだ」

あたりには背の低いハリエニシダとヒースが生い茂るなだらかな丘が広がり、視界のかなたに地平線がくっきり見えている。西の先では、草を食《は》む羊の群れが、緑と紫の丘の上に綿毛のように点々と見えた。

「でも、あそこには昨日行ったのよ」アビゲイルが異を唱えた。「ミス・マンローはアナグマを見つけられなかったわ」

「ああ、でもそれは、ミス・マンローが探す場所を知らなかっただけだ」

アビゲイルが疑わしげな目で見てくるので、アリスターは笑いをこらえるのに苦労した。

「パドルズがもう歩きたくないって」ジェイミーが言った。

「どうしてわかるの？」アビゲイルは子犬に顔をしかめてみせた。アリスターが見る限り、子犬は問題なく歩けているようだった。

「だってわかるんだもん」ジェイミーは言い返した。子犬を腕に抱く。「うわあ。大きくなったね」

アビゲイルはあきれたように目を動かした。「それは、今朝あなたがオートミール粥の食べ残しを全部あげたからよ」

ジェイミーはむきになって何か言おうとしたが、アリスターが咳払いをした。

「今朝、厨房で水たまりを見つけたんだが、パドルズの仕業じゃないかと思ってる。外に用を足しに連れていくのを忘れないでくれ」

「はい」アビゲイルは言った。

「名前は考えてくれたか？　一生パドルズというわけにはいかない」

「わたしは国王陛下の名前をもらってジョージにしたいって言ったんだけど、ジェイミーがいやだって」

「そんな名前つまんない」ジェイミーはぶつぶつ言った。

「じゃあ、きみは何がいいんだ？」アリスターはたずねた。

「スポット」ジェイミーは言った。

「ああ、そう、それは――」

「馬鹿みたい！」アビゲイルがさえぎった。「それに、この子の模様は斑点《スポット》よりぶち《スプロッチ》って感じだし、スプロッチっていう名前は最高につまらないわ」

「アビゲイル」ヘレンは言った。「サー・アリスターに、話に割り込んだことを謝りなさい。淑女は何があっても紳士の話をさえぎってはいけないのよ」

それを聞いて、アリスターの眉がぴくりと上がった。大股に二歩歩いてヘレンに追いつき、頭を寄せる。「何があっても？」

「紳士が桁外れに強情な場合は別です」ヘレンは冷静に返した。

「なるほど」

「ごめんなさい」アビゲイルがぼそりと言った。

アリスターはうなずいた。「じゃあ、子犬をしっかり抱くんだ」

「どうして？」ジェイミーが顔を上げた。

「アナグマの巣穴が、すぐ近くにあるからだよ」アリスターはステッキで示した。アナグマはハリエニシダに覆われた塚の中に住んでいる。「掘ったばかりの土があるだろう？　そこがトンネルの一つだ」

「わあ」ジェイミーはしゃがんでその場所を見た。「アナグマは見える？」

「たぶん無理だ。かなりの恥ずかしがり屋だからね。でも、その気になれば、小さな犬くらいなら殺せる」

ジェイミーはパドルズがキャンと鳴き声をあげるほど強く胸に抱き、かすれたささやき声で言った。「どこにいるかなあ？」

アリスターは肩をすくめた。「穴の中で眠っているのかな。カブトムシの幼虫を捕まえに行っているのかもしれないし」

「カブトムシの幼虫？」ジェイミーは鼻にしわを寄せた。

アリスターはうなずいた。「それが好物なんだ」

「これ見て！」アビゲイルがスカートを尻の下にたくし込み、そろそろと座った。

アリスターはアビゲイルが指さした場所に行き、黒い小山に目をやった。

「おお、よくやった！これはアナグマの糞だよ！」

背後でヘレンが押し殺した声をあげたが、アリスターは無視した。アビゲイルの隣にしゃがんで小枝を拾い、ほとんど乾燥した糞をつつく。「これを見て」

二枚の黒い薄片をかき出す。

アビゲイルはそれをまじまじと見た。「何？」

「カブトムシの甲殻だ」アリスターは肩掛けかばんを下ろし、ポケットを開けて、極小のガラスの広口瓶を取り出した。カブトムシの甲殻をつまみ上げて瓶に入れ、小さなコルク栓をはめる。

「〝コウカク〟って?」ジェイミーがたずねた。すでにしゃがみ込み、息を切らしている。

「外側の硬い殻だよ」アリスターはさらに土をほじり、薄く白っぽい骨を見つけた。

「それは何の動物のもの?」アビゲイルが興味深そうにたずねた。

「わからない」その骨は破片にすぎなかった。アリスターはそれをつまみ上げ、別の小瓶に入れた。「ネズミやモグラのような小型の哺乳類だろうね」

「ふうん」アビゲイルは言い、体を起こした。「アナグマの手がかりはほかにもあるの?」

「アナグマが土の中から何かの破片を掘り出していることがある」アリスターは標本を手にし、巣穴の近くに歩いていった。暗い穴の中で何かが動いたので足を止め、アビゲイルの肩をつかむ。「見て」

「アナグマの子!」アビゲイルは息をのんだ。

「どこ? どこ?」ジェイミーが鋭くささやいた。

「見えるか?」アリスターはジェイミーに頭を寄せ、その方向を指さした。

「わあ!」

白黒の縦縞が入った小さな顔が、奥でもう一匹と押し合いながら巣穴からのぞいた。こちらに気づくと凍りつき、一瞬目をみはったあと、突然姿を消した。

「まあ、よかったわね」背後からヘレンの声が聞こえた。アリスターが振り向くと、彼女はこちらを見てほほ笑んでいた。「とりあえず、糞よりはいいと思うわ。次は何を探すの？」

そう言うと、アリスターの顔を見た。午後をアリスターと過ごすのが、世界一自然なことだとでもいうように。二人で子供たちと一緒に過ごすことが。

アリスターはぞっとして、唐突にグリーヴズ城のほうを向いた。

「何も。仕事があるから」

ヘレンも子供たちも待たず、大股に歩いていく。その動きが三人から逃げているように見えるのはわかっていたが、実際に逃げているのはもっと危険なもの――将来の希望からだった。

午後の散歩をあのように乱暴に打ち切られ、ヘレンは二度とアリスターのもとには行かないと心に誓った。だが真夜中になると、いつのまにか薄暗い城の廊下を、忍び足で彼の部屋に向かっていた。とりわけ熱い火遊びに手を出していることも、自分と子供たちを危険にさらしていることもわかっていたが、それでもアリスターから離れることができなかった。

〝もしかしたら〟と、むこうみずでつねに楽観的なほうのヘレンがささやく。〝もしかしたら、あの人はわたしに心を開いてくれるかもしれない。わたしを愛するようになるかもしれない。妻に迎えたくなるかもしれない〟と。

馬鹿げた、子供っぽいささやきだ。人生の半分は、心から愛してくれたことのない男性に捧げてきたというのに。現実的で厳しいほうのヘレンは、アリスターとの情事が終われば、子供たちを連れてここを出ていかなければならないことを知っていた。

でも、それは今夜ではない。

ヘレンはドアの外でためらったが、ノックもしないうちに、アリスターは物音を聞いたようだった。ドアを開けてヘレンの腕をつかみ、中に引っ張り込む。

「こんばんは」ヘレンは言いかけたが、最後の音はアリスターの唇にふさがれた。彼の唇は熱くて強引で、必死にも思えるほどだった。ヘレンは自分を取り巻くすべてを忘れた。

やがてアリスターは顔を上げ、ヘレンをベッドに引っ張っていった。

「きみに見せたいものがある」

ヘレンはきょとんとした。「何?」

「座って」アリスターはヘレンが座るのを待たず、向きを変えてサイドテーブルの引き出しを漁った。「あった。これだ」

アリスターは親指の先ほどしかなさそうな、ごく小さなレモンを掲げた。

アビゲイルは目を丸くした。「これ?」

「ミセス・マックレオドに、前回買い物に行ったときに頼んでおいたんだ。その……」アリスターは咳払いをした。「つまり、予防をしたほうがいいんじゃないかと思って」

「予防って……あっ」ヘレンは頬が熱くなるのを感じた。実際には新たな周期が始まったところだったので、今のところは妊娠の可能性はないはずだった。それでも、アリスターとの逢い引きもこれで三度目だし、そのうち避妊を考えなければならなくなる。アリスターが先にその心配をし、行動を起こしてくれたことに、不思議な感動を覚えた。「わたし、一度も……あ、その……」今さらながら、ヘレンは自分が品のよい未亡人のふりをしていることを思い出した。それなら避妊の方法など聞いたこともないはずだ。実際には、アリスターは毎回ではないものの、特製の鞘を使うことがあった。

アリスターの頬骨も濃い赤に染まっていた。「教えてあげるよ。寝転んで」

ヘレンはアリスターの意図に気づき、やめてと言いたくなった。愛を交わしている最中に見られるのはよくても、まだ服を着て立っているときには……違和感がある。

「ヘレン」アリスターは静かに言った。

「ええ、わかったわよ」ヘレンはベッドに腰を下ろし、天井を見上げた。ベッドを横に使って寝そべり、脚を脇からぶらりと下ろす。

アリスターがねまきとシュミーズのスカートをたくし上げるのを感じた。絹が肌をすべる音が、静かな部屋に小さなささやき声のように響く。アリスターは布地をウエストまでたくし上げると、手を離した。ふたたびサイドテーブルを探る音が聞こえ、強い柑橘系の香りが漂った。顔を突き出すと、アリスターが半分に切ったレモンを持っているのが見えた。彼はヘレンと目を合わせたあと、ベッド脇のカーペットに膝をついた。ヘレンは息をのんだ。温かな手がふたたび脚に触れ、太ももを開こうとしているのがわかる。ヘレンはごくりと唾をのみ、脚を開いた。

「もっと」アリスターがかすれた声で言う。

ヘレンは目を閉じた。どうしよう、アリスターがひそやかな部分のすぐ近くにいる。すべてが見える。匂いもわかるはずだ。ヘレンは唇を嚙み、脚をさらに開いた。

「もう少し」アリスターはささやいた。

言われたとおり脚を開くと、太ももが震え始めた。それに伴って脚の間の縁も開き、アリスターの視線に完全にさらされることになった。彼の手がゆっくりと太ももをなで上げるのが感じられる。

「一五歳のとき」アリスターはくつろいだ口調で言った。「父の解剖学の本を見つけた。特に女性の体に関しては、とてもためになる本だった」

ヘレンは唾をのんだ。アリスターの指がそっと毛をかき分けている。

「ここは」広い手のひらが丘を覆った。「恥丘《モンス・ヴェネリス》と呼ばれる。〝ヴィーナスの丘〟という意味だ」

アリスターの指は内もものしわを、くすぐるようになぞった。ヘレンの体に震えが走る。

「ここは、大陰唇だ」指が反対側のしわをなぞり上げた。

そのとき、冷たく濡れたものが内側のひだに滴った。ヘレンは小さく跳び上がり、レモンが空気中に強く香った。

丸っこい、つるりとしたレモンの外皮が、皮膚に押しつけられるのを感じる。濡れた合わせ目に沿って、レモンがゆっくりとすべらされた。「ここは小陰唇だ。でも、こっちが」レモンはひだのてっぺんをぐるりとなぞったあと、驚くほど唐突に、ぎゅっと皮膚に押しつけられた。「問題なんだ」

「問題？」ヘレンは悲鳴をあげた。

「ああ」アリスターの声は低くなり、うなり声のようだった。「これはクリトリスだ。一五六一年にシニョール・ガブリエレ・ファロッピオが発見した」

レモンを強く押しつけられながら、ヘレンはアリスターの言葉について考えようとした。なかなか意味が理解できない。

ようやく声が出せた。「それって……一五六一年までは、誰もその存在を知らなかったということ？」

「シニョール・ファロッピオはそう考えていたんだが、それはちょっとありえない気がする」アリスターは〝ありえない〟という語を強調するように、レモンをトンと打ちつけた。

ヘレンはあえいだ。「でも、それに加えて、さらなる問題が起こった。やはりイタリアの解剖学者のコロンボという人が、自分はシニョール・ファロッピオより二年早く発見したと主張したんだ」

「その二人の奥様が気の毒に思えるわ」ヘレンはもごもご言った。ひんやりしたレモンを絶え間なく押しつけられて興奮し、高ぶっていた。欲情していた。早くこれを終わらせて、愛の行為を始めてほしい。

ところが、アリスターに急ぐ様子はまるでなかった。「それよりも、クリトリスの存在を信じていない男の妻を気の毒だと思ったほうがいい」

ヘレンは天井に向かって目を細めた。「そんな男性がいるの？」

「ああ、もちろん」アリスターはささやいた。敏感な肌からようやくレモンを離してもらえたが、そうすると今度は物足りない気分になった。「そんなものは存在しないと考えている男もいるんだ」

そう言うと、アリスターはレモンの半分をゆっくりとヘレンの中に押し込んだ。

その衝撃に、ヘレンはあえいだ。冷たい柑橘類と、温かい指。アリスターは中で指をひねって何かをしたあと、レモンを残したまま指を抜いた。

「そういう連中は、ここを刺激しても、女性は何の快感も覚えないと考えている」アリスターはふたたびひだをなぞり上げ、クリトリスを一度つついた。「もちろん頭がどうかしているんだと思うが、科学者というのは自分の理論を試してみたくなるものだ。やってみよう」

やってみるって、何を？　ヘレンは思ったが、それを言葉にする暇はなかった。口を開く前に、指に代わってアリスターの唇がそこに触れ、何も言えなくなってしまった。

ただ、感じることしかできなかった。

アリスターは注意深く、ていねいに、こぼれたレモン果汁を一滴残らず味わうかのように、そこを縁に沿ってなめた。てっぺんにたどり着くと、つぼみのまわりをぐるりとなめ、その円をどんどん小さくしていった。やがて、ヘレンは両脇のシーツをつかんで快楽に震え、膝を上げてアリスターに押しつけた。アリスターはその脚を持ち上げ、唇はヘレンのそこに押し当てたまま、軽々と自分の肩にのせた。腰をしっかりつかみ、ヘレンが背をそらして体を引っ込めないようにする。舌をとがらせて内側を突き、その衝撃にヘレンの中で何かがばらばらにほどけそうになったとき、上に戻った。感じやすい突起を口に含み、優しく、執拗に吸う。

ヘレンは動けなかった。断固としたアリスターの愛撫から逃れられなかった。口からもれる声を抑えることもできず、うめき、あえいだ。いつのまにかアリスターの長い髪に指を絡めていて、それこそがヘレンを地上につなぎ止める唯一の生命線となった。アリスターを熱心に引き寄せ、言葉を失うほどの欲求に駆られたが、やめてほしいのか続けてほしいのかはわからず、またどちらでもよかった。

何もアリスターを止めることはできない。

閉じたまぶたの裏で光が爆発し、混じりけのない、痛いくらいの快感が、今もアリスターが奉仕している中心部から放たれた。ヘレンはあえぎ、目に涙が溜まるのを感じた。天国に触れたかのような気分だ。

アリスターはヘレンが落ち着くまで優しくなめ続けたあと、体を起こしてベッドの脇に立ち、冷静とも言えるほどの顔でヘレンを見ながら服を脱いだ。

「これからはレモンを味わうたびにきみのことを思い出すだろうな」くつろいだ口調で言う。ブリーチを脱ぐと、男の部分が体の前で見事にそそり立った。「このことを思い出すだろう」

アリスターはぐったりしたヘレンの体に這い上がり、腕を両脇に置いた。その重みで、ヘレンの下のベッドが沈む。彼はねまきとシュミーズを、人形の服を脱がせるように楽々と脱がせ、ヘレンは目をとろんとさせたまま、その様子を見守ることしかできなかった。アリスターは体の位置を変え、ヘレンの体をベッドの上にきちんと引き上げると、ふたたび脚をいっぱいに開かせた。そして、ヘレンの上にのしかかった。

まだ敏感な部分に触れられ、ヘレンはかすかにたじろいだ。

アリスターは顔を近づけ、唇で耳に触れた。「痛い思いはさせたくないけど、もう中に入るしかない。呼吸をやめられないのと同じように、これも止められないんだ。じっとして」最後の言葉を言ったのは、先端が入り口に触れたからだった。「体の力を抜くんだ。ただ……わたしに任せてくれ」二センチほど中に入る。

ヘレンは息を切らした。ここまで敏感になったことはなかった。羽根が触れても、体が震えだしそうだ。しかも、アリスターがヘレンの中に入れようとしているものは、羽根とはかけ離れている。彼はさらに少し進んだ。ヘレンはぐっしょり濡れていたが、欲望に熟れ、ふくれあがってもいた。顔を上げ、アリスターのあごをなめる。

彼は動きを止めた。「やめろ――」

次は、慎重にアリスターの肌に歯を立てた。気軽そうに言葉は発していても、アリスターは瀬戸際まで追いつめられていて――体がこわばりきっていることからそれがわかる――ヘレンの中の意地悪な部分が、その瀬戸際から突き落としたがっていた。アリスターを狂気に駆り立て、一線を越えさせたい。

ヘレンは爪でアリスターの背中をひっかいた。

「ヘレン」アリスターはしゃがれた声で言った。「馬鹿なまねはよせ」

「だって、馬鹿なことがしたいんだもの」ヘレンはささやき返した。

それが決め手となった。アリスターを縛っていた何かの糸がぷつんと切れた。彼は腰を突き出して柔らかなところに根元まで侵入し、息を切らしながら、野蛮な動きでヘレンの中に突き立てた。

ヘレンは腕をアリスターに巻きつけてしがみつき、自分の上で悶えながら突き立てるアリスターを、その力強い、傷を負った顔を見つめた。視界の隅がぼやけ、快感が熱いリズムを刻みながら押し寄せてきても、目をこじ開けて見つめた。見つめ続けた。

アリスターもヘレンを見つめ返して視線を絡み合わせ、頂点に近づくにつれてその目が陰を帯びてきた。言葉では言えず、体でしか示せない何かを、伝えようとしているかのようだ。唇がゆがみ、顔が赤みを帯びて、何を言うでもなく口が開いたが、それでもアリスターはヘレンから目を離さず、そのまま脈打つ熱い生命を彼女の体に注ぎ込んだ。

それ以来、正直者は魔術師の見張りの任務から解放されると、山に紫色の花を探しに行った。頼りにできる光が月明かりだけだったため、探すのには時間がかかったが、やがてすりつぶして粉にできるだけのつぼみが集まった。次に、二頭の馬を探し始めた。魔術師が馬を飼っていないため、この任務は難航した。ある晩、正直者はなけなしの硬貨を持って山を下り、谷にある農家を訪ねた。

農民を起こし、馬を二頭買いたいと申し出ると、相手は顔をしかめた。「金が足りないよ。その金額だと、一頭しか売れない」

正直者はうなずき、全財産を農民に渡した。「では、そうしてくれ」

そして、馬を一頭だけ連れ、夜が明ける前に山道を戻った……。

『正直者』より

12

ヘレンは朝早く、アリスターのベッドで目覚めた。暖炉では燃えさしが光っていたが、サイドテーブルの上のろうそくはとっくに消えている。隣で、アリスターが低くゆったりとした寝息をたてていた。ここで眠ってしまうつもりはなかったのに。そう思ったとたん、目が覚めた。子供たちがいる部屋に戻らないと。

音をたてないようにベッドからそろそろと下り、炉棚に向かう。そこに置かれた壺から灯芯を取り、燃えさしに火をつけたあと、明かりの下で着替えができるようろうそくを数本灯した。あたりを見回す。ねまきはベッドの下から半分出ていたが、シュミーズが見当たらない。ヘレンは口の中でぶつぶつ言いながら、ろうそくを手にしてベッドを見に行った。シュミーズはベッドの下にも脇にもなかった。そこで、巨大なマットレスに身を乗り出し、寝具の間からシュミーズを探した。淡いろうそくの光がアリスターを照らし出すと、ヘレンの動きが止まった。

アリスターは大の字になり、片腕を頭上に投げ出していて、シーツはウエストまでめくれていた。筋肉質の肩と腕が白いシーツの上に浅黒く見え、まるで眠る神のようだ。顔はわずかにヘレンのほうを向いていて、眼帯は夜の間に外したようだった。ヘレンは少したsuccessめらってから、顔を近づけ、あらわになった彼の顔を眺めた。眼帯を外した顔は初日の晩に玄関で見たきりで、今思えばずいぶん前のことのような気がした。あのときは怖いという思いしかなかった。まず恐怖で頭がいっぱいになったため、細かい印象は吹き飛んでしまっていた。

今、目が失われたほうのまぶたは、ぴたりと閉じられていた。確かに落ちくぼんではいるが、それ以外に普通の閉じた目と比べて痛ましいところはない。もちろん、顔の同じ側の残りの部分はそうはいかなかった。深い溝が顔を斜めに走り、それは閉じたまぶたの下から耳の近くまで続いていた。その下にはくぼんで赤くなった部分があり、皮膚が厚くなって革のように見える。おそらく火傷の一種なのだろう。細めの白い筋が頬骨に散っていて、そっちはナイフの傷跡のようだった。

「あまりよい眺めじゃないだろう？」アリスターがかすれ声で言った。

ヘレンは驚いてびくりと動き、危うく溶けたろうをアリスターの肩に垂らすところだった。

アリスターは目を開け、穏やかにヘレンを見た。「昨夜自分がベッドをともにした獣を観察していたのか？」低い声だ。寝起きのため、かさついている。

「ごめんなさい」ヘレンは特に考えもなくそう言った。今になって、シュミーズがアリスターの肩に半分下敷きになっているのが見えた。

「何がだ？」アリスターはたずねた。

「何が？」ヘレンはシュミーズを引っ張ったが、アリスターの体が大部分を踏んでいたので、このまま引き抜くと生地が破れそうだった。

アリスターは動かなかった。「なぜ謝る？　きみにも愛人の素顔を見る権利くらいある」

ヘレンはとりあえずシュミーズはあきらめ、ぼんやりとねまきに目をやった。裸で話をするのは、ひどく落ち着かなかった。「失礼なことをしているように見えたのなら申し訳ないと思ったの」

アリスターはヘレンの手首をつかんで引き寄せ、ヘレンの手からろうそくを奪って、自分の側の小さなテーブルに置いた。「真実を知りたいと思うのは、失礼なことではない」

「アリスター」ヘレンはそっと言った。「わたし、そろそろ自分の部屋に戻らないと。子供たちが——」

「おおかた、ぐっすり眠っているだろう」アリスターは言った。ヘレンは腕を引かれ、アリスターの上に半分倒れ込む形になって、胸のふくらみが熱い胸に押しつけられた。アリスターは体を起こし、ヘレンの唇に軽く唇をつけた。「行かないでくれ」

「無理よ」ヘレンはささやいた。「あなたもわかってるでしょう」

「わたしが？」アリスターはヘレンの唇の上でつぶやいた。「いつかきみはここを出ていくのだろうが、今のわたしにわかっているのは、まだ朝は早いし、きみのいないベッドはとても冷たいということだけだ。行かないでくれ」

「アリスター……」アリスターのこんな一面を見たのは初めてだった。優しく、愛嬌のある恋人。こんなふうに話すアリスターはひどく魅力的で、ヘレンの決意は揺らいだ。

「目がいやなのか？　眼帯をつけてもいい」

「違うわ」ヘレンは少し体を引き、アリスターの顔を見た。それは本心だった。傷跡は痛ましいが、もうショックは感じなかった。

アリスターは大きな手をヘレンの後頭部に置き、そっと引き寄せた。

「では、もう少しいてくれ。まだきみに正式な求愛ができていない」

ヘレンはわずかに顔を引き、困惑してアリスターを見た。「求愛？」

アリスターの口角が楽しげに上がった。「誘う。ダンスを申し込む。求愛する。どれも怠けてしまった」

「わたしに求愛するとしたら、何をしてくれるの?」

ヘレンは半分冗談でたずねた。正式に求愛されたことなど一度もない。まさか、アリスターが言っているのは結婚のことではないわよね?

アリスターは口元をゆるめたまま、片腕を頭の下に差し入れた。

「わからない。美人を口説くには、わたしは少々錆びついているからね。きみのえくぼに捧げる詩でも詠もうかな」

ヘレンは驚き、唇から笑い声が飛び出した。「本気じゃないでしょうね」

アリスターは肩をすくめ、空いているほうの手で、ヘレンの顔にかかる髪をもてあそんだ。

「詩がいやなら、あとは馬車に誘って、花束を渡すくらいしか思いつかないな」

「花をくれるの?」アリスターが冗談を言っているのはわかっていたが、心の片隅の愚かな部分が本気にしたがっていた。リスターは高価な宝石やたんすいっぱいの服は買ってくれたが、花を贈るなど考えたこともないだろう。

アリスターの美しい茶色の目が、ヘレンの目を見つめた。

「わたしは野暮な男だし、ここは田舎だから、田舎の花で我慢してほしい。春の初めはスミレとケシ。秋はウラギク。夏は野バラとアザミ。春の終わりには、このあたりの丘に咲くイトシャジンを持ってくるよ。きみの目の色とまったく同じ、青い青いイトシャジンを」

その瞬間、ヘレンの中で何かが起こった。何かがほどけ、飛び出した。心は道を外れ、一目散に駆け出して、手の届かないところ、制御不能なところに行ってしまった。完全に自由の身となり、複雑で厄介で、とんでもなく魅力的なこの男性に向かっていく。

ああ、神様、どうしよう。

その朝、アリスターが目覚めたのはいつもより遅く、それは昨夜ヘレンと愛を交わしたせいだった。全体的に考えて、一連の出来事にはすばらしく満足していた。朝早く一日を始めるか、家政婦と床をともにするか選べるとすれば、間違いなく後者を選び、日の出など知ったことかと言い放つだろう。

だがとにかく、寝坊してしまったのは事実だ。いつものようにひげを剃り、着替えて階段を駆け下りると、ヘレンが使っていない寝室の換気に没頭しているのが見えた。人は愛人に、かびだらけのリネンより大事にしてもらえると思いがちだが、そうとは限らないようだ。ヘレンはアリスターの散歩の誘いを上の空で断り、近くにいる使用人たちの指示に戻った。だが、その前に顔を真っ赤にしたので、傷ついた男のプライドはなぐさめられた。

アリスターはそのまま厨房に向かった。ヘレンの仕事のじゃまをしたのは悪かったが、本当に無関心な女性は、こちらが一瞥しただけで赤くなったりしない。アリスターはミセス・マックレオドがオーブンから取り出したばかりのトレーから熱々の丸パンを取り、左右の手に移し替えながら裏口を出た。空はきれいに晴れ、絶好の散歩日和だ。標本を入れる古い革の肩掛けかばんを取ってこようと、口笛を吹きながら馬小屋に向かった。

グリフィンとポニーにあいさつをしたあと、小屋の隅に置かれたかばんを取りに行く。かばんを拾い上げたとき、鼻を突く小便のにおいが襲ってきた。そのとき初めて、かばんの隅に濡れて黒ずんだ部分があることに気づいた。

汚れたかばんをまじまじと見ていると、くうんと鳴く声が聞こえ、アリスターはすばやく振り返った。背後に子犬がいて、舌を丸め、しっぽをぶんぶん振っている。

「くそっ」馬小屋の中で、この敷地内で、この広い世界で、なぜ、なぜよりによってこの犬は、わたしのかばんに小便をかけたんだ？

「パドルズ！」アビゲイルの高い声が、外から子犬を呼ぶのが聞こえた。

アリスターは悪臭を放つかばんを体から離して持ち、子犬を追って馬小屋を出た。

外にいたアビゲイルが子犬を抱き上げた。アリスターが小屋から出てくると、驚いた顔でこちらを見た。

アリスターはかばんを持ち上げた。「こいつがこれをやったのは知ってたか？」

アビゲイルの顔に浮かんだ困惑の表情が、口を開く前から答えを物語っていた。

「これって……うわあ」アビゲイルはかばんのにおいに気づき、鼻にしわを寄せた。

アリスターはため息をついた。「かばんがだめになってしまったじゃないか」

アビゲイルは小さな顔を、反抗するようにしかめた。

「だって、この子はまだ子犬だもの」

アリスターはいらだちを抑えようとした。「だから、きみに目を離さないよう頼んでおいたんだ」

「でも、わたし――」

「ちゃんと見ていたのなら、今ごろわたしのかばんが小便まみれになっているはずがない」

アリスターは両手を腰に当て、アビゲイルを見つめたが、どうすればいいのかさっぱりわからなかった。「たわしと石鹸を持ってきて、これをきれいにしてくれ」

「でも、臭いわ！」

「それは、きみが仕事をサボっていたからだろう！」アリスターはついに理性をかなぐり捨てた。「もしきみがこいつを見張っていられないなら、それができる人をほかに探す。もしくは、こいつを売ってもらった農家に返しに行くよ」

アビゲイルは跳び上がり、子犬をかばうように抱いて、顔を赤くした。

「嘘よ！」

「嘘じゃない」

「この子は旦那様のものじゃないわ！」

「いや」アリスターは歯ぎしりしながら言った。「こいつはわたしのものだ」

アビゲイルはしばらく、唾を飛ばしてわめくばかりだった。やがて「大嫌い！」と叫ぶと、走って中庭を出ていった。

アリスターはしばらく、しみのついたかばんを見つめていた。それを荒々しく蹴飛ばし、頭をそらして目を閉じる。子供相手にむきになるとは、どこまで愚かなんだ？　アビゲイルに声をあげるつもりはなかったが、このかばんは長い間使ってきたものだ。植民地を歩き回り、スピナーズ・フォールズを経て先住民に捕らえられ、母国に船旅をしても、持ちこたえてくれた。アビゲイルは子犬から目を離してはいけなかったのだ。

それでも。これはただのかばんだ。アビゲイルをどなりつけ、子犬を返すなどという口先だけの脅しをするべきではなかった。アリスターはため息をついた。あとで何らかの形で謝り、かつもっと子犬に注意するよう念を押さなければならない。そう思っただけで、こめかみがうずき始めた。そこで朝の散歩はやめ、塔で仕事をするために階段を上った。大人だろうと子供だろうと、女性とは何と予測不能な生き物なのだろう。

旦那様にどなられてしまった。

アビゲイルはパドルズを腕に抱き、涙をこらえて走った。サー・アリスターには好かれていると思っていた。アビゲイルも彼のことを好きなのだと思い始めていた。でも今、サー・アリスターは怒っている。怖い顔をして、額にしわを寄せて、顔をゆがめてどなっていた。最悪なのは、アビゲイルに責任があることだった。サー・アリスターの言うとおりなのだ。確かに、パドルズをちゃんと見ていなかった。パドルズが馬小屋に入っていくのを知っていて、地面で見つけたカブトムシを見ていた。だが、自分が悪いという自覚があるのが、なおさらいけなかった。アビゲイルは間違いを犯すのが大の苦手だ。自分の失敗を認め、謝るのが苦手なのだ。謝ることを考えると、心が小さな芋虫のように縮こまってしまう。その感覚がいやで、サー・アリスターが正しくて自分が間違っていると認めるのがいやで、叫び声をあげて彼のもとから逃げ出してしまった。

城の裏の丘を駆け下り、レディ・グレーが埋葬されている川沿いの小さな木立に向かう。川の近くまで来て初めて、それが失敗だったことに気づいた。先にジェイミーが来ていて、土手にしゃがみ、渦巻く水の中に枝を投げ込んでいたのだ。アビゲイルは息を切らし、汗をかきながら足を止めた。向きを変えてこっそり城に戻ろうかと思ったが、すでにジェイミーに姿を見られていた。

「ねえ！」ジェイミーが叫んだ。「今度はぼくがパドルズと遊ぶ番だよ」

「いいえ、違うわ」午前中パドルズを独り占めしていたにもかかわらず、アビゲイルは言った。

「そうだよ！」ジェイミーは立ち上がって近づいてきたが、アビゲイルの顔を見て立ち止まった。「泣いてるの？」

「違うわよ！」

「でも、泣いてるみたいに見える」ジェイミーは指摘した。

「転んだの？　それとも――」

「泣いてなんかいないわ！」アビゲイルは言い、森の中に駆け込んだ。

森は暗く、アビゲイルは一瞬目が利かなくなった。肩に枝が当たるのを感じ、つまずいて転びそうになったが、歩き続けた。ジェイミーと話をして、馬鹿な質問をされたくない。誰とも話したくなかった。とにかく、わたしのことは放っておいて……。

何か硬いものにぶつかり、アビゲイルは勢いよく息を吐き出した。硬い手につかまれなければ、転んでいただろう。顔を上げると、そこに見えたのは悪夢だった。

ミスター・ウィギンズがすぐそばにかがんでいた。臭い息があたりに立ちこめている。

「いや!」

アビゲイルは手を振りほどき、ミスター・ウィギンズを怖がった自分を恥じたが、怖いのは事実だった。ふと彼の向こうに視線を向けると、ショックで目が丸くなった。三歩と離れていないところにリスター公爵が立っていて、何の表情もない顔でこちらを見ていた。

アリスターはヴェール宛の手紙をていねいに折りたたんだ。このあたりの郵便事情を考えると、手紙より自分のほうが先にロンドンに着きそうだが、それでもヴェールに知らせを送るのが得策に思えた。決めたのだ。グリーヴズ城を出てロンドンに向かい、船が着いたらエティエンヌと話をする。二週間以上城を空けることになるだろうが、ヘレンが留守を預かってくれる。旅は嫌いだし、愚かな連中の視線を浴びるのもごめんだったが、近ごろ感じる苦痛を耐え抜くには、スピナーズ・フォールズの真相を知る必要があった。

手紙に封蠟を落としていると、塔の階段から足音が聞こえた。最初、昼食の知らせかと思ったが、足音は大きく、急いでいた。階段を上がってくる人間は走っている。

そのため、ヘレンがドアから飛び込んできたときには、何かがあったことはある程度予測がついていた。ヘレンの髪はピンから外れて落ち、青い目は大きく見開かれ、頬は真っ白になっている。何かを言おうとしたが、前かがみになり、ウエストに手を当ててあえぐことしかできなかった。

「どうした？」アリスターは鋭くたずねた。

「子供たちが」

「けがでもしたのか？」アリスターはヘレンの脇をすり抜けようとした。水に溺れたのか、火傷をしたのか、骨を折ったのか……頭に血が上って想像があふれ出したが、そのとき驚くほど強い力で腕がつかまれるのを感じた。

「いなくなったの」

アリスターは足を止め、呆然とヘレンを見た。「いなくなった？」

「どこにもいないの」ヘレンは言った。「そこらじゅう探したわ……馬小屋も、厨房も、図書室も、食堂も、居間も。この一時間、使用人たちに城中を探させたんだけど、やっぱりいないのよ」

アリスターはアビゲイルをどなりつけたことを思い出し、罪悪感に襲われた。

「今朝、アビゲイルと言い合いになったんだ。ジェイミーと子犬と一緒にどこかに隠れているのかもしれない。だから――」

「違うの！」ヘレンはアリスターの腕を揺さぶった。「違うのよ。子犬は二時間前、厨房に入ってきたわ。最初、子供たちがほったらかしにしたんだと思って、腹が立ったの。それで二人を叱ろうと思ったんだけど、探しても見つからなかったのよ。ああ、アリスター」ヘレンの声が割れた。「わたし、アビゲイルを叱ろうと思って……あの子は姉だから。こんなふうに言おう、怒ってやろうって考えていたのに、どこにもいないのよ！」

苦悶するヘレンを見て、アリスターは壁を打ち砕きたくなった。もしアビゲイルが隠れているのなら、母親を悲しませたことをとがめる必要がある。たとえそのことで、これまで築き上げてきた関係が壊れることになろうとも。だが、とりあえずはヘレンの苦痛をなだめるために何か、何でもいいから行動しなければならない。

「最後にアビゲイルとジェイミーを見たのは？　いつのことだ？」

アリスターは一階に下りて自分で捜索を指揮しようと思い、ドアのほうを向いたが、そのときメイドの一人が荒く息をしながら、階段に姿を現した。

「旦那様！」メイドはあえいだ。「ああ、ミセス・ハリファックスも。お子様たちが……」

「見つかったの？」ヘレンは問いただした。「メグ、あの子たちはどこ？　あなたがわたしの大事な子供たちを見つけてくれたの？」

「いいえ。残念ですが、まだ見つかってはいません」

「じゃあ、何なんだ？」アリスターは静かにたずねた。

「従僕のトムが、そういえば昨日の晩、村でミスター・ウィギンズを見かけたと言い出したんです」

アリスターは顔をしかめた。「あいつはもうこのあたりにはいないものだと思っていたが」

「みんなそう思っていました」メグは言った。「だから、トムもミスター・ウィギンズを見て驚いたんですが、間抜けなことに今まで忘れていたようで」

「グレンラーゴに行ってみよう」アリスターは言った。「近くにウィギンズがいるかもしれない」

もしウィギンズが別の方向に向かっていれば、すぐに見つかる可能性は低くなるが、そのことは口にしなかった。もし、ウィギンズが子供たちを連れていったと思うだけで、背筋に冷たいものが走った。もし、ウィギンズが何らかの形で復讐をするつもりだったらどうする？

アリスターはデスクに向かい、一番下の引き出しを開けた。

「トムともう一人の従僕に、わたしの供をするよう言ってくれ」探していたもの――拳銃二丁――が見つかると、ドアに向かった。

メグは拳銃に目をやった。「ウィギンズは一人ではなかったと、トムが言っていました」

アリスターは足を止めた。「何だと？」

「トムが言うには、ミスター・ウィギンズは誰かと話をしていたそうです。とても背が高くてよい身なりをしていて、象牙に金の握りのついた――」

ヘレンがあえぎ、顔がわずかに青ざめたのがわかった。

「――ステッキを持っていたと。かつらはかぶっていなかったそうです。髪は薄くなっていて」メグは早口で言い終えると、ヘレンを見つめた。「ミセス・ハリファックス？」

ヘレンの体はぐらりと揺れ、アリスターは彼女が倒れないよう肩に腕を回した。

「メグ、行ってくれ。従僕たちに準備をするように伝えてほしい」

「かしこまりました」メグは膝を曲げ、部屋から出ていった。

メイドの背後で、アリスターはドアをきっちり閉め、ヘレンに向き直った。

「男が誰か知っているのか？」

「わたし……その……」

「ヘレン」ヘレンの肩を優しくつかむ。「きみの顔をずっと見ていた。昨夜トムが見かけた男を知っているんだな。今のところ、ウィギンズと相棒が子供たちを連れてどちらの方向に向かったのか、知る術はない。もしきみが二人の行き先に心当たりがあるのなら、教えてくれ」

「ロンドンよ」

アリスターは目をしばたたいた。そこまではっきりした答えが返ってくるとは思っていなかった。「確かなのか？」

「ええ」ヘレンはうなずいた。顔色は少し戻っていたが、今度は不幸に甘んじるような表情が浮かんでいる。

アリスターの腹の中に、かすかな不安が広がった。

「どうしてわかる？　ヘレン、その男は何者なんだ？」

「あの子たちの父親よ」ヘレンは悲しみに打ちひしがれた目でアリスターを見上げた。「リスター公爵」

13

正直者は買ってきた馬を城壁の外に隠した。その日の日中は怪物の見張りを務めた。夕方になっていつもどおり魔術師が来ると、正直者はいつもどおり質問に答えてその場を離れた。だが、城の中には戻らず、ツバメの檻の陰に身を隠した。あたりに目を光らせ、月が昇るまでじっと待ってから、すばやく魔術師のもとに駆け寄る。振り向いた魔術師は驚き、正直者はその顔に粉を吹きつけた。魔術師はたちまち小さな茶色いコウモリに姿を変えて飛んでいき、地面にローブと指輪が残された。正直者は指輪を拾い、檻の柵の間から王女に差し出した。

王女は驚いて、指輪と正直者を交互に見た。「あなたは指輪と引き替えに、わたしに何かを求めないのですか？　父の富や、わたしとの結婚は？　あなたの立場になれば、たいていの男がそうするでしょう」

正直者は首を横に振った。「わたしはあなたの無事だけを願っています……」

『正直者』より

アリスターは足元で大地が揺れ動いているような気分で、ヘレンを見つめた。

「あの子たちの父親は公爵なのか？」

「ええ」

「説明してくれ」

ヘレンは悲しげな青紫色の目でアリスターを見つめて言った。

「わたしはリスター公爵の愛人だったの」

アリスターはよいほうの目で彼女を見ようと、顔の角度を変えた。

「ミスター・ハリファックスは？」

「いないわ」

「結婚はしていないのか」

アリスターは問いかけたつもりはなかったが、それでもヘレンは答えた。

「ええ」

「驚いたな」なんと、公爵とは。アリスターの胸は締めつけられ、恐ろしい巨大な万力でつかまれたかのようだった。手に視線を落とし、まだ拳銃を持っていることに驚きそうになる。デスクの前に戻り、それが入っていた引き出しに拳銃を戻した。

「どうするつもり？」背後でヘレンがたずねた。

アリスターは引き出しを閉め、デスクの前に座った。目の前の書類をていねいに揃える。すぐに仕事に戻ることになるだろう。「説明するまでもないと思うけどね。拳銃をしまって、捜索を取りやめる」

「いやよ！」ヘレンは部屋を走って横切り、デスクに両手を打ちつけた。「今さらやめないでちょうだい。あの人はロンドンに向かっているわ。今から追いかければ――」

「追いかけて、どうするんだ？」都合のいいことに、胸の締めつけは怒りに変わった。「きみのために、わたしがリスター公爵に決闘を申し込めばいいのか？」

皮肉たっぷりの言葉に、ヘレンは頭をのけぞらせた。「違うわ、わたし――」

アリスターは怒りをたぎらせながら、ヘレンに議論を挑んだ。

「それとも、公爵の屋敷のドアをノックして、子供たちを返してほしいと言えばいいのか？もちろん公爵は頭を下げて謝り、おとなしく子供たちを返してくれるだろうな。はるばるスコットランドまで取り戻しに来た割には、さほど手元には置きたくないんだろう」

「あなたはわかっていないの。わたし――」

アリスターも握ったこぶしをデスクに置き、ヘレンのほうに身を乗り出した。

「わかっていないって、何が？　きみが自分の身を売ったことか？　子供たちの年齢からして、ずいぶん長い間奉仕しているんだな。あるいは、きみがあのかわいい二人を産んだことで、あの子たちは初めて呼吸した瞬間から婚外子になったことか？　リスターはあの子たちの父親で、神の法においても人の法においても、子供たちを連れていく権利も、好きなだけ子供たちを手元に置く権利もあるってことか？　教えてくれ、わたしは具体的に何をわかっていないというんだ？」

「あなたの言っていることは偽善だわ！」

アリスターはヘレンを見つめた。「何だと？」

「あなたもわたしと寝たでしょ――」

「やめろ！」アリスターは耐えられないほど憤慨し、ヘレンに詰め寄った。「わたしたちの間にあったことを、きみとリスターの関係と一緒にしないでくれ。わたしはきみの体に金を払ってはいない。きみに婚外子を産ませてもいない」

ヘレンは顔をそむけた。

アリスターは背筋を伸ばし、自分を抑えようとした。「どういうことだよ、ヘレン。リスターの子を一人ならともかく、二人も産むなんて、何を考えていたんだ？　きみは二人の人生に汚点を作った。ジェイミーはまだ何とかなるが、アビゲイルは……。あの子に興味を持つ男が現れても、いずれ婚外子と知ることになるんだ。結婚の相手や形態に支障が出る。リスターの金は、子供たちの将来を台なしにするだけの価値があるのか？」

「わたしが自分のしでかしたことの意味がわかっていないと思うの？」ヘレンはささやき声で言った。「わたしがあの人のもとを離れたのはどうしてだと思う？」

「知るか」アリスターは頭を振り、天井を見上げた。「それが大事なことなのか？」

「そうよ」ヘレンは深く息を吸った。「リスターはあの子たちを愛していない。一度も愛したことがないのよ」

アリスターは唇をゆがめ、ヘレンを一瞬見つめたあと、大笑いしながらデスクから体を離した。「で、それが大事なことだと？　治安判事のもとに行って、わたしの愛はあの人の愛より深いですと懇願するのか？　忘れているようだが、きみは自分を公爵に売ったんだ。まともな神経の持ち主が、イギリスの公爵と卑しい娼婦、どちらの味方をすると思うんだ？」

「わたしは娼婦じゃないわ」ヘレンは震える声でささやいた。「卑しい娼婦だったことなんてない。確かにリスターに囲われてはいたけど、あなたが思っているようないきさつじゃないの」

自分がヘレンに与えている痛みに、アリスターの一部がうずいたが、止めることはできそうになかった。それどころか、心のどこかでは、彼女に痛みを与えたいと願ってさえいた。どうしてヘレンは子供たちにこんな仕打ちができるんだ？

デスクに腰を押しつけて腕組みをし、ヘレンのほうに顔を向ける。

「では、きみが愛人であっても娼婦ではなかったとはどういうことか、説明してもらおうか」

ヘレンは暗唱をする幼い少女のように、両手を握り合わせた。

「わたしは若いとき……とても若いとき、リスターと出会ったの」

「何歳のときだ？」アリスターはぴしゃりと言った。

「一七よ」

その答えに、アリスターはたじろいだ。一七歳といえば、まだ子供じゃないか。口元がわずかにこわばったが、あごをぐいとヘレンに向ける。「続けて」

「父は医者なの。とても評判のよい医者だったわ。わたしたちはグリニッジで、庭のついた家に住んでいた。わたしが若いころは、父の往診についていくこともあったの」

アリスターはヘレンに目をやった。想像していたよりも、低い階級の出身のようだ。確かに父親は医者だが、それでも労働で生計を立てていたことに変わりはない。紳士階級ですらない。ヘレンの社会的地位は、公爵よりずっと下なのだ。

「家族は父親だけか？」

「いいえ」ヘレンは視線を落とした。「姉妹が三人、弟が一人いるわ。それから……母。わたしは次女よ」

アリスターはうなずき、続けるようううながした。

ヘレンは手を強く握り合わせすぎて、爪が皮膚に食い込んでいた。

「父の患者に、リスター公爵未亡人がいたの。当時は公爵と一緒に住んでいたわ。年老いていたから病気がちで、父は毎週、時には週に何度も診察していた。わたしはよく父についてお屋敷に行っていて、ある日リスターに出会ったの」

ヘレンは目を閉じ、唇を噛んだ。部屋は静まり返っている。アリスターは言葉をはさもうとはしなかった。

やがてヘレンは目を開け、皮肉めかしてかわいらしくほほ笑んだ。

「リスター公爵は背の高い男性よ……トムの言うとおり。背が高くて、堂々としている。いかにも公爵という感じなの。わたしが狭い居間で父の診察が終わるのを待っていると、リスターが入ってきた。何かを探していたんだと思う。書類かしら、もう思い出せないけど。最初はわたしに気づかなくて、わたしは畏れ多くて固まってしまった。公爵未亡人も迫力のある老婦人だったけど、この人はその息子で、公爵なんだと思って。そのうち向こうもわたしに気づいて、わたしは立ち上がって膝を曲げたわ。すごく緊張して、自分の脚につまずきそうだった。でも、つまずかなかった」

ヘレンは顔をしかめ、手元に視線を落とした。「あのとき、つまずいていればよかったのかもしれないわね」

アリスターは静かにたずねた。「それから、どうなった?」

「リスターは優しかった」ヘレンは端的に言った。「わたしのところに来て少し話をして、ほほ笑んでもくれた。そのときは、緊張した若い娘に親切にしてくれているんだと思ったけど、もちろんそれだけじゃなかった。あとになっていかにも気安く、最初からわたしを愛人にするつもりだったと言っていたわ」

「それで、きみはうきうきと公爵の腕に飛び込んだのか?」アリスターは皮肉めいた調子で言った。

ヘレンはあごを上げた。「そんなに単純なことじゃないわよ。最初に交わした会話は短いものだった。父が公爵未亡人の部屋から下りてきたから、家に帰ったの。帰る道すがらわたしは父に公爵のことを話し続けていたけど、次に行ったときに会わなければ、そのうち忘れていたでしょうね。公爵邸に一年近くも通っていて一度も顔を合わせなかったのに、またすぐに会うなんて、おかしな偶然もあるものだと思ったわ。もちろん、リスターが仕組んだことだったんだけど。父が公爵未亡人のところに行くのを見計らって、わたしが待っている居間に入ってきたの。リスターは座ってわたしと話をして、紅茶とケーキを持ってこさせたわ。思わせぶりなことも言ったんだけど、わたしはうぶだったから気づかなかった」

ヘレンはガラスケースの前に歩いていき、アリスターに背を向けて中をのぞき込んだ。顔を見られたくないのかもしれない。「そんなふうに二人で話すことが何度かあって、その合間に秘密の手紙と、ちょっとした贈り物が送られてきた。宝石のついたロケットとか、刺繍入りの手袋とか。わたしにも分別はあった。そういう贈り物を受け取ってはいけないことも、隠れて男性と二人きりになってはいけないこともわかっていたけど、わたし……わたし、自分を止められなかったの。リスターに恋をしてしまったのよ」

ヘレンはためらったが、アリスターは何も言わず、丸められた背中を見ていた。その瞬間でさえ、彼女に欲望を感じた――おそらく、欲望以上のものを。

「ある日の午後、わたしたちは会話以上のことをした」

ヘレンはガラスケースに向かって言った。ガラスに映った顔がぼんやりと見え、その表情は超然としていて冷静だったが、彼女の見せる顔は本物ではないのかもしれないとアリスターは思い始めていた。

「愛し合ったの。もう、父と住む家に帰ることはできないと思った。わたしの世界――わたしの人生――はすっかり変わってしまった。リスターが結婚していることも、わたしとほとんど年の変わらない子供がいることも何となく知っていたけど、かえってロマンチックな幻想がかき立てられた。リスターは奥様の話はあまりしなかったけど、話すときは、冷たい女性だと言っていたわ。もう何年もベッドをともにしていないと。わたしたちは夫婦にはなれないけど、愛人としてならそばにいられる。わたしはリスターを愛していた。ずっとそばにいたいと思ったの」

「リスターはきみを誘惑したんだ」怒りを押し殺したせいで、アリスターの声は冷ややかになった。ヘレンはなぜそんなことを？　リスターはなぜそんなことを？　若い箱入り娘を誘惑するなど、堕落しきった遊び人にとっても下劣きわまりない行為だ。

「そうね」ヘレンは振り向いて胸を張り、顔を上げてアリスターと向き合った。「リスターは誘惑したんでしょうけど、それはわたしも望むところだった。わたしはあの人を若い、夢見がちな娘らしい熱情で愛していた。リスターの本性なんてわかっていなかった。わたしが思うあの人を愛したの」

そんな話は聞きたくなかった。アリスターはデスクから立ち上がった。

「一七歳のときのきみの動機がどうあれ、現状は何も変わらない。リスターはきみの子供たちの父親だ。そのリスターが子供たちを連れていった。きみにもわたしにもどうすることもできないよ」

「子供たちを取り戻す努力はできるわ」ヘレンは言った。「リスターはあの子たちを愛していない。一度に一五分以上、一緒に過ごしたこともないの」

アリスターは目を細めた。「では、なぜ連れていったんだ？」

「自分のものだと思っているからよ」苦々しさを隠そうともしない声で、ヘレンは言った。「子供たちのことは人間じゃなくて、自分の所有物として気にかけているだけなの。それに、わたしを傷つけたがっている」

アリスターは顔をしかめた。「あの子たちを傷つけるだろうか？」

ヘレンはアリスターをまっすぐ見た。「わからない。リスターにとって、子供は犬や馬と同じだから。自分の馬を鞭打つ男性はいるでしょう？」

「くそっ」アリスターは一瞬目を閉じたが、他に選択肢はいっさいなかった。デスクの引き出しをふたたび開け、拳銃を取り出す。「荷物を一つにまとめろ。一〇分で準備をするんだ。ロンドンに行こう」


アリスターは話しかけてこなかった。彼がグレンラーゴから借りてきた馬車が道路のわだちを踏んで揺れ、ヘレンの体も傾いだ。アリスターは一緒に来て、ヘレンが子供たちを見つけて救い出すのを手伝うとは言ってくれたが、それ以上ヘレンとかかわるつもりはなさそうだった。ヘレンはため息をついた。まったく、わたしは何を期待していたの？

汚れた小さな馬車の窓から外を眺め、アビゲイルとジェイミーは今どこにいるのだろうと思った。怯えているに違いない。リスターは父親ではあるが、子供たちにはあまりなじみがないし、そのうえ冷たい男だ。ジェイミーは恐怖に体をこわばらせているか、神経が高ぶって大騒ぎし、馬車から飛び出しそうになっているかのどちらかだろう。ヘレンは後者でないことを切に願った。興奮したジェイミーをリスターが扱えるはずがないからだ。アビゲイルは弟とは対照的に、周囲の様子を観察し、不安がっているだろう。あの子は時々ひどく辛辣な物言いをするから、あまり言葉を発していなければいいのだけど。

いや、違う。リスターは公爵だ。自分で子供の面倒を見るはずがない。先のことを考え、さらった子供たちの面倒を見る子守を連れてきているに違いない。子守は母性ある年配の女性で、ジェイミーの興奮しやすい性質も、アビゲイルのふさぎ込む性質も、対処法を心得ているはずだ。ヘレンは目を閉じた。これが希望的観測であることはわかっている。でも神様、どうか感じのいい、母性ある子守が、恐ろしい父親と癇癪《かんしゃく》から子供たちを守ってくれていますように。もし……。

「家族はどうしてる？」

アリスターのきしんだ声に、ヘレンは目を開けた。「え？」

アリスターは馬車の向かいの席から、顔をしかめてこちらを見ていた。

「公爵と戦うことになったとき、援軍として呼び込める人はいるのか考えていたんだ。きみの家族はどうだ？」

「無理だと思うわ」アリスターは黙ってこちらを見るばかりなので、ヘレンはしぶしぶ説明した。「長い間話もしていないから」

「長い間話もしていないなら、助けてくれないとどうしてわかる？」

「わたしが公爵のもとに行ったとき、カーター家とは縁を切るとはっきり言われたの」

アリスターは眉を上げた。「カーター？」

ヘレンは顔がかすかにほてるのを感じた。「それが本名なの……ヘレン・アビゲイル・カーター。でも、公爵の愛人になってからは、カーターという名字は使っていないわ。フィッツウィリアムと名乗っているの」

アリスターはやはり黙ってヘレンを見つめた。

ヘレンはしばらくしてたずねた。「どうかしたの？」

アリスターは首を横に振った。「きみの名前……ミセス・ハリファックスまで嘘だったのかと思って」

「ごめんなさい。公爵から身を隠したかったから、その――」

「わかってるよ」アリスターはヘレンの謝罪を退けた。「理解もできる。それでも、わたしがきみについて知っていることに、一つでも事実はあるのかなと思ってしまう」

ヘレンは妙に傷ついた気分になって、目をしばたたいた。

「でも、わたし――」

「お母さんはどうなんだ？」

ヘレンはため息をついた。アリスターが自分たちの関係について話したくないのは明らかだった。「最後に母と話したときは、恥だ、一家の面汚しだと言われたわ。仕方がないわよね。姉妹が三人いるんだけど、わたしが公爵のもとに行ったとき、三人ともまだ結婚していなかったんだもの」

「お父さんは？」

ヘレンは膝に置いた手に視線を落とした。

しばらく沈黙が流れたあと、アリスターが口を開いたが、その声は優しさを帯びていた。

「往診についていっていたんだ。仲がよかったんだろう？」

そう言われ、ヘレンはかすかにほほ笑んだ。「父はほかの子供についてこいとは言わなかったわ。わたしだけだった。長女はマーガレットというんだけど、往診は退屈だし、気分が悪くなることもあると言っていて、たぶんほかの二人の妹も同じ意見だったと思う。一人息子のティモシーは一番下で、まだ幼かったの」

「お父さんがきみを連れていったのは、それだけが理由か？」アリスターはそっとたずねた。

「興味を示してくれる子供がきみだけだったから？」

「いいえ、それだけではないわ」

馬車は小さな村を通過していて、使い古された石造りの農家が見えた。もう千年もそこに建っているように見える。何も変わらず、外の世界のことは何も気にせずに。

ヘレンは通り過ぎる村を見ながら言った。「父はわたしを愛していたわ。子供たちのことはみんな愛していたけど、なぜかわたしは特別だった。わたしを往診に連れていって、患者一人一人について教えてくれるの。症状、診断、治療、回復しているのか悪化しているのか。遅い時間帯に家に帰るときは、話をしてくれた。ほかのきょうだいに話しているのは聞いたことがないけど、夕暮れ時になると、神や女神や妖精の話をしてくれたわ」

馬車はその村最後の農家の前に差しかかり、女性が庭で花を切っているのが見えた。

ヘレンは静かに言った。「父のお気に入りはトロイのヘレンだったけど、わたしは結末が悲しいからあまり好きじゃなかった。父はヘレンというわたしの名前をからかって、おまえもいつかトロイのヘレンのような美人になるだろうけど、美貌はありがたいことばかりではないから気をつけなさいと言ったわ。時には悲しみをもたらすこともあると。それまでは考えてもみなかったことだけど、父の言うとおりよね」

「お父さんに助けを求めたらどうだ？」アリスターはたずねた。

ヘレンはアリスターを見ながら、灰色のボブのかつら頭で、青い目をほころばせてトロイのヘレンのことでからかってくる父の姿を思い浮かべた。最後に父に会ったときのことが思い出される。「それはできないわ。最後に母と話して薄汚い女呼ばわりされ、家族の縁を切ると言われたとき、父も同じ部屋にいたの。父は何も言わなかった。黙ってわたしから顔をそむけたの」


わたしのせいだ。アビゲイルはそう思いながら、公爵の馬車の隅っこでいびきをかくミスター・ウィギンズを見ていた。ミスター・ウィギンズに公爵の子供だと知られてしまったこと、ある日ジェイミーがこのいやな男に向かって秘密を叫んだことを、母に言わなければならなかったのに。ジェイミーは悪くない。まだ小さいから、どうしてこれが言ってはいけないことなのかわからないだけだ。ジェイミーはアビゲイルに寄り添って座り、泣いたせいで汗をかいて髪が額に張りついていた。公爵はジェイミーが泣きわめくのが我慢できないと言って、さっき立ち寄った宿で馬を借り、馬車の脇を走っていた。

アビゲイルが髪をなでると、ジェイミーは小さく妙な音をたて、眠ったままヘレンに身を寄せてきた。泣くのも無理はないわ。まだ五歳だから、お母様に会いたくて仕方がないの。口には出さないけど、もうお母様には会えないかもしれないと思っているのね。公爵が馬車から降りたあと、ミスター・ウィギンズはジェイミーをどなりつけて黙らせた。馬車の隅から飛んできてジェイミーを殴りそうな勢いだったが、幸いジェイミーはすでに疲れきっていたため、すぐに眠り込んだ。

アビゲイルは窓の外を見ていた。外には緑の丘が広がり、巨大な手でばらまかれたかのように、白い羊があちこちに点々と見える。本当に、もうお母様には会えないかもしれない。公爵はほとんど話しかけてこず、ジェイミーに泣くなと言っただけだった。だが、ミスター・ウィギンズと御者に、ロンドンに戻ると告げたのは聞こえた。ロンドンの自分のお屋敷に、わたしたちを住まわせるつもり?

アビゲイルは鼻にしわを寄せた。それはないわ、わたしたちは婚外子だもの。婚外子というのは隠すもので、父親と一緒に住んではいけない。だから、どこか別の場所に隠すんだわ。そうなると、お母様に見つけてもらうのは難しくなる。でも、サー・アリスターが助けてくれるかもしれない。わたしはパドルズから目を離して、かばんを汚してしまったけど、それでも旦那様はお母様がわたしたちを見つける手伝いをしてくれるわよね？　旦那様は背が高くてたくましいし、探し物がとても上手だから、隠されている子供だってきっと見つけてくれる。

パドルズをちゃんと見ていなかったことが、今になってひどく悔やまれた。口がへの字になり、顔がくしゃくしゃになって、抑える間もなく泣き声がもれる。ばか！　ばか！　アビゲイルはいらいらと顔をこすった。泣いたって何にもならない。ミスター・ウィギンズが見たら喜ぶだけ。そう思うと涙が引っ込んでもよさそうなものだったが、だめだった。意思と関係なく涙は流れ、アビゲイルはミスター・ウィギンズが起きないよう願いながら、スカートで声を押し殺すことしかできなかった。顔を拭きながらも心のどこかでは、自分がなぜ泣いているのかわかっていた。

何もかも、わたしのせいだから。母に連れられてロンドンから北へ向かう過酷な道中も、初めてサー・アリスターの城を見たときも、心の中でひそかに、公爵様が来てわたしたちを連れていってくれればいいのに、と願っていた。

その願いが、今叶えられただけなのだ。

夜になって小さな村の宿に立ち寄ったとき初めて、アリスターは二人で旅をすることの問題点に思い至った。男女が二人きりで旅をする場合、三つのパターンしかありえない。夫婦、血のつながった親戚同士、男とその愛人だ。あえて選ぶなら、自分たちの関係は三つ目に近い。アリスターは顔をしかめた。自分は公爵とは違うと思っていたが、ある意味彼と同じようにヘレンを利用したのではないか？　結婚のことは考えもしなかったのだから。おそらく、下劣さでは公爵と似たようなものなのだろう。

眉の下からヘレンを見つめる。彼女は心配そうに馬車の窓から外を眺め、馬丁が走って馬を引き取りに来るさまを見ていた。午前中に顔から引いた血の気はまだ戻りきっておらず、それを見てアリスターは心を決めた。

「同じ部屋に泊まろう」

ヘレンはぼんやりとアリスターのほうを見た。「何ですって？」

「きみが一人で泊まるのは危ない」

ヘレンは不思議そうな顔をした。「田舎の小さな宿よ。きちんとしているわ」

アリスターは顔が少し熱くなるのを感じ、そのせいでぶっきらぼうな声が出た。

「それでも、マンロー夫妻として同じ部屋に泊まるんだ」

アリスターはこれ以上議論するつもりはないとばかりに、ヘレンが言い返してくる前に馬車から降りた。確かに、宿はきちんとしているように見えた。年月で黒ずんだ正面ドアの外に、老人が並んで座っている。何人もの馬丁と馬屋番がおしゃべりをしながら動き回っていて、庭の隅では、茶色い髪を乱した幼い少年が子猫と遊んでいた。その光景を見て、アリスターの胸は締めつけられた。特にジェイミーと似ているわけではないが、年齢は同じくらいだ。

神様、子供たちの身をお守りください!

アリスターは馬車に戻ってヘレンが降りるのを手伝い、自分の体で少年を隠すようにして動いた。「中に入ろう。個室の待合が空いているかきいてくるよ」

「ありがとう」ヘレンは息を切らして言った。

アリスターは夫が妻にするように腕を差し出し、ヘレンは指先を置く前にわずかにためらったが、それはアリスター以外の誰にも見えないような動きだった。それでも、アリスターには見えたし、その意味もわかった。アリスターはヘレンの手袋をはめた手に自分の手を重ね、小さな宿屋にヘレンを連れて入った。

やがて、宿の奥にある狭い、かなり狭い個室に通された。小さな暖炉のそばの錆びついたテーブルに着くと、すぐに羊肉とキャベツの温かい料理が運ばれてきた。

「公爵がロンドンに向かっているのは確かなのか?」アリスターは肉を切りながらたずねた。ここ三〇分ほど、その疑問が頭から離れなかった。公爵はまったく違う場所を目指しているのに、わたしたちは一目散にロンドンに向かうというあてのない追跡をしているのではないか?

「確かに、田舎にも領地がいくつかあるわ」ヘレンはぼそりと言った。皿の上の食べ物をつつくばかりで、口には運んでいない。「でも、公爵はほとんど一年中ロンドンにいるの。田舎が嫌いなんですって。子供たちはいずれ別の場所に隠すかもしれないけど、自分で連れに来たからには、まずはロンドンに戻ると思うわ」

アリスターはうなずいた。「なるほど。子供たちをロンドンのどこに連れていくかわかるか？」

ヘレンは不安げな、打ちひしがれた顔で肩をすくめた。「どことは言いきれない。もちろん、本邸はあるわ。グロヴナー・スクエアの大きなタウンハウスよ。でも、屋敷はほかにもたくさん持っているから」

考えたくもないことが頭に浮かんだ。アリスターは皮の堅いパンを慎重に割り、その手元を見つめたままたずねた。「きみはどこに住まわされていたんだ？」

ヘレンはしばらく黙っていた。アリスターは下を向いたまま、パンのかけらにバターを塗った。

ようやくヘレンが答えた。「タウンハウスをもらっていたわ。小さな広場にあって、とても住み心地のいい家だった。家とわたしの世話をしてくれる使用人もいたの」

「公爵の愛人生活はとても優雅そうじゃないか。どうして公爵と別れようと思ったのか、よくわからないな」アリスターは視線を上げ、バターのついたパンにかじりついた。

ヘレンは顔を赤くしたが、青紫色の目は怒りにきらめいていた。

「わからない？　あなたはわたしのことをあまり理解してくれないみたいだけど、あえて説明させてもらうわ。わたしは一四年間も公爵のなぐさみものを続けた。子供も二人産んだわ。でも、公爵はわたしを愛してくれなかった。最初から愛していなかったんだと思う。どんな宝石も、使用人もタウンハウスもきれいなドレスも、自分や子供たちを心から思ってくれない男性に利用されているという事実の埋め合わせにはならない。だから、もっとましな人生を送ることを選んだのよ」

ヘレンは席を立ち、部屋から出ていったが、幸いドアをたたきつけることはしなかった。アリスターはすぐに彼女を追いかけようかと思ったが、内なる男の本能が、少し待ったほうがいいと告げていた。食べ始めたときよりも勢いよく食事を終える。ヘレンはもう公爵を愛していない——以前は愛していたのかどうかもわからないが——と思うと、心がなぐさめられた。ヘレンが放置した皿を手にし、二人で泊まるために取った部屋に向かう。

ドアをそっとノックした。反応は返ってこない気がしたが——何しろヘレンはひどく腹を立てていた——ほとんど即座にドアが細く開いた。アリスターはドアを押し開け、こぢんまりした部屋に入り、ドアを閉めて鍵を掛けた。ヘレンはアリスターを通したあと、部屋の奥に戻り、小さな破風造りの窓の前に立っていた。シュミーズに肩掛けを羽織り、アリスターに背を向けている。

「夕食をまったく食べていないじゃないか」アリスターは言った。

美しい肩が片方すくめられた。

「ロンドンへの道のりは長い」アリスターは優しく言った。「体力をつけないと。ほら、食べて」

「ロンドンに着く前に公爵に追いつけるかもしれないわ」

ほっそりした勇ましい背中を見ると、この一日抑えていた疲れがどっと押し寄せてきそうになった。「向こうが先に出発しているんだ。それは考えにくい」

ヘレンはため息をついて振り返り、アリスターは一瞬、その目に涙がきらめいた気がした。だが、彼女はすぐに首をすくめてアリスターのほうに近づいてきたので、それ以上目を見ることはできなかった。ヘレンは料理がのった皿を受け取ったものの、それをどうしていいのかわからない様子だった。

「ここに座って」アリスターは言い、暖炉の前の小さな椅子を示した。

ヘレンは椅子に座った。「お腹はすいていないの」小さな子供のように言う。

アリスターはヘレンの前にしゃがんで肉を切り始めた。「羊肉はとてもおいしかったよ。食べてみて」肉の一片をフォークに刺して差し出す。

ヘレンはアリスターと目を合わせ、アリスターのフォークから肉を食べた。その目は濡れていて、小川に落ちたイトシャジンのようだった。

「子供たちは帰ってくる」アリスターは静かに言った。次の肉片をフォークに刺す。「わたしがリスターと子供たちを見つけるから、子供たちは無事に帰ってくるよ。約束する」

ヘレンはうなずき、アリスターは皿の上の料理をていねいに、優しく食べさせていき、ヘレンがもう食べられないと言うころにはほとんどなくなっていた。やがて、ヘレンはシングルベッドに入り、アリスターはブリーチを脱いでろうそくを吹き消した。アリスターがベッドに入ったとき、彼女はこちらに背を向け、じっと、寂しげに横たわっていた。アリスターは暗い天井を見つめ、自分が欲望に硬くなり、脈打っているのを意識しながら、ヘレンの息づかいを聞いた。三〇分ほどそうしていると、ヘレンの息づかいが荒くなり、ふたたびすすり泣いているのがわかった。アリスターは何も言わずヘレンをこちらに向かせ、こわばった体を腕に抱いた。ヘレンはアリスターの腕の中で身を震わせながら、やはり声を押し殺したまま泣き、アリスターは黙ってその体に腕を回した。少し経つと、ヘレンの体からゆっくりと力が抜けていった。体は柔らかくなってくったりし、泣き声も聞こえなくなった。

だが、アリスターは張りつめて欲情したまま起きていた。

14

シンパシー王女は指輪を取って親指にはめた。たちまち檻の鉄柵が水になり、地面にばしゃりと落ちた。王女の檻が消えたのと同じように、ツバメが入っていた檻も消えた。ツバメは空に飛び立ち、嬉しそうに円を描いた。王女は服を持っていなかったため、正直者は着古した自分の外套をやり、馬を隠してある場所に連れていった。だが、馬が一頭しかいないのを見て、王女は足を止めた。

「あなたの馬は？」王女は叫んだ。

「一頭分しか金がなかったのです」正直者は答え、王女を鞍に乗せた。

王女は身を乗り出し、正直者の頬に触れた。「では、魔術師が戻ってきたら嘘をついてください。魔女が現れて、わたしを連れていったと。あなたがわたしを助けたと知ったら、ひどい仕打ちをしてくるはずです！」

正直者は黙ってほほ笑み、馬の脇腹をたたいた。馬は山を駆け下りていった……。

『正直者』より

一週間後、ヘレンはアリスターの手につかまって、ロンドンのリスター公爵邸の正面に停められた馬車から降りた。背の高い、伝統ある建物を見て身震いする。もちろん以前も見たことはあったが、中に入ろうとしたことはなかった。

「会ってくれないわよ」ヘレンはアリスターに、すでに何度も言ったせりふを繰り返した。

「虎穴に入らずんば虎子を得ず、だよ」

アリスターは腕を差し出し、ヘレンはその袖に指先を置きながら、一週間でこの動作にすっかり慣れてしまったことに驚いた。

「時間の無駄よ」ざわめく神経を鎮めたくて、意味のない抵抗をする。

「公爵にすんなり子供たちを返してもらおうと思っているなら、確かにそれは時間の無駄だ」アリスターは言いながら、ヘレンとともに正面階段を上った。「でも、今日の目的はそれだけじゃない」

ヘレンはアリスターを見上げた。髪は後ろできちんとまとめていて、黒の三角帽と赤茶色の上着を身につけていた。どちらもこれまで見た装身具より新しく、アリスターはとても感じのいい、立派な紳士に見えた。

ヘレンは目をしばたたき、考えることに集中した。「じゃあ、何が目的なの?」

「敵を知ることだ」アリスターは答え、ノッカーを騒々しく打ちつけた。「さあ、静かにして」

屋敷の中から足音が近づいてきて、ドアが開いた。中に立っている執事はいかにも優秀そうな使用人だったが、アリスターの顔を見るとあからさまに目を見開いた。ヘレンは鋭く叫びそうになるのをこらえた。なぜアリスターを、こんなにもぶしつけな目で見るの？　まるで動物か無機物――檻の中の猿や複雑な装置――を前にしたときのように、相手に感情があるとは思ってもいない顔でぽかんと見るのだ。

アリスターはといえば、執事の無礼さはあっさり無視し、公爵に会いたいと告げた。執事は気を取り直し、二人の名前をきいたあと狭い居間に案内し、公爵の都合を確認しに向かった。

ヘレンは金と黒で飾り立てられた長椅子に座り、ていねいにスカートを直した。公爵が正式な家族と住んでいる屋敷に自分がいるのは、ひどく場違いな気がする。その部屋は金と白と黒で内装が施されていた。壁には少年の肖像画が掛けられている。公爵の一族、おそらく息子だろう。リスターと妻との間に息子が三人いることは知っている。ヘレンは小さな肖像画から慌てて目をそらし、かつて既婚者と寝ていた自分を恥じた。

アリスターは獲物を探す猫のように、部屋をうろついていた。テーブルの上の小さな磁器の像の前で立ち止まり、振り向かずにたずねる。

「ここが公爵の本邸か？」

「ええ」

アリスターは少年の肖像画の前に移動した。「公爵にはこっちにも子供がいるのか？」

「娘が二人、息子が三人」ヘレンは一本の指で袖の刺繍をそっとなぞった。

「じゃあ、跡継ぎはいるわけだ」

「ええ」

アリスターはヘレンの背後にいて姿は見えなかったが、次の質問はすぐそばから聞こえた。

「跡継ぎはいくつだ？」

ヘレンはかすかに顔をしかめて考えた。「二四歳かしら？　はっきりとは知らないけど」

「でも、とりあえず大人なんだな」

「ええ」

アリスターはヘレンの視界に戻ってきて、細長い窓に近づいて裏庭を眺めた。「奥方は？どういう人だ？」

ヘレンはスカートを見つめた。「伯爵の娘よ。お会いしたことはないわ」

「ああ、それは」アリスターはつぶやき、窓辺から振り返った。「もちろんそうだろう」

その声に非難の調子は少しもなかったが、それでもヘレンは喉と顔がほてるのを感じた。どう返事をすればいいかわからなかったので、執事が戻ってきたときはほっとした。

今回、執事は顔に何の表情も浮かべず、旦那様は今お客様には応対できませんと言った。ヘレンはアリスターがどうしても公爵に会いたいと、執事を押しのけて進むのではないかと思った。ところが、彼は黙ってうなずき、待たせてある馬車にヘレンを連れていった。

馬車が動きだすと、ヘレンは不思議そうにアリスターを見た。「今のは役に立ったの？」

アリスターはうなずいた。「たぶん。ただ、本当に役に立つのは公爵の次の行動だ」

「どんな行動？」

「わたしたちがロンドンにいることに対して、どう反応するか」アリスターはヘレンを見て、唇の端を上げた。「スズメバチの巣をつついて、反応を見守るようなものだ」

「怒ったスズメバチの大群があなたに群がってくるでしょうね」ヘレンはそっけなく言った。

「ああ、でもすぐに攻撃してくるか、次につつかれるのを待つか？　いっきに集団で押し寄せてくるか、まずは偵察の者を送り込んでくるか？」

ヘレンは困惑してアリスターを見つめた。「スズメバチの巣のように公爵をつつけば、それがわかるというの？」

「ああ、そうだ」アリスターはいかにも満足げな様子で、馬車の窓のカーテンを一本指で押しのけて外を眺めた。

「そう」

男同士の戦いにおいて何かしら収穫があったことはわかったが、そうした策謀の仕組みは難しすぎる。ヘレンはただ純粋に、子供たちを取り戻したいだけだった。辛抱するのよ、と自分に言い聞かせる。アリスターの方法で子供たちが帰ってくるのなら、我慢できる。

我慢できる。

「ほかにも用事があるんだ」アリスターは言った。

ヘレンは顔を上げた。「どこで？」

「船着場に行って、船の問い合わせをしなきゃいけない」

「何の船？　どうして？」

アリスターが口を閉ざしたので、しばらくヘレンは答えが返ってこないものだと思った。やがて彼は顔をしかめ、窓からヘレンに視線を戻した。「とりあえず予定ではあさって、ノルウェーの船が着くことになっている。そこに、博物学者仲間の友人が乗っているんだ。その友人と会う約束をしている」

ヘレンはアリスターを見つめた。まだ隠していることがありそうだ。

「どうしてあなたの家に会いに来ないの？」

「フランス人なんだ」アリスターは言った。その声にはいらだちがにじみ、質問には答えたくなさそうに聞こえた。「船を離れられない」

「じゃあ、さぞかし仲のよいお友達なんでしょうね」

アリスターは肩をすくめてヘレンから目をそらし、答えなかった。

馬車は沈黙のまま走り続け、やがてアリスターが一部屋取っておいたホテルに着いた。

「すぐに戻る」ヘレンが馬車を降りる前に、アリスターは言った。「あとで話そう」

ヘレンは遠ざかる馬車をにらみつけたあと、ホテルに目をやった。とても感じのいい豪華な建物だが、優雅な部屋に座ってアリスターの帰りをのんびり待つつもりはなかった。

ホテルの前をうろつく馬丁の一人のほうを向く。「椅子かごを呼んでくれない？」

「わかりました！」若者は弾丸のように飛び出していった。

ヘレンはにっこりした。アリスターだけに隠し事はさせない。

リスター邸から尾行してきた男は、アリスターが馬車を出してからもあとをついてきた。アリスターは満足げにうなり、窓のカーテンを下ろした。揉み革のベストに黒のジャケット、つばの広い帽子という格好の粗野な男は徒歩だったが、ロンドンでは馬車はごくゆっくり進むので、難なくついてくることができる。公爵がヘレンだけでなく、アリスターの行き先まで知りたがるのは興味深い。姿も見ないうちから、脅威と見なしたということだ。

アリスターは唇をゆがめた。なかなか賢い男のようだ。

一時間後、馬車はリスターの手下を従えたまま、船着場主任の事務所の前に停まった。テムズ川の中ほど、船体が浮かぶだけの深さがある場所に、背の高い船が密集している。小型の船やボートがたえず動き、停泊している船に物資や人間を運んでいた。あたりは川のにおいがきつく、魚臭さと腐敗臭が混じり合っている。アリスターは馬車から飛び降り、倉庫の陰に潜んでいる追っ手には気づかないふりをして、船着場主任の事務所に入った。事務所の中では男たちが動き回っていたが、アリスターが入ったとたん口を閉ざした。アリスターはため息をついた。わたしが出ていけば、勢いよくおしゃべりを再開するのだろうな。自分が他人にとって何日に一度かのめずらしい体験となるのも、しばらくすると飽きてくる。

エティエンヌの船がロンドンに到着する予定になっていることは確認できた。これは朗報だ。自宅を出てはるばるイングランドまで馬車を飛ばしたからには、滞在中にスピナーズ・フォールズの裏切り者の手がかりを得たい。ただ厄介なことに、エティエンヌの船がロンドンに停泊するのは、物資の補給だけが目的とのことだった。船長は船員に上陸許可も出さないらしい。アリスターが船を訪ねられる時間は限られる。せいぜい数時間だ。これはまずい。エティエンヌの船を捕まえるには、定期的に船着場に立ち寄らなければならない。ここを出たあと、エティエンヌはアフリカに向かうことになっている。次に彼と接触できるのは数カ月後、いや数年後になるかもしれない。

アリスターは事務所を出て、立ち止まって三角帽をかぶった。つばの下からすばやくあたりを見回し、追っ手がまだ待っていることを確認する。よし。待たせていた馬車に飛び乗り、天井をたたいて御者に合図をした。あの男がたっぷり休憩できているといいのだが。ホテルに着くまでの一時間ほど、小走りで追いかけなければならないのだから。

アリスターはにやりとして帽子のつばを目の上に傾け、その時間を利用して昼寝をすることにした。

「さっきは確かに、会ってくださらないとおっしゃったわ」ヘレンは執事に食い下がった。「でも、今なら会ってくださるはずよ。公爵様に、一人で来たとお伝えして」

執事は主人の手をわずらわせることに気が進まない様子だったが、ヘレンがしつこく何度も頼むうちに、主人のもとに行ってくれた。

ふたたび通された。ヘレンはアリスターと出ていってからまだ一時間も経っていない居間に、ふたたび通された。一人で公爵を訪ねたと知ったらアリスターは怒るだろうが、何もせず公爵の反応を待つことはできなかった。少なくとも、説得する努力はしたい。一人で来てくれることもわかっていた。話をして、必要とあれば頼み込もう。アビゲイルとジェイミーは、賢く生きてきたとは言えない人生の中で唯一の恵みだった。二人を無事に取り戻すためには何でもする。

三〇分後、神経が張りつめて今にも切れそうになったとき、リスター公爵が部屋に入ってきた。ドアが開く音が聞こえ、ヘレンは振り返った。公爵が歩いてくる姿を見て、一〇年以上前に初めて彼と会ったときのことが思い出される。年月を経ても、公爵はほとんど変わっていなかった。今も長身で、背筋は傲慢なほどに伸びている。腹まわりに多少肉がつき、巻き毛のかつらの下の髪が薄くなっているのも知っていたが、それ以外はほとんど同じ――自分の権力を知り尽くした、ハンサムな年上の男性だった。変わったのはヘレンのほうだ。今は男性の地位や富に圧倒されるような、うぶな少女ではない。

ヘレンは軽く膝を曲げた。「閣下」

「ヘレン」公爵はヘレンを見つめた。その目は冷ややかで、色の薄い唇は引き結ばれている。「わたしはおまえに非常に、非常に腹を立てている」

「そうなのですか?」ヘレンがたずねると、リスターの薄青色の目に驚きの色が走った。これまでヘレンが公爵の言葉に口答えしたことはなかった。だからこそ、模範的な愛人でいられたのだ。公爵の願いは一つ残らず聞き入れる女。「わたしがいなくなったことなど、お気づきではないのかと思っていました」

「では、おまえが間違っていたのだ」公爵はヘレンに座るよう身振りで示した。「わたしの信頼を取り戻すには、相当の努力が必要だろう」

ヘレンは怒りをこらえて腰を下ろした。「わたしの望みは子供たちだけです」

公爵はヘレンの向かいの椅子に座り、ベルベットの上着の裾を払った。

「わたしの子供でもある」

ヘレンは身を乗り出し、思わず鋭くささやいた。「あの子たちの名前もご存じないでしょう」

「ジェームズと、女の子は」指を鳴らし、名前を思い出そうとする。「アビゲイルだ。ほら、名前は知っている。全体から見れば、たいした問題ではないがね。わたしのもとを離れた代償が高くつくことはよく知っているはずだ。今回はショックを受けたふりはしなくていい」

「わたしはあの子たちの母親です」ヘレンは声に懇願の色が交じらないよう我慢したが、難しかった。いや、不可能だった。「リスター、子供たちにはわたしが必要なんです。二人を返してください。お願いです」

公爵はほほ笑んだが、広がった唇にはユーモアどころか、感情がまるでうかがえなかった。

「見事なものだが、泣き落としは通用しない。ヘレン、おまえはわたしを怒らせたのだから、罰を受けるのは当然だ。さあ。わたしが与えたタウンハウスに戻ってくれれば、子供たちに関する話し合いに応じてやってもいい」

ヘレンは心底ショックを受け、目をみはった。公爵がこのような形で脅してくるとは、思ってもいなかった。「でも、どうして？」

公爵は本気で驚いたように、目を丸くした。「もちろん、おまえをそばに置きたいからだ。子供たちはもちろん、おまえもわたしのものだ」

「あなたはわたしをそばに置きたがってなどいません。もう何年もわたしに会って……愛を交わしてはくださりませんもの。よそに愛人を作られたことはわかっています。それも、一人ではないでしょう」

性行為をほのめかされ、公爵はいやそうに顔をしかめた。「やめてくれ、ヘレン、そんな品のない話は。訪問が減ったからといって、おまえを忘れてしまったわけじゃない。おまえのことはとても大切に思っている。信じてくれ。それに、おまえが帰ってきたら、ちょっとしたアクセサリーを買ってやる気になるかもしれない」公爵はよいアイデアだと思ったようだった。「そうだな、サファイアのイヤリングか、ネックレスでもいい。わたしがサファイアをつけたおまえを好きなのは知っているだろう」

公爵は立ち上がってヘレンのもとに来て、立ち上がるのに手を貸そうとした。

ヘレンは目を閉じて狼狽を抑えた。公爵は自分の言い分には筋が通っていて、望みはそっくり叶えられるのだと信じて疑っていない。だが、それも無理のないことだ。リスターは公爵なのだ。これまでの人生で、欲しいものはすべて手に入れてきた。でも、わたしは違う。

わたしは違うの。

ヘレンは目を開けて公爵を見つめた。遠い昔に愛していた男を。子供たちの父親を。公爵の手に手を重ね、彼の前で立ち上がる。「わたしは戻りません」

公爵の目が険しくなり、濁った色になって、ヘレンの手を握る指に力が入った。

「ヘレン、馬鹿なことを言うな。おまえはすでにわたしの機嫌を損ねているんだ。本気で怒らせたくはないだろう」

脅すような口調にヘレンは息をのみ、手をひねって公爵の手を振りほどこうとした。公爵はしばらくヘレンがもがくままにしたあと、唐突に手を放した。笑みを浮かべている。ヘレンは公爵を見つめた。彼のことを、本当にわかっていたのか自信が持てなくなっていた。向きを変えて居間を出て、公爵邸をあとにする。走るようにして正面階段を下り、待たせていた椅子かごに乗った。狭い空間に閉じこもると、緊張が解けて体がぶるぶる震え始める。あ あ、どうしよう、わたしにそんなことができる？　公爵のもとに戻ることがアビゲイルとジエイミーを取り戻す唯一の方法だと言われて、きっぱり断るなんてできる？　無理だわ。心の中では答えが出ていた。無理だと。

プライドと子供たちのどちらかを選べと言われれば、プライドを捨てる。


「お母様」アビゲイルはつぶやいた。

アビゲイルは公爵邸の中の古い子供部屋に立ち、はるか下で母によく似た淑女が階段を下り、椅子かごに乗り込むさまを見ていた。男たちがかごを持ち上げ、通りを歩いて角を曲がる。

それでも、アビゲイルは窓の外を見つめ続けた。

あの人はお母様じゃないかもしれない。これほど高い場所からでは判別がつかないし、柵があるため窓にぴたりと張りつくことはできなかった。でも、お母様だったらいいのに、と思う。本当に、お母様だったらいいのに！

アビゲイルはのろのろと窓辺から振り返った。きょうだいは公爵邸に連れてこられていたが、それは公爵の正式な家族が田舎に行っているからだった。公爵は二人をこの古びた暑い子供部屋に押し込め、ミスター・ウィギンズと一人のメイドに部屋を見張らせた。メイドはたいてい隅に座って退屈そうな顔をしていて、ミスター・ウィギンズよりはましだった。ミスター・ウィギンズも見張るのが退屈そうではあったが、からかうようなことも言ってきた。今日はすでに、ジェイミーが癇癪を起こしていた。

今はウィギンズはおらず、メイドが隅で居眠りをしていた。ジェイミーは叫び疲れて眠っている。まただ。ジェイミーは怖いくらい長い時間眠っていて、起きているときは悲しそうにしていた。大量のブリキの兵隊のセットにも興味を示さなかった。夜になると母親を呼ぶ声が聞こえ、アビゲイルはどうしていいかわからなくなった。ジェイミーと一緒に逃げることを考える？　でも、どこへ行けばいいの？　それに、もし……。

子供部屋のドアが開き、公爵が入ってきた。メイドは隅でよろめきながら立ち上がり、膝を曲げた。公爵はメイドを無視した。

彼はアビゲイルを見た。「元気にしているかなと思ってね」

アビゲイルはうなずいた。ほかにどうしていいかわからなかった。スコットランドから連れてこられて以来、公爵とはほとんど話をしていない。二人を殴るようなことはなかったが、そばにいるとなぜか緊張してしまう。

公爵はわずかに顔をしかめた。怒っているわけではなく、いらだちを示す表情だ。

「わたしが誰だか知っているのだろう？」

「リスター公爵様です」アビゲイルは思い出して膝を曲げたが、それは公爵が部屋に入ってきたときにするべきことだった。

「ああ、そうだが」公爵はじれったそうに手を振った。「おまえたちとの関係ということだ。わたしがおまえたちにとって何なのかは知っているのだろう？」

「お父様です」アビゲイルはささやくように言った。

「そのとおりだ」公爵はアビゲイルにちらりと笑みを向けた。「頭のいいかわいこちゃんだな？」

アビゲイルは何と答えればいいかわからず、黙っていた。

公爵は人形が並ぶ棚の前に歩いていった。「そう、わたしはおまえたちの父親だ。今までおまえたちを養ってきた。食べ物も、着る物も与えた。夜眠る家も、おまえたちの母親に用意してやった」人形を一体手に取り、ひっくり返して見つめたあと、棚に戻す。「お母様と一緒に住んでいた家は気に入っていたのだろう？」

公爵は振り向き、人形を見ていたのと同じ表情でアビゲイルを見た。「どうなんだ？」

「はい、閣下」

公爵の顔にふたたび笑みがよぎった。「では、弟とお母様と一緒にあの家に戻れたら、おまえは嬉しいわけだ」

ドアのほうを向く。もう話は終わったのだろう。だが、そのとき椅子で眠るジェイミーに目を留めたようだった。

公爵は足を止め、メイドをにらみつけた。「なぜこの子はこんな時間に寝ているのだ?」

「わかりません」メイドは言った。ジェイミーのもとに駆け寄り、揺さぶって起こす。

ジェイミーは背筋を伸ばしたが、髪は乱れ、顔はほてって椅子の跡がついていた。

「それでいい」公爵は言った。「男は昼間は寝ないものだ。寝る時刻になるまで眠らないよう見張っておけ」

「かしこまりました」メイドはぶつぶつ言った。

公爵はうなずき、ドアに向かった。「行儀よくするんだぞ。いい子にしていたら、また会いに来てやる」

そう言うと、部屋を出ていった。

アビゲイルはジェイミーのところに行った。

起こされたせいで、ジェイミーはぐずり始めた。「お姉様、お母様に会いたいよ」

「わかってる」アビゲイルはささやき、母がよく使っている声音をまねた。「わかってるわ。でも、お母様が来てくれるまで、しゃんとしなきゃだめよ」

ジェイミーを胸に抱いて軽く揺する。それは弟をなぐさめるためだったが、実を言うと自分をなぐさめるためでもあった。だって、公爵様は間違っている。わたしはロンドンの立派なお屋敷には戻りたくない。スコットランドに帰りたい。お母様を手伝って、サー・アリスターの汚いお城を掃除したい。散歩しながらアナグマを探して、あの澄んだ青い小川で魚を釣りたい。みんなでグリーヴズ城に戻って、あそこで一緒に暮らしたい。

だが、グリーヴズ城もサー・アリスターも、二度と目にすることはないような気がした。

15

正直者が顔を上げると、雲が動いて月にかかるのが見えた。シンパシー王女の言葉が思い出される。魔術師の変身は、月明かりを浴びている間しか続かないのだと。正直者は向きを変えて山を駆け下りようとしたが、とたんにあの小さな茶色いコウモリが現れた。月が雲に隠れると、コウモリは魔術師に戻った。裸で地面に落下し、怒った顔で勢いよく立ち上がる。

「何をした？」魔術師は叫んだ。

正直者は魔術師を見て、言うべきことを言った。すなわち、本当のことを。「あなたに粉を吹きつけ、王女を逃がし、ツバメを放しました。王女は馬を飛ばして逃げたので、あなたが追いつくことはできない。わたしのせいで、あなたは彼女を永久に失ったのです……」

『正直者』より

アリスターがホテルに戻ったのは、夕方になってからだった。追っ手は船着場から馬車についてきていたが、ホテルに着くと別の男と交代した。かつては黄色いジャケットだったと思われるものを着た背の低い男が、ホテルの向かいの壁に潜んでいた。アリスターはとりあえず無視した。たえず自分に向けられる視線から逃れ、ヘレンと泊まる部屋に戻ることしか考えられなかったのだ。二人きりで食べられるよう、食事を部屋まで運んでもらう手はずも整えたい。

とにかく休みたかった。

ところが、ホテルの部屋に入ったとたん、ヘレンがぴりぴりしているのがわかった。戸口で足を止めて彼女を見る。ヘレンは窓辺で眉間にしわを寄せ、ウエストのところで手をさすりながら、ベッドと壁の間の短い距離をうろうろしていた。

アリスターはため息をつき、部屋に入ってドアを閉めた。ホテルの前に残してきたときも不安そうだったが、これほどひどくはなかった。いったい何があったのだ？

「きみさえよければ、簡単な夕食を部屋に運んでもらおうと思うんだが」そう言いながら、鏡台に向かう。鏡台には、洗面器ときれいな水が入った水差しが置いてあった。アリスターは洗面器に水を注いだ。

背後では沈黙が流れ、ヘレンが歩き回る足音だけが聞こえた。

「どうだ？」アリスターはたずねた。

「何が？」ヘレンは上の空で返事をした。

「ここで食事をとるのは構わないか？」アリスターは顔に水をかけた。

「あ……そうね」

アリスターはタオルを取って顔を拭き、ヘレンのほうを向いた。窓辺で立ち止まって足元を見ている。

アリスターはタオルを脇に放った。「午後は何をしていた?」

「あら、たいしたことはしていないわ」ヘレンの白い肌が赤らみ、喉と頬がきれいなピンク色に染まった。とてもかわいらしいが、嘘をついているということだ。

アリスターはヘレンのそばに歩いていき、彼女を観察した。

「外には出なかったのか?」

ヘレンは下を向いた。

その瞬間、唐突に正解がひらめいた。「公爵に会ったのか」

ヘレンはさっと顔を上げ、挑むようにアリスターの目を見た。

「そうよ。とにかく筋は通してもらおうと思って」

怒りで血が煮えたぎりそうになったが、アリスターは我慢した——かろうじて。

「それで、筋は通してもらえたか?」優しくたずねる。

「いいえ」ヘレンは言った。「子供たちを返すつもりはないって」

アリスターは顔の角度を変え、よいほうの目をヘレンに向けた。

「それで、きみは屋敷を出て、よろめきながら正面階段を下りて帰り、公爵はそれを引き留めようともしなかった? きみが帰るとき、ハンカチを振って別れのあいさつまでしてくれた?」

ヘレンはいっそう顔を赤くした。「引き留めはしなかった——」

「ああ、もちろんそうだろうな。きみを取り戻すために子供たちを誘拐までしたのに、引き留める理由があるか？」

ヘレンは平手打ちをされたように、頭をびくりと動かした。「あの人がわたしを取り戻したがっているって、どうしてわかったの？」

アリスターはざらついた声で短く笑った。「わたしも馬鹿じゃない。自分に三人も息子がいて跡継ぎもいるのに、婚外子を誘拐する男はいない。公爵のことはわかる。あいつの策略もわかる。子供たちを人質にしてきみを取り戻そうとしているんだ。違うか？」

「わたしが愛人に戻らなければ、子供たちには二度と会わせないと言われたわ」

アリスターの中で何かが噴き出した。解き放たれたものが、理性の縁を越えて狂気の中にこぼれていく。

「同意したのか？」気づくと部屋を横切り、ヘレンの腕をつかんでいた。「教えてくれ、ヘレン。あいつのもとに戻ることに同意したのか？　あいつをベッドに入れることに？　あいつに体を売ることに？　どうなんだ？」

ヘレンはあの溺れるイトシャジンの目でアリスターを見上げた。「わたしが戻らなければ、二度とアビゲイルとジェイミーには会わせないと言われたの。アリスター、あの子たちはわたしのすべてなのよ。わたしの子供。わたしの宝物なの」

アリスターはヘレンを一度揺さぶった。

「同意したのか？」

「二度とあの子たちに会えないの」

「おい、ヘレン」恐怖で胸が締めつけられる。「同意したのか？」

「いいえ」ヘレンは目を閉じた。「いいえ。それはできないと言ったわ」

「ああ、よかった」アリスターはヘレンを腕に抱き寄せ、唇を重ねて、柔らかな唇を押しつぶした。ヘレンが公爵といるところを想像しただけで、取り乱さんばかりになっていた。

「傷つけられたのか？」

「いいえ」ヘレンはあえいだ。「その……手はつかまれたけど――」

アリスターはヘレンの両手を取り、右手に赤い跡がついているのを見つけた。大きな手で彼女のほっそりした手を取ったまま、体がぴたりと凍りつく。「傷つけられているじゃないか」

「たいしたことじゃないわ」ヘレンはそっと手を引っ込めた。

「ほかに、傷つけられた……触られたところは？」

「いいえ。アリスター、大丈夫よ」

「あいつはきみに触りたかったはずだ」ヘレンの肩から腕をさすりながら、アリスターは言った。「きみに触って、味わって、感じたかったんだ」

「でも、そうはしなかった」ヘレンはひんやりとした柔らかな手のひらで、アリスターの頬をはさんだ。「あの人はわたしに触れていないわ」

「ああ、よかった」アリスターはヘレンの唇を荒々しく奪い、舌を突き入れて、二人の中から公爵の影を消そうとした。

ヘレンが受け入れてくれたことで心が落ち着き、体を引くことができた。

「すまない」アリスターは自己嫌悪に目を閉じた。「凶暴な獣だと思っただろうな」

「まさか」ヘレンは静かに言った。柔らかな唇が、顔の傷を負った側に触れた。「あなたのことは人間だと思ってる。それだけよ。ただの人間」

ヘレンが唇を重ねてくると、アリスターも今度は穏やかにキスができた。優しく。ヘレンを慈しんで。

アリスターは目を閉じたままだった。二人が置かれた状況にこれ以上目を向けたくなかった。だが、胸に手が置かれ、重ねた衣服越しに軽く体重がかけられたのは体で感じた。その手がブリーチに下りると、原始的な男の部分が固唾をのんで、ヘレンの動向を見守った。しかるべき部分のボタンの上で指が動き、そこがゆるんで解き放たれる。

アリスターはヘレンに手を伸ばした。「ヘレン」

「いいの」ヘレンは断固とした調子で言った。「いいの、やらせて」

そこで、アリスターは手を下ろした。高潔な人間ではあるつもりだが、聖人ではないのだ。ヘレンがひざまずいたらしくスカートの衣ずれの音が聞こえ、彼女の指が脈打つものに触れ、息がかかるのが感じられた。

アリスターは勇ましくも、今一度ヘレンにやめさせようと試みた。「そんなことはしなくていいんだよ」

腫れ上がった頭部にささやきかけるように、ヘレンは言った。「わかってる」熱く濡れた口に含まれると、アリスターはうめき、倒れないよう足をふんばることしかできなかった。すごい！　遠い昔、一度だけ娼婦に金を払ってしてもらったことがあるが、失望しか感じなかった。乱暴に吸ったり引っ張ったりされただけで、最後まで行き着くのがやっとだった。それが、今は……。今は、込められる力は優しく、舌はベルベットのような感触で、何よりも、これをしてくれているのはヘレンなのだ。もう我慢できない。アリスターは目を開け、とたんに頂点に達しそうになった。金色の頭が自分に覆いかぶさって、赤みがかったものがピンクの唇の間を出入りし、ほっそりした白い指が野蛮な皮膚に触れている。ヘレンは開いた口にそれを含んだまま、アリスターを見上げた。青紫色の目は今、暗い影を帯びている。謎めいていて女らしく、アリスターがこれまでの人生で見てきた何よりも官能的だった。

アリスターからは男と塩辛さと生命そのものの味がした。

ヘレンは目を閉じ、アリスターのものが口に含まれている感覚を味わった。公爵には何度かした行為だったが、そのときは気持ち悪いと思っていた。公爵を喜ばせることだけが目的だった。だが、今はヘレン自身も喜びを感じていた。男性の最も本質的な部分を口に入れて、自分がこすると震えるのを感じ、吸うと息が乱れて速くなるのを聞くと力が湧いた。

だが、それだけではなかった。アリスターの味も、すべすべした頭部をなめるのもよかった。竿の柔らかな皮膚をこすり、その下の鋼のような硬さを感じるのもよかった。官能的な行為だ。野蛮で、少々はしたない。身頃とコルセットの下で胸が張りつめ、先端が敏感になってつんと立った。太ももの合わせ目に湿り気を感じ、脚をぎゅっと閉じて、同時にアリスターを強く吸う。

「ああ！」アリスターが頭上でかすれた声を出した。

その瞬間、ヘレンは自分がイングランド一魅惑的な女になった気がした。慎重に、そっとブリーチに手を入れ、袋に包まれた持ち重りのする石を探り当てる。ごく柔らかな革のかばんに入った卵のようなそれを、手の中で優しく転がす。そして、ふたたび先端を吸った。

アリスターはうめいた。

ヘレンは上を見た。アリスターは頭をのけぞらせ、脇で両手をこぶしにしていて、太ももが硬く張りつめているのが頭のそばで感じられる。このまま続ければいい。アリスターが自制を失い、精を口にほとばしらせるまで。その想像は怖いくらい魅力的で、ヘレンは口をすぼめて強く吸った。

だが、その考えは甘かった。アリスターが突然体をかがめ、ヘレンが驚いてきゃっと声をあげるほどすばやく腕に抱き上げたのだ。ヘレンはベッドに放り出され、体が跳ねて着地するよりも早く、アリスターが隣に並んだ。

「もういい」ぴしゃりと言う。

ヘレンのレースを破り、身頃を引き裂いて、部屋の中ほどに放り投げた。

「お遊びは終わりだ。あそこをもてあそぶのはやめろ。これ以上焦らすんじゃない」

アリスターはスカートを引き下ろし、ヘレンが反応する間もなく体をひっくり返した。ヘレンの手足を押したり引いたりして、膝をついて腕で体を支える体勢にすると、シュミーズのスカートをめくり上げた。何の前置きもなく後ろから侵入され、ヘレンはあえいだ。

熱くて硬い。長いものが奥まで。

ヘレンは唇を噛み、その衝撃に叫びださないようこらえた。アリスターは的確で、非の打ちどころがなかった。少し体を引き、むき出しの尻をしっかりつかんで、勢いよく中に戻る。すばやく、深く突いた。激しい愛の行為に腕が前にすべっていき、ヘレンは自分で体勢を立て直した。やがて目を閉じ、感じることに専念した。力強いものが、濡れた柔らかなところを行き来する。体の中心が熱くなってくる。

アリスターは突然動きを止め、今度こそヘレンは声をあげた――失望の声を。だが、彼は奥まで体をうずめたまま下に手を伸ばし、両手を胸の上に走らせた。軽く引いただけで、硬く立った乳首がコルセットの上に飛び出した。アリスターはそれを荒々しくつまみ、ヘレンは唇を噛んで、彼の腰に向かってヒップを突き出した。

アリスターは笑い、息を切らしてうなるような声をあげたあと、ふたたびヘレンを突き始めた。片手はヘレンが自分を受け止められるよう体を固定し、もう片方の手は今も胸の頂をいたぶっている。ヘレンがうめいて下を向くと、彼の大きな日焼けした手が、自分の白い胸をもてあそぶさまが目に入った。その光景を見ていると内側がぎゅっと締まり、突然、痛いくらいに何かが弾けた。その力で、体を支えていた腕が崩れる。体の中心から光が放たれて、目の前が真っ暗になり、快感で手足の力が抜けた。ベッドに平たく横たわると、アリスターもその体勢に合わせたが、なおも力強く突き立てた。彼のものはヘレンの中で生命を帯び、服従を、快感を要求した。

ヘレンはそれに従った。意思とは関係なく。意識することもなく。絶頂に腹が波打ち、それは長い間続いた。シーツの上であえぎ、枕の端に嚙みついて、叫びだしそうになるのをこらえる。

アリスターの上半身が上がってヘレンから離れ、骨盤がいっそう重く押しつけられた。視界の片隅で、アリスターがヘレンの肩の両側に腕をつくのが見える。彼は体を引いた。ゆっくりと。アリスターの下で腰幅程度に脚を開いたこの体勢だと、圧迫感は増した。アリスターはヘレンの中にぎっちり収まっている。そこが柔らかな部分から撤退するかのように、ずるずると抜けていった。ヘレンは目を閉じ、強烈なその感覚に身を浸した。アリスターはやはりゆっくりと中に戻ってきて、硬いものが根元まで収まった。たまらなかった。これほどの快感は今まで味わったことがない。いつまでもこんなふうに横たわってアリスターに身を任せ、彼の硬い肉体と男の匂いに包まれていたい。

「ヘレン」アリスターはかすれた声で言った。「ヘレン」

そのとき、中で彼が勢いよく動いたのを感じた。アリスターはもう一度根元まで突き立て、ヘレンはふたたび頂点に達した。強烈だった前回とは違い、優しく温かな快楽の波が全身に押し寄せる。アリスターは突然体を引き、熱い液体がヘレンの太ももに飛び散った。アリスターはヘレンの上でじっとし、今も自分の重みでヘレンの下半身をベッドに固定したまま、荒く息をした。ヘレンはこのまま硬い体でベッドに押しつけられていたいと思ったが、当然アリスターはごろりと横に下りてしまった。

彼はヘレンのそばから離れてベッドの脇に立ち、疲れきった様子でゆっくり服を脱いだ。裸になると、ベッドに上ってヘレンの隣に横たわり、体を引き寄せた。このほうがいい。アリスターは何も言わず、ヘレンの体を大きく硬い自分の体に押しつけ、腕を曲げて頭を抱いた。

ヘレンは眠気まじりに、彼の胸が上下するのを眺め、頬の下で心臓がゆっくりと安定したリズムを刻むのを感じた。もし子供たちを取り戻すことができたら、わたしたちはどうなるの？　この人はわたしを愛している？　これから人生をともにすることはできる？　結局、今はそこまで考える余裕はないと感じた。そこで、目を閉じて眠りについた。

ヘレンがふたたび目を覚ましたとき、部屋は暗くなりかけていた。アリスターがヘレンの頭の下からそろそろと腕を抜いている。その動きで目が覚めたようだ。ヘレンは声を出さず、アリスターが立ち上がり、下着とブリーチを見つけて長い脚を通すところを見た。そのとき、彼がホテルに戻ってきたときに質問しようと思っていたことを思い出した。

「どこに行っていたの？」

ヘレンの言葉に、アリスターはブリーチのボタンを留める手を止めたが、すぐに再開した。

「言っただろう。船着場に船のことをききに行ったんだ」

ヘレンは片手で頭を支え、横向きになった。「わたしは秘密を打ち明けたわ。今度はあなたが話してくれる番じゃない？」

先ほどの愛の行為をよりどころにした賭けだった。これで、この一週間わたしに向けていた激しい怒りがよみがえるかもしれない。何の話かわからないという顔をされるかもしれない。

だが、そのどちらでもなかった。アリスターはかがんでシャツを拾い上げて両手に持ち、白いリネンというものを初めて見るかのように見つめた。「六年前、わたしは植民地アメリカに行っていた。それは前にも話したね。植民地に行ったおかげで本が書けた。片目を失うことにもなった」

「話して」ヘレンはささやいた。じっと動かず、息を潜め、アリスターの話をじゃましないようにする。

アリスターはうなずいた。「植民地に行った目的は、新種の動植物を発見することだった。未発見のものを見つけるには、未踏の地、文明の最果てに行くのがいちばんだからね。でも、アメリカは文明の最果てだったうえ、フランスとも戦争中だったから、非常に危険な場所でもあった。そこで、わたしは陸軍の連隊を渡り歩くのが得策だと踏んだ。三年間、いくつかの連隊と行動をともにし、野営中に標本を集めて記録をとった」

アリスターは手の中のシャツを見つめたまましばらく黙っていたが、やがて頭を振ってヘレンを見上げた。「すまない。なかなか本題に入れなくて」深く息を吸う。「一七五九年の秋、わたしは第二八歩兵連隊という小さな連隊にいた。わたしたちは深い森の中を行軍し、エドワード砦を目指していた。そこの兵舎で冬を越すつもりだった。木がうっそうと生い茂る細い山道を進んでいると、滝《フォールズ》に出た……」

アリスターの声は割れて尻すぼみになり、ヘレンが見たこともない表情がよぎった。絶望の色。ヘレンは危うく叫びそうになった。

だが、アリスターはその表情を消し、咳払いをした。「あとで知ったんだが、スピナーズ・フォールズという名の滝だった。わたしたちはフランス軍と、フランスと同盟関係にある先住民に挟み撃ちにされた。わたしたちは負けた、とだけ言えばいいだろう」唇の端がゆがみ、ほほ笑みらしきものが浮かんだ。「〝わたしたち〟というのは文字どおりの意味だ。戦いが始まれば、誰も傍観者ではいられない。わたしは民間人だったが、隣に立っている兵士と同じように本格的に戦った。何しろ、戦う目的は同じだから。自分の命を守るためだ」

「アリスター」ヘレンはささやくように言った。彼がレディ・グレーの死体に触れる様子も、アビゲイルに根気よく釣りの仕方を教える様子も見た。暴力から簡単に立ち直れるような人でないことはわかっている。

「いいんだ」アリスターはヘレンの同情をはねつけた。「また回り道をしてしまったね。わたしを含めた何人かは軽傷で生き延び、先住民に包囲されて捕虜にされた。森の中を何日も歩かされ、連中の野営地に着いた」

アリスターは顔をしかめてシャツを見下ろし、ていねいにたたんだ。むき出しの腕の筋肉が、薄れゆく光の中で動く。「あの国の先住民には、戦いに勝ったときの儀式がある。生き残った敵を捕らえて拷問にかけるんだ。目的は勝利を祝うのが半分、敵の臆病さをさらすのが半分だ。少なくとも、わたしにはそう思えた。もちろん、拷問に理由などないのかもしれない。人が快楽だけを目的とした暴力に喜びを覚えることは、我が国の歴史においてもじゅうぶん証明されている」

アリスターの声は淡々としていて、冷ややかとも言えるほどだったが、シャツをつかんだ手は開いたり閉じたりし、ヘレンは自分の顔に涙が流れているのを感じた。拷問を受けているとき、そんなことを考えていたの？　自分を捕らえている人たちを観察し、分析することで、痛みと恐怖から意識をそらそうとしたの？　想像するだけで耐えがたいほどの恐怖を感じたが、ここは耐えなければならない。アリスターがその状況を生き抜いてきたのなら、わたしもその話を聞くくらいはできるはず。

「ここからが本題だ」アリスターは自分を落ち着かせるように深呼吸した。「わたしたちは捕らえられて、服を脱がされた。後ろで手を縛られ、その縄を杭に結びつけられて、多少は動けても遠くには行けないようにされた。まずは、コールマンという男がいたぶられた。打たれ、耳を切り落とされ、燃えさしを投げつけられた。地面に崩れ落ちると、頭の皮を剝がされ、生きた体に燃えている石炭をのせられた」

ヘレンはもうやめてというふうに声をあげたが、アリスターの耳には入らないようだった。彼はぼんやりと手に視線を落とした。「コールマンは二日間生きていたが、その間中、わたしたちは拷問の様子を見せられ、次は自分の番なんだと思い知らされた。恐怖は……」咳払いをする。「恐怖は人間を醜くする。人間らしさを損なうんだ」

「アリスター」これ以上聞いていられなくて、ヘレンはもう一度ささやき声で言った。

だが、アリスターは続けた。「次の男は士官だったが、はりつけにされ、火をつけられた。死ぬときは高くておぞましい、動物のような悲鳴をあげた。あんな声は、あとにも先にも聞いたことがない。信じられないかもしれないが、自分の番が来るとほっとしたような気持ちになった。自分が死ぬことはわかっていた。わたしの使命は、できるだけ勇敢に死ぬことだった。燃えさかるたいまつを顔に押しつけられても、切りつけられても、叫びはしなかった。でも、目にナイフを突きつけられたときは……」

アリスターの手が顔の片側に上がり、指がそっと傷跡をなぞった。「少し正気を失っていたんだと思う。正確に思い出せないんだ。目が覚めたときは、エドワード砦の診療所にいた。自分が生きていたことに驚いたよ」

「よかった」

アリスターはヘレンを見た。「何がだ?」

ヘレンは頰の涙を拭った。「あなたが生きていたこと。神様が記憶を奪ってくれたこと」

その言葉に、アリスターは唇を不自然にゆがめてほほ笑んだ。

「でも、神様は何もしてくれていないよ」

「どういうこと？」

「筋が通っていない」アリスターは片手を大きく振り動かした。「わからないか？　この出来事には、秩序も理屈も存在しないんだ。生き残った者もいれば、死んだ者もいる。傷を負った者もいれば、負わなかった者もいる。その人が善良だったか、勇敢だったか、弱かったか、強かったか、何もいっさい関係がない。単なる偶然なんだ」

「でも、あなたは生き延びたわ」

「そうか？」アリスターの目がぎらりと光った。「本当に？　わたしは生きているが、以前とは別人だ。それで、本当に生き延びたと言えるのか？」

「ええ」ヘレンは立ち上がり、アリスターのもとに行って、傷を帯びた頬に手のひらを当てた。「あなたが生きていてくれて、わたしは嬉しい」

アリスターはヘレンの手に自分の手を重ね、二人はしばらくそのままで立っていた。アリスターの視線が熱っぽく、困惑したようにヘレンの目を探る。

やがてアリスターは顔をそむけ、ヘレンの手はだらりと落ちた。その瞬間、何かがすり抜けていった気がしたが、それが何なのかはわからなかった。物足りない気分で、ヘレンはベッドに座った。

アリスターはふたたび服を着ようとした。「旅ができる程度に回復すると、すぐにイギリス行きの船に乗った。その先は説明するまでもないだろう」

ヘレンはうなずいた。

「まあ、そういうことだ。帰国後は、きみたちが初めて城に来たときのような感じで暮らしていた。理由はわかると思うが、人づき合いも避けていた」アリスターは眼帯に触れた。「だが一カ月前、ヴェール子爵とその奥方、きみの友達でもあるレディ・ヴェールが……」

アリスターは顔をしかめ、言葉を切った。「ところで、レディ・ヴェールとはどこで知り合ったんだ？　知り合いだというのも作り話の一部か？」

「いいえ、それは事実よ」ヘレンは顔をしかめた。「わたしのような愛人と、レディ・ヴェールのように身分の高い女性が友達だなんて、おかしいと思うのはわかるわ。実を言うと、特に親しいわけではないの。公園で何度か顔を合わせただけなんだけど、わたしが公爵から逃げるとき、力になってくれて。だから、友達というのは本当よ」

アリスターはその説明で納得したようだった。「とにかく、ヴェールもスピナーズ・フォールズで捕虜にされた一人なんだ。ヴェールが訪ねてきて、妙な話を聞かされた。噂では、第二八歩兵連隊は、スピナーズ・フォールズで一人のイギリス軍兵士の裏切りに遭ったのだと」

ヘレンは背筋を伸ばした。「えっ？」

「そうなんだ」アリスターは肩をすくめ、結局シャツを脇に放った。「そう考えれば、つじつまが合う。わたしたちは森の真ん中にいたのに、フランス軍と先住民の大軍に襲われた。進路をあらかじめ知っていない限り、その場にいられるはずがないだろう？」

ヘレンははっと息をのんだ。それほどの殺戮が、仕組まれたこと——しかも同じイギリス人の仕業だったのだと思うと、おぞましさが増したように感じられた。

驚いた顔でアリスターを見る。「復讐したくてたまらないでしょうね」

アリスターは顔全体で悲しげにほほ笑んだ。「たとえ裏切り者が捕まっても、裁判にかけられて絞首刑になっても、わたしの目も、スピナーズ・フォールズで失われた命も、戻ってはこない」

「ええ、そうね」ヘレンは穏やかに同意した。「それでも、裏切り者を捕まえたいんでしょう？　そうすれば、いくらかは心が落ち着くんじゃない？」

アリスターは顔をそむけた。「わたしは今、これ以上ないくらい落ち着いている気がするよ。まあ、裏切り者は罰を受けるべきだとは思うけどね」

「それで、あなたが会おうとしているフランス人のお友達は、この件にかかわりがあるのね？」

アリスターは暖炉の前に行き、細いろうそくに火をつけた。それを使って、室内のろうそくを何本か灯す。「エティエンヌは、フランス政府内である噂が流れているが、それを文書には残したくないと言ってきた……彼自身とわたしの身の安全のために。だが、仕事で調査船に乗ることになったと。その船はあさってロンドンに立ち寄ったあと、アフリカを目指すそうだ」

アリスターはろうそくの残りを暖炉の火に投げ込んだ。「エティエンヌと話ができれば、この謎も解決するかもしれない」

「なるほどね」ヘレンはしばらくアリスターを見つめたあと、ため息をついた。「下に行って夕食を食べる？」

アリスターは目をしばたたき、ヘレンを見た。「部屋に何か持ってきてもらおうと思ったんだが」

ヘレンがコルセットのひもをほどき始めると、アリスターの視線がさっと胸元に飛んできた。「さっき、食べ物とワインを少し持ってきてもらったの」椅子の上の覆いが掛けられたバスケットのほうに顔を向ける。「あそこにあるわ。あれでよければ、宿の人の手をわずらわせなくてもここで食べられるけど」

アリスターはバスケットに近づき、上に掛かった布を外して中をのぞき込んだ。

「ごちそうじゃないか」

ヘレンはシュミーズの身頃を胸に引き上げ、ベッドから下りてアリスターのそばに行った。

「そこの暖炉の前に座っていて。準備をするから」

アリスターはたちまち顔をしかめた。「そんなことはしなくていい」

「わたしが家政婦をしていたときは、お世話をしても文句を言わなかったじゃない」ヘレンはバスケットの中を探り、小さなスモモを取り出した。手のひらにのせてアリスターに差し出す。「どうして今は、そんな格好つけたことを言うの？」

アリスターがスモモを受け取ると、彼の指が手のひらに触れ、ヘレンの腕に震えが走った。

「どうしてって、きみはもうわたしの使用人ではないからだ。きみはわたしの……」彼は頭を振り、スモモにかじりついた。

「何？」ヘレンはアリスターの足元にひざまずいた。「わたしはあなたの何なの？」

アリスターはスモモを飲み込み、ぶっきらぼうに言った。

「わからない」

ヘレンはうなずき、バスケットに顔を向けて、目に浮かんだ涙を隠した。それが問題なのよね？　わたしたちがもう、お互いにとって何なのかわからなくなってしまったことが。

16

正直者の言葉に、邪悪な魔術師は激怒した。彼は両腕を上げ、恐ろしい呪いをかけて正直者を石像にした。正直者はイチイのノットガーデンに、ほかの石像の戦士と並べて置かれた。正直者は何日も、何カ月も、何年も、肩に鳥が止まっても、足元に枯れ葉が積もっても、そこに立ち続けた。固まった顔はまばたきもせず庭を見つめ、頭の中で何を考えていたかはわからない。思考そのものが、石になってしまったから……。

『正直者』より

ヘレンは日陰の身だ。ヴェール子爵邸の正面階段まで来てようやく、アリスターはそのことに思い至った。午後早くに子爵夫妻を訪ねるのに連れてくるにはふさわしくない。とはいえ、ヘレンはレディ・ヴェールと友達だと言っていたから、無用の心配なのかもしれない。

幸い、そのとき執事がドアを開けた。二人の名前を聞くと、おじぎをして広い居間に通してくれた。ほどなくヴェール子爵が部屋に駆け込んできた。

「マンロー！」ヴェールは叫び、飛びついてアリスターの手を取った。「驚いたよ、あの隙間風だらけの城からきみを引っ張り出すには、爆薬を使わなきゃいけないと思っていたのに」

「危うく難を免れたようだ」アリスターはつぶやき、連れが押しつぶされないよう、ヴェールの手をしっかり捕まえた。「ミセス・ヘレン・フィッツウィリアムを紹介させてもらうよ」

ヴェールは背の高い男性だが、その体以上に大きな手足をしていて、元気がよすぎる子犬のようだ。顔は面長で、縦に深いしわが刻まれていて、表情がなければ悲しげに見える。実際にはいつも、間抜けに見えるほど陽気で開けっぴろげな表情を浮かべているため、たいていの人間は自分が優位に立ったような錯覚に陥る。

だが、アリスターにヘレンを紹介されたヴェールは、不思議なくらい冷静な表情をしていた。アリスターは気を引き締めた。ヴェールの助けは必要だが、もし彼がヘレンを侮辱するようなことがあれば、先のことは考えず彼女を擁護しなければならない。筋肉が張りつめたのは本能からだった。

けれど、ヴェールはさっと顔をほころばせ、前に飛び出してヘレンの手を取り、体をかがめた。「ミセス・フィッツウィリアム、お会いできて光栄です」

ヴェールが体を起こしたとき、背後からレディ・ヴェールが部屋に入ってきた。足音は静かだったが、ヴェールは妻の存在にすぐに気づいたようだった。

「妻よ、すごいお客様がお越しだ」ヴェールは叫んだ。「マンローが気の滅入る荒野を捨てて、陽気なロンドンにスキップして来てくれたぞ。これは夕食にお招きしないとな」アリスターのほうをくるりと向く。「マンロー、夕食に来てくれるよな？　ミセス・フィッツウィリアムもぜひ。来てくださらなかったら、無念のあまり死んでしまう」

アリスターは短くうなずいた。「ヴェール、喜んで食事をご一緒させてくれ。ただ、午後のうちに大事な話をしたい。急を要することだ」

ヴェールは賢い猟犬のように首を傾げた。「そんなに？」

「ミセス・フィッツウィリアム、庭を案内させてくださる？」レディ・ヴェールが小声で言った。

アリスターはレディ・ヴェールに向かって礼代わりにうなずき、女性二人が部屋を出ていくのを見守った。

ヴェールはにっこりした。「ミセス・フィッツウィリアムはきれいな人だね」

アリスターはぶっきらぼうに言い返したくなるのを我慢した。「実は、話というのは、彼女のことなんだ」

「ほう？」ヴェールはふらりと歩いていき、酒が入ったデカンターを手にした。「ブランデーでいいか？　まだ時間は早いが、きみの顔を見ていると必要な気がしてね」

「ありがとう」アリスターはクリスタルのグラスを受け取って飲み、アルコールが喉を焼きながら下りていくのを感じた。「リスター公爵がヘレンの子供たちを連れていった」

ヴェールはグラスを口元に運ぶ手を途中で止めた。「ヘレン？」

アリスターは険しい目でヴェールを見た。

ヴェールは肩をすくめ、自分もブランデーを飲んだ。「きみが言っているのは、リスター公爵の子供ということでいいのかな？」

「そのとおりだ」

ヴェールは眉を上げた。

アリスターはいらいらと頭を振った。「公爵は子供たちには興味がない。目的はヘレンだ。子供たちを人質にして、無理やりヘレンを連れ戻そうとしているんだ」

「それで、きみは彼女を公爵のもとには返したくないと」

「そうだ」アリスターはグラスの中身を飲み干し、顔をしかめた。「返したくない」

何か嫌味な言葉が返ってくるのを待ったが、ヴェールは考え込むような顔をしただけだった。「面白い」

「そうか？」アリスターは小さな本棚の前に歩いていき、本の題名を見るともなしに眺めた。「公爵はわたしには会ってくれない。ヘレンには会ってくれるが、彼女をあいつのそばには行かせたくない。子供たちが今どこにいるのか突き止めたい。公爵の手から取り戻す方法も知りたいし、あの男と話もしたい」

「そのあと、どうする？」ヴェールは静かにたずねた。「礼儀正しく説得するのか？　決闘を申し込むか？」

「公爵が説得に応じるとは思えない」アリスターは本棚をにらみつけた。「必要とあらば、決闘を申し込むことも辞さない」

「はっきり言うんだな」ヴェールはぼそりと言った。「普段のきみなら、もっと言葉を選ぶだろうに」

自分でも自分の感情が説明できず、アリスターは肩をすくめた。

「あの女性がきみにとってどういう存在なのか気になるんだが。ひょっとして愛人か？」

「いや……違う」アリスターは振り向き、ヴェールに向かって顔をしかめた。「きみの奥方が、ミセス・フィッツウィリアムをわたしの家政婦として送り込んだことは聞いたか？」

「妻が夫にする隠し事の多さときたら驚くほどだよ」ヴェールは考え込むように言った。

「結婚以来、わたしの純情は踏みにじられっぱなしだ。でもようやく、最近なぜそんなに満足げな顔をしているのかは教えてくれた」自分のグラスにブランデーを注ぎ足す。「家政婦のためにきみがそこまでしようとするなんて、スコットランドの使用人事情はどうなっているんだと思ってしまうよ。よい働き手がよっぽど少ないんだろうな」ヴェールは目を見開き、酒を飲んだ。

「ヘレンはわたしにとっては家政婦以上の存在なんだ」アリスターはうなるように言った。

「でかした！」ヴェールはアリスターの背中をたたいた。「むしろ遅すぎるくらいだよ。このまま大事な部分を使わずにいたら、退化してぽろりと落ちてしまうんじゃないかと心配していたんだ」

アリスターはなじみのない熱が喉元を上ってくるのを感じた。「ヴェール……」

「もちろん、おかげで我が妻はどうしようもなく調子に乗りそうだけどね」ヴェールはグラスの底に向かって言った。「妻は自分の企てが成功すると、少々自己満足に陥るところがあるんだ。妻が腹に一物あってミセス・フィッツウィリアムを送り込んだことは、きみも気づいていると思うが」

アリスターはその言葉にうなり声だけを返し、グラスを突き出した。女性が打つあの手この手に、もはや驚くことはない。

ヴェールはアリスターの望みどおりグラスを満たした。「その子供たちのことを教えてくれ」

二人の小さな顔が頭に浮かび、アリスターは目を閉じて息を吸った。最後に見たアビゲイルの顔は心痛で赤くほてり、涙がこぼれそうだった。くそっ。挽回のチャンスが欲しい。神よ、どうかそのチャンスをくれ。

「二人いる。男の子と女の子で、それぞれ五歳と九歳だ。今まで母親と離ればなれになったことはない」アリスターは目を開け、ヴェールをまっすぐ見た。「ヴェール、きみの助けが必要なんだ」

「それで、リスター公爵に見つかってしまったのね」メリサンドは言った。

「ええ」ヘレンは言い、手の中にある上品な茶器を見つめた。

メリサンドは紅茶とケーキを庭に運ばせていた。周囲には花が咲き誇り、ハチが花から花へと物憂げに飛び回っている。気持ちのいい場所だ。だが、ヘレンは涙をこらえることができなかった。

メリサンドはヘレンの腕に手をかけた。「お気の毒に」

ヘレンはうなずいた。「あそこまで逃げれば、わたしも子供たちも見つからないと思ったのに」

「わたしもよ」メリサンドは紅茶を少しだけ飲んだ。「でも、夫とサー・アリスターがいれば、子供たちがあなたのもとに戻ってくる希望はあると思うの」

「だといいのだけど」ヘレンは熱を込めて言った。子供たちなしでどう生きていけばいいのかわからない。あの子たちに二度と会えない人生なんて想像がつかない。「公爵は、わたしが戻れば子供たちを返してくれると言うの」

メリサンドはじっと動かず、背筋を伸ばして、澄んだ明るい茶色の目でヘレンをじっと見た。美人とは言えない――目鼻立ちは地味で、肌や髪の色にも目を引くところはない――が、感じのいい顔つきをしている。さらに、最後に会った一カ月と少し前にはなかった穏やかさが、新たに加わっていた。

「公爵のところに戻るの？」メリサンドは静かにたずねた。

「わたし……」ヘレンは膝の上のティーカップに視線を落とした。「いやだわ、もちろん。でも、それ以外に子供たちに会う方法がないのなら、戻るしかないでしょう？」

「サー・アリスターはどうするの？」

ヘレンは黙ってメリサンドを見た。

「そのことなら……」レディ・ヴェールはわずかに言いよどんだ。「サー・アリスターがあなたのためにわざわざロンドンまで来られたことなら、すぐにわかったわ」

「子供たちにとてもよくしてくれるの」ヘレンは言った。「あの子たちのことを好きになってくれたんだと思う」

「あなたのことも？」メリサンドは言った。

「たぶん」

「どちらにしても、サー・アリスターにもこの件には考えがあると思うのだけど」

「もちろん、わたしが戻るのには反対よ」ヘレンはメリサンドをまっすぐ見た。「でも、そんなことも言っていられないでしょう？　子供たちにはわたしが必要なの。わたしにもあの子たちが必要なのよ」

「でも、もしサー・アリスターがお子さんを取り戻してくれたら？」

「そのあと、どうすればいいの？」ヘレンはささやくように言った。「わたしがあの人と、どんな人生が送れるというの？　もう誰かの愛人にはなりたくないし、それ以外にアリスターと一緒にいる方法があるとは思えないわ」

「結婚は？」

「アリスターはそんなこと一言も言わないもの」ヘレンは頭を振り、かすかに笑った。「こんな話をあけすけにするなんて、どうかしているわね。わたしのこと、不快にお思いじゃない？」

「全然。そもそも、あなたをサー・アリスターのお城に送り込んだのはわたしだもの」

ヘレンはメリサンドを見つめた。まっすぐな眉の間に軽くしわを寄せ、片手で腹のあたりをさすっている。だが、ヘレンの視線に気づくと、顔を上げてゆっくりとほほ笑んだ。

ヘレンは目を丸くした。「もしかして……」

メリサンドはうなずいた。「ええ、もちろん」

「でも……でも、あのお城はとても汚かったわ！」

「だけど、今は違うんじゃないかしら」メリサンドは悦に入った様子で言った。

ヘレンは鼻を鳴らした。「大部分はね。隅のほうにはまだ、熱湯と質のいい灰汁石鹸がなければ入りたくない場所があるわ。あれほどひどい状態だとご存じのうえでわたしを送り込んだなんて、信じられない」

「あの人にはあなたが必要だったから」

「あの人のお城に必要だっただけよ」ヘレンは訂正した。

「サー・アリスター自身にもだと思うわ」メリサンドは言った。「初めて会ったとき、とても孤独な人に見えたから。それに、あなたはすでに奇跡を起こしているじゃない。あの人がロンドンまで来る気になったんですもの」

「それは子供たちのためよ」

「あなたのためだわ」メリサンドは優しく言った。

ヘレンは膝の上のティーカップにふたたび視線を落とした。「本当にそうお思いになる？」

「確信しているわ」メリサンドは即答した。「居間でサー・アリスターがあなたを見つめる目を見てわかったの。あの人は、あなたのことを思っている」

ヘレンは何も言わず紅茶をすすった。これはとても個人的で、今までになじみのない、厄介な問題だ。メリサンドほど親切にしてくれる人が相手でも、話題にするべきことではないような気がした。

しばらく、二人は黙って紅茶を飲んだ。

やがて、ヘレンはあることを思い出した。カップをソーサーに置く。「そうだわ！　お話しするのを忘れるところだったけど、四人の兵士のおとぎ話の清書が終わったの」

メリサンドは嬉しそうにほほ笑んだ。「あら、本当に？　持ってきてくださったの？」

「ごめんなさい、持ってきてはいないの。あのときは……」ヘレンは〝子供たちのことで頭がいっぱいで〟と言おうとしたが、思い止まって頭を振った。

「そうね」メリサンドは言った。「いずれにしても、製本してくれる人も探さないといけないし。あなたがそのまま持っておいて、送っていただく住所が決まれば手紙を書くわ」

「お願い」ヘレンはつぶやいたが、思考はすでにアビゲイルとジェイミーのことに戻っていた。暖かくて安全な場所にいるの？　わたしに会いたいと泣いているかしら？　生きているうちに、もう一度あの子たちに会える日は来る？

紅茶が急に、口の中で胆汁のような味になった。神様お願い、もう一度あの子たちに会わせてください。

「ブランチャード伯爵が、国王陛下を迎えた昼食会を開く」ヴェールが言った。「そこに、リスター公爵も客として招かれている」

二人は居間に座り、ヴェールは三杯目のブランデーを飲んでいたが、酔っている気配はまるでなかった。

「ブランチャード」アリスターは顔をしかめた。「それはセント・オーバンの爵位名ではなかったか？」

レノー・セント・オーバンは第二八歩兵連隊長だった。よき男、よき指導者で、スピナーズ・フォールズの大虐殺を生き延びたものの捕らえられ、先住民の野営地で殺された。アリスターは身震いした。ヘレンに話したのはセント・オーバンのことだった。はりつけにされ、火をつけられた男だ。

セント・オーバンは、ヴェールの親友でもあった。

ヴェールはうなずいていた。「今、あの爵位は遠い親戚の男やもめが継いでいるんだ。その姪が、催事では女主人を務めている」

「昼食会はいつだ？」

「明日だ」

アリスターは手の中の空のグラスを見下ろした。明日はエティエンヌの船が停泊する日だが、それは数時間だけのことだ。限られた時間内に、リスター公爵とエティエンヌの両方に会うことができるだろうか？　どう考えても無理だ。昼食会に行けば、エティエンヌの船を逃す危険を冒すことになる。だが、子供たちとスピナーズ・フォールズの裏切り者に関する情報を秤にかければ、子供たちのほうが大事なのははっきりしていた。だって、そうだろう？　子供たちは生きているが、裏切り者は死ぬだけなのだから。

「都合が悪いか？」ヴェールがたずねた。

アリスターは顔を上げ、すべてを見透かすようなヴェールの目を見返した。

「いや」

グラスを脇に置く。「その盛大な昼食会に、きみも招かれているのか？」

「いや。残念ながら」

アリスターはにっこりした。「そうか。では、わたしがブランチャードの昼食会を襲撃している間に、お願いしたいことがある」

17

魔術師は毎晩ノットガーデンにやってきて、自分が魔法をかけた兵士を眺めてはほくそ笑んでいた。だが、昼間は城に閉じこもり、邪悪な計画を練っていた。ある日、正直者の石像の肩で休む鳥たちにツバメが加わった。それは魔術師に檻に閉じ込められていたツバメの大群の中にいた一羽で、しばらくすると正直者が自分を救ってくれた人間であることに気がついた。ツバメはイチイの垣根に舞い降り、葉を一枚摘み取った。そして羽を広げ、空高く飛んで、城から離れていった……。

『正直者』より

ヘレンとアリスターがブランチャード伯爵邸の正面階段に着いたとき、昼食会はすでに始まっていた。遅れたのは、アリスターがホテルで何やらメッセージを待っていたせいだった。二人が出発する直前、痩せた小柄な少年が汚れた手紙を持ってきた。アリスターはそれを読み、満足げにうなると、少年にシリング硬貨一枚と走り書きした手紙を持たせて送り出した。

ヘレンはドアが開くのを待つ間、片足を踏み鳴らした。

「落ち着くんだ」隣のアリスターが低い声でそっと言った。

「無理よ」ヘレンはいらいらしながら言った。「あの手紙がどうしてそんなに大事なのかわからないんだもの。昼食会に間に合わなかったらどうするつもりだったの？」

「間に合ったじゃないか。まだ通りには馬車が並んでいるし、こういう催しは何時間も続くものだ。知っているだろう」アリスターはため息をつき、不満げに言った。「だからきみはホテルで待っていろと言ったのに」

ヘレンはアリスターをにらんだ。「わたしの子供のことだもの」

アリスターは天を仰いだ。

「もう一度あなたの計画を説明して」ヘレンは要求した。

「わたしの目的は、公爵に子供たちから手を引かせることだけだ」腹立たしくも、アリスターはなだめるような口調で言った。

「そうね、でもどうやって？」

「任せてくれ」

「でも――」

そのとき、メイドが迷惑そうな顔でドアを開けた。「どちら様ですか？」

「また遅刻してしまったようだね」アリスターは普段とはまったく違う、騒々しく陽気な声で言った。「しかも、妻がレースが破れたとか何とか言うんだ。差し支えなければ、身なりを整えるための部屋を貸してもらえないだろうか？」

メイドはぞっとしたような視線をアリスターの顔から引きはがし、後ろに下がって二人を通した。ブランチャード邸はこの広場に並ぶ屋敷の中でもひときわ立派で、ホールは薄ピンク色の大理石と金箔でしつらえられている。二人は猟犬を連れた女神ディアーナの白い大理石像を通り過ぎ、メイドが開けたドアを通ってしゃれた居間に入った。

「この部屋なら文句なしだ」アリスターは言った。「きみは仕事があるだろうから行ってくれ。妻の準備が整ったら勝手に出ていくよ」

メイドは膝を曲げ、そそくさと部屋を出ていった。国王を迎えた昼食会ともなると、使用人という使用人が駆り出されているのだろう。

「きみはここにいてくれ」アリスターは言った。ヘレンの唇に強く唇を押しつけ、すばやくドアのほうを向く。

そして、凍りついた。

「どうしたの?」ヘレンはたずねた。

ドアのそばの壁に、巨大な絵画が掛けられていた。若い男性の等身大の肖像画だ。

「別に」アリスターは絵を見つめたままつぶやいた。頭を振り、ヘレンのほうを向く。「ここにいてくれ。公爵と話をしたら、戻ってきてきみを連れて帰る。いいか?」

ヘレンがうなずく間もなく、アリスターは部屋から出ていった。

ヘレンは目を閉じて息を吸い、気分を落ち着かせようとした。自分が直接公爵と話すのがいちばんいいというアリスターの言い分には、すでに同意している。今さら撤回するわけにはいかない。アリスターが公爵を説得するのを、ここで待つしかないのだ。問題は、何もせずに待つのがとても難しいということだ。

ヘレンは目を開けて部屋を見回し、気晴らしになるものを探した。ひじ掛けが白と金に塗られた上品な低い椅子が、数脚固まって置かれている。壁には遠い昔の服装をした大きな肖像画が並んでいたが、最も目を引くのは、アリスターが見つめていた若い男性の絵だった。ヘレンは近づいていき、その絵を見上げた。

描かれているのは、簡素な狩猟服に身を包んだ若い男性だった。三角帽を無造作に脇に持ち、ゲートルの巻かれた脚を足首で交差させている。オークの大木に寄りかかり、片腕を曲げて長いライフルを支えていた。足元には、ぶちの入った猟犬が二匹うずくまり、うっとりと男性を見上げている。

犬がなつくのもうなずける気がした。男性はかわいらしいとも言えるほど端整な顔立ちと、男性的魅力が花開いたばかりの若者らしい、しわ一つないなめらかな肌をしていた。唇はぽってりとしていて官能的な幅があり、笑いをこらえているようにわずかにゆがんでいる。まぶたが垂れた黒い目は、見る者をいたずらな冗談に誘いかけるように笑っていた。体全体に活気と生命力がみなぎっていて、絵から飛び出してきそうなほどだ。

「すてきな人でしょう？」背後から声が聞こえた。

ヘレンは仰天し、さっと振り向いた。部屋に人が入ってきた音は聞こえなかった。そもそも、一つしかないドアのそばに立っていると思っていた。

ところが、壁に隠すようにはめ込まれた板張りのドアから、若い女性が入ってきたのだ。女性は膝を曲げた。「ベアトリス・コーニングと申します」

ヘレンも膝を曲げた。「ヘレン・フィッツウィリアムです」この名前を聞いてぴんと来なければいいのだけど、と思う。

ミス・コーニングはさわやかで温かみのある顔をしていて、軽くそばかすが散っていた。明るい灰色の目は美しく、裏表のなさそうな雰囲気で、きれいな小麦色の髪を頭のてっぺんで大きな団子状に結っている。幸い、ヘレンを今すぐ屋敷から追い出すつもりはなさそうだった。

「見るたびにうっとりしてしまうんです」ミス・コーニングは顔で絵画を示して言った。

「何かを面白がっているように見えるわ。自分にも世の中にも満足しきっている。そんな気がしません？」

ヘレンは軽く笑みを浮かべ、絵画に視線を戻した。「女性なら誰しも好きになってしまうでしょうね」

「以前はそうだったかもしれませんが、もう無理です」そんな答えが返ってきた。

ヘレンはミス・コーニングに目を向けた。「どうして？」

「この方はホープ子爵、レノー・セント・オーバンです」ミス・コーニングは言った。「ブランチャード伯爵になるはずでしたが、スピナーズ・フォールズの大虐殺で、植民地の先住民に殺されました。わたしはありがたく思うべきなんでしょうね。この方が生きていらっしやれば、伯父がブランチャード伯爵となることも、わたしがブランチャード邸に住むこともなかったのだから。でも、この方の死を喜ぶ気にはなれないの。この絵ではすごく生き生きして見えるでしょう？」

ヘレンは肖像画を振り返った。〝生き生きしている〟。それは、くつろいでいるこの男性を見ながら、ヘレン自身も感じたことだった。

「ごめんなさいね」ベアトリス・コーニングは申し訳なさそうに言った。「やっとあなたのことを思い出しました。リスター公爵のゆかりの方ですよね？」

ヘレンは唇を噛んだが、嘘をうまくつけた試しはない。

「以前は愛人をしていました」

ミス・コーニングの美しい眉がぴくりと上がった。

「では、今ここで何をしていらっしゃるのか話してくださる？」

アリスターの計画は危険な賭けだった。下手をすれば、子供たちは永遠に失われてしまう。とはいえ、何も手を打たなくても、やはりこのまま戻ってこないだけだ。

アリスターは閉まった食堂のドアにそっと手を置き、息を吸って力強く押し開けた。ブランチャード伯爵は国王を迎えたこの昼食会に、惜しみなく財を使っていた。サイドボードには花瓶に生けられた花があふれ、金と紫の生地でできた豪華な花綱が壁という壁を覆い、白鳥の形の砂糖の彫刻が長い食卓の真ん中で泳いでいる。

使用人も客と同じくらいの人数がいて、ドアのそばにいたかつら頭の男が手を出してアリスターを止めた。「お客様、ここは――」

「陛下」アリスターは太い声で呼びかけた。ジョージ国王が座っているテーブルの上座にまで届くような声だ。国王の隣には、ブランチャード伯爵と思しき赤ら顔の小柄な男性が座っている。アリスターはすたすたと、誰にも文句を言わせないよう毅然とした足取りで、国王のもとに歩いていった。

「陛下、お時間をいただきたいのですが」

アリスターは国王の前に出ると、両腕を広げてから右手を左胸にあて、脚を国王に向けて深々とおじぎした。

「誰だ?」国王に問われ、アリスターは一瞬心臓が止まりそうになった。だが、顔を上げると、若き国王の顔がぱっと輝いた。「なんと! サー・アリスター・マンローではないか! すばらしき我らが博物学者! ブランチャード、サー・アリスターに席を用意してくれ」

ブランチャードは顔をしかめたが、指を鳴らして従僕を走らせた。椅子が運び込まれ、国王の右側に置かれる。

「マンロー、ブランチャード伯爵は知っているか?」国王はパーティの主催者を示した。

「初めてお目にかかります」アリスターはもう一度おじぎをした。「このような形で伯爵様の昼食会に押しかけてしまいましたことを、どうかお許しください」

ブランチャードの表情は渋かったが、国王がアリスターを歓迎したからには、文句を言うわけにはいかない。彼はそっけなくうなずいた。

「こちらの方々は、リスター公爵、ご子息で後継者のキンバリー伯爵、そしてハッセルソープ卿だ」国王は自分の向かい側と、反対隣に座っている紳士たちを示した。

ハッセルソープは国王の左隣に座っていた。気品ある外見をした中年の紳士だ。リスター親子は国王の向かいの席だった。リスター公爵もハッセルソープと同じくらいの年齢だ。ワイン色のジャケットの下に着たベストが、突き出た腹に曲線状に張りついている。息子はたくましい体つきの若者で、茶色の髪を後ろで束ね、髪粉はつけていなかった。アリスターの乱入に困惑しているのか、かすかに顔をしかめている。公爵は灰色の巻き毛のかつらの下から、アリスターをにらみつけていた。

アリスターはおじぎをして席に着いた。公爵の息子が同席しているのは、予想外の幸運だ。

「陛下、紳士の皆様、申し訳ございませんが、今日は緊急の用件があってまいりました」

「ほう？」国王は色白金髪の男性で、ピンク色の頬とはっとするほど青い目をしている。真っ白なかつらをかぶり、目を引く鮮やかな青のジャケットとベストを着ていた。「イギリスの動植物の著作は書き終えたのか？」

「もうすぐ終わるところです。もしよろしければ、陛下に捧げるという一文を入れさせていただきたいのですが」

「もちろんだよ、マンロー、もちろんだ」国王は嬉しそうに顔を上気させた。「完成して出版されるのを楽しみにしているよ」

「ありがとうございます、陛下」アリスターは答えた。「できれば――」

だが、公爵の大きな咳がその言葉をさえぎった。「マンロー、きみの本の進行状況の報告はありがたいが、陛下の昼食会のじゃまをしてまで伝えに来るようなことではないと思うのだが」

国王は眉間にごくわずかにしわを寄せた。食堂の反対側でふたたびドアが開き、金髪の若い女性が入ってきて、テーブルの空いた席に腰を下ろした。一同にいぶかしげな視線を投げる。

アリスターは公爵のほうを向き、愛想よくほほ笑んだ。「博物学者として研究の詳細をご説明して、皆様を退屈させるつもりはございません。誰もが陛下やわたしのように、神が創りたもうた世界の不思議に魅せられているわけではないことは承知しております」

公爵は自分の失言に気づいて呆然とした顔になったが、アリスターは続けた。「実は、今日まいりましたのは、閣下にも関係のあることなのです」

言葉を切り、ひじのそばに置かれていたワインを取って一口飲む。

公爵は眉を上げた。「我々を啓蒙してくれるのか?」

アリスターはにっこりしてワイングラスを置いた。「そういうことです」向きを変え、国王に話しかける。「最近はアナグマの習慣を研究していました。あのように平凡な動物にあれほどの秘密が隠されているとは驚くばかりです」

「そうなのか?」国王は興味深そうに身を乗り出した。

「はい」アリスターは言った。「たとえば、アナグマの雌は不機嫌な、攻撃的とも言える性質で知られていますが、子供のこととなると、最も愛情深い動物にも負けないほど母性豊かな面を見せるのです」

言葉を切り、ワインをもう一口飲む。

「驚いたな！」国王は叫んだ。「アナグマのような卑しい動物が、神が人類に与えたもうた高度な感情を持っているとは想像もつかないね」

「そうなのです」アリスターはうなずいた。「タカに子供を殺されたときの雌アナグマの悲しみようときたら、わたし自身も同情の念を禁じえませんでした。死んだ子供のためにたいそう悲痛な声をあげ、何日も飲まず食わずであたりを走り回るのです。子供を失ったことを嘆くあまり、餓死してしまうのではないかと心配したほどでした」

「それが我々に何の関係があるんだ？」公爵がいらだたしげに問いただした。

アリスターはゆっくり公爵のほうを向いてほほ笑んだ。

「なんと、閣下は子供を失って悲嘆に暮れるアナグマに、同情の念はこれっぽっちも感じられないと？」

公爵は鼻で笑ったが、国王が答えを返した。

「感受性というものを持ち合わせている紳士であれば、そのような献身には当然心を動かされるはずだ」

「もちろんです」アリスターは言った。「ですから、子供を奪われた人間の女性の苦しみとなれば、なおさら心を動かされるのではないでしょうか？」

沈黙が流れた。公爵の目は細められ、筋状になった。息子は合点がいったという顔で父親を見つめ、ハッセルソープとブランチャードは椅子の上でぴくりとも動かない。彼らがヘレンとリスターの関係や子供たちをめぐる騒動についてどの程度知っているのかはわからないが、少なくとも公爵の息子は何かを知っているようだ。口元をこわばらせ、父親とアリスターを交互にちらちら見ている。

「マンロー、誰か特定の女性のことを言っているのか？」国王がたずねた。

「むしろ、父親のほうです。リスター公爵と以前おつき合いのあった女性が、最近子供を失って苦しんでいるのです」

国王は口をすぼめた。「亡くなったのか？」

「いいえ、ありがたいことに、そうではありません」アリスターは穏やかな口調で言った。「子供が母親から引き離されているだけです。おそらく、まったくの誤解によって」

公爵が椅子の上で身動きした。眉が汗で光り始めている。「マンロー、いったい何をほのめかしている？」

「ほのめかす？」アリスターは目を丸くした。「ほのめかしてなどいません。事実を述べているだけです。アビゲイルとジェイミー・フィッツウィリアムが閣下のタウンハウスに滞在していることを、否定なさいますか？」

公爵は目をしばたたいた。ヘレンには子供の隠し場所がばれていないと高をくくっていたのだろう。実際、アリスターが子供たちの居場所を知ったのは今朝のことで、少年を送ってリスターの従僕を買収させるという単純な方法によるものだった。

公爵は見た目にわかるほどはっきりと唾をのんだ。「あの子たちを自宅に住まわせるのはわたしの勝手だ」

アリスターは何も言わず公爵を見た。罠が大きく口を開けていることに気づいているのだろうか？

国王が身じろぎした。「その子供というのは何者なんだ？」

「それは……」公爵は言いかけたが、ようやくアリスターに誘導されていることに気づいて唐突に言葉を切った。口を閉じてにらみつけてきたが、アリスターはにっこりしてワインを飲みながら、公爵が怒りのあまり警戒心をかなぐり捨てるのを待った。彼が国王の前で子供の存在を認めれば、子供たちは公爵の認知と、何よりも財産の権利を得ることになる。

キンバリーが父親のほうを向いて小声で言った。「父上」

公爵は正気を取り戻したように頭を振り、顔に礼儀正しい表情を張りつけた。

「あの子たちはわたしには何の関係もない……以前親しくしていた人の子供というだけだ」

「そうか」国王は両手を打ち合わせた。「では、その子たちはすぐに母親のもとに返してやるのだな？　リスター？」

「もちろんです、陛下」公爵はしぶしぶ言い、ハッセルソープのほうを向いた。「例の法案はいつ議会に提出するつもりだ？」

リスターとハッセルソープとブランチャードは額を寄せて政治の議論を始めたが、キンバリーはただほっとした顔をしていた。

国王は手を振ってワインのお代わりを頼み、それがグラスに注がれると、アリスターのほうに軽く傾けて言った。「母の愛に」

「はい、陛下」アリスターは喜んでそれを飲んだ。

国王はグラスを置き、首を傾げて小声で言った。「マンロー、きみが望むとおりの結果になったのではないか？」

アリスターは面白がるような国王の青い目を見つめ、少しだけ笑みを浮かべた。

「陛下はやはり勘が鋭くていらっしゃいます」

ジョージ国王はうなずいた。「マンロー、あの本を書き上げてくれ。またお茶会に招待できる日を楽しみにしているぞ」

「そのためにも、陛下のお許しを得てこのすてきな昼食会をおいとましたいのですが」

国王はレースの垂れ下がった手を振った。「では、行ってくれ。今度は近いうちにまた首都に来てくれるのだろうな？」

アリスターは立ち上がっておじぎをし、向きを変えて食堂のドアを目指した。その途中、ハッセルソープの椅子の後ろを通った。一瞬ためらう。だが、ハッセルソープに話しかけるチャンスなどほかにないではないか？

アリスターはハッセルソープの椅子に身を乗り出して言った。

「おたずねしたいことがあるのですが」

ハッセルソープはいやそうにアリスターに目をやった。

「マンロー、今日の午後はこれで気がすんだんじゃないのか？」

アリスターは肩をすくめた。「確かにそうですが、お時間は取らせません。二カ月近く前、ヴェール卿があなたの兄上、トマス・マドックのことでお話を聞きに行きましたよね」

ハッセルソープは身をこわばらせた。「トマスはスピナーズ・フォールズで亡くなった。きみも知ってのとおりだ」

「はい」アリスターはまばたきせず、ハッセルソープの目を見つめた。質問したいことが多すぎて、答えを得るより先に、兄の死を悼む弟の怒りを買うことになりそうだ。「ヴェールはマドックが何かを知っていたかもしれないと――」

ハッセルソープはアリスターに顔を近づけた。「ヴェールだろうときみだろうと、兄が裏切り行為に加担していたとほのめかすつもりなら、決闘を申し込んで間違いを正してやる」

アリスターは目を丸くした。そのようなことをほのめかしたつもりはなかった。マドックが裏切り者だったなど、考えたこともない。

だが、ハッセルソープはなおも続けた。「きみもヴェールに少しでも友情を感じるなら、この件から手を引くよう説得してくれ」

「どういう意味でしょう？」アリスターはゆっくりたずねた。

「ヴェールとレノー・セント・オーバンは親友だったんだろう？　子供のころは一緒に育っ

たんじゃなかったか？」

「そうです」

「それなら、ヴェールは第二八連隊の裏切り者は知りたくないんじゃないかな」ハッセルソープはにやりとして椅子にもたれた。

アリスターはハッセルソープの耳に唇がつきそうになるほど顔を近づけた。

「何を知っている？」

ハッセルソープは頭を振った。「陸軍の高官と議員の間でささやかれている噂を聞いただけだ。裏切り者の母親はフランス人だったと」

アリスターはしばらくハッセルソープの薄茶色の目を見つめたあと、くるりと向きを変え、すたすたと歩いて食堂から出た。レノー・セント・オーバンの母親はフランス人だ。


ヘレンが手綴じの本のページをめくっていると、アリスターが居間に入ってきた。ヘレンは感覚のなくなった指から本を落とし、彼をじっと見た。

「公爵は子供たちから手を引くことになった」アリスターはすぐに言った。

「ああ、神様」ヘレンはほっとして目を閉じたが、アリスターにひじをつかまれた。

「さあ、帰ろう。ぐずぐずしないほうがいいと思う」

ヘレンはぱちりと目を開けた。「公爵の気が変わるかもしれないから？」

「それはないと思うが、急いで行動すれば、あいつに考える時間を与えずにすむ」アリスターはぶつぶつ言いながら、ヘレンを居間のドアに急き立てた。

ヘレンの目にセント・オーバン卿の肖像画が飛び込んできた。「ミス・コーニングに書き置きをしないと」

「何だと?」アリスターは足を止め、顔をしかめてヘレンを見た。

「ミス・コーニングよ。ブランチャード卿の姪御さんで、すごくよくしてくれたの。あの方が本を手綴じしているのは知ってた? その話をしてくださったわ」

アリスターは頭を振った。「なんてことだ」アリスターはふたたび玄関に向かって早足で歩き始め、ヘレンは小走りにならなければついていけなかった。「手紙ならあとで書けばいい」

「必ず書くわ」馬車に乗り込みながら、ヘレンはぼそぼそ言った。

アリスターが天井をたたくと、馬車はぐらりと揺れて動き始めた。「その人にきみの身元を話したのか?」

「ご自宅におじゃましていたんだもの」ヘレンは言った。頬が熱くなるのを感じる。アリスターが言わんとしているのが、公爵との関係であることはわかっていた。ヘレンはあごを上げた。「嘘をつくのは失礼だわ」

「失礼かもしれないが、そのほうがあの家から追い出される危険性は減る」

ヘレンは膝の上の手に視線を落とした。「確かにわたしは日陰の身だけど――」

「わたしにとっては、きみは日陰の身でも何でもない」アリスターはうなった。

ヘレンは顔を上げた。

アリスターは今も顔をしかめていて、怖いくらいだった。

「問題はほかの人間だ」目をそらし、静かに言う。「きみが傷つくところを見たくないんだ」

「わたしは自分が置かれた立場……自分から身を置いた立場は、とっくの昔に受け入れているわ」ヘレンは言った。「今となっては過去も、それがわたしや子供たちに及ぼす影響も変えられないけど、いくらひどい選択をしてきても、自分らしく生きると決めることはできる。ほかの人の視線や言葉を気にしていたら、一生隠れて暮らさなきゃいけないわ。そんなことはしたくない」

アリスターは目をそらしたまま、ヘレンの言ったことについて考えていた――わたしたちの間には、まだこの問題が残っているんじゃない？　わたしは自分の生き方について決断を下した。

アリスターはまだ。

ヘレンは顔をそむけて馬車の窓の外を眺め、眉をひそめた。「リスター邸に向かっているんじゃないのね」

「ああ」アリスターは答えた。「エティエンヌの船が停泊している間に船着場に行きたい。急いだら、運がよければ間に合うかもしれない」

ところが、三〇分後に船着場に着いて船のことをたずねると、その小汚い男性はテムズ川へと消えていく船を指さした。

「間に合わなかったみたいだね、旦那」男は特に同情する様子もなく言った。

アリスターはその男に、礼として一シリング硬貨を渡した。

「ごめんなさい」二人で馬車に戻ったあと、ヘレンは言った。「子供たちを助けてくれたせいで、お友達と話すチャンスを失ってしまったのね」

アリスターは肩をすくめ、物憂げに窓の外を眺めた。「こうするしかなかったんだ。もう一度選択をやり直せと言われても、同じことをするだろう。エティエンヌから得られるどんな情報よりも、アビゲイルとジェイミーのほうが大事だ。それに」カーテンを落とし、ヘレンのほうを向く。「エティエンヌがくれる知らせは、聞いてよかったと思うようなものではない気がするんだ」

18

無事に父親の城に戻ってからずいぶん経っても、シンパシー王女の心配は消えなかった。わたしを救ってくれた正直者さんは、魔術師のもとから逃げられたのかしら？　正直者に対する心配で頭がいっぱいになった王女は、やがて食べることも眠ることもできなくなり、一晩中歩き回るようになった。父親の国王は娘の体を心配し、ありとあらゆる医者や看護師を呼び寄せたが、王女の身に何が起こったのか解明できた者はいなかった。王女の頭にあったのは正直者のこと、彼の勇敢さ、そして彼が魔術師の手から逃れられなかったのではないかというひそかな不安だけだった。

だから、ある晩ツバメが窓から入ってきて、イチイの茂みの葉を一枚差し出してきたとき、王女にはその意味がはっきりとわかった……。

『正直者』より

「あの人、本当にサー・アリスターの友達だと思う？」ジェイミーはアビゲイルに耳打ちした。

「当たり前じゃない」アビゲイルは力強く言った。「パドルズの名前を知ってたでしょう?」

アビゲイルも、知らない人についていってはいけないことはわかっていた。だが、愉快な顔をした背の高い男性は、公爵の子供部屋に飛び込んできた瞬間から、やるべきことを心得ているように見えた。従僕たちに出ていくよう命じ、わたしはサー・アリスターの友人だ、きみたちをサー・アリスターとお母様のもとに連れて帰る、と言ったのだ。何より大事なのは、サー・アリスターからパドルズの名前を聞いていたことだ。それを知って、アビゲイルは心を決めた。このまま公爵邸に囚われているくらいなら、知らない人についていったほうがいいと。そこで、二人は背の高い紳士について裏階段を忍び足で下り、待っていた馬車に乗り込んだ。ジェイミーは久しぶりに嬉しそうな顔をしていた。走る馬車の中で、座席から落ちそうな勢いで飛び跳ねていた。

今は広々とした部屋で、サテンの長椅子に隣り合って座っている。紳士は用事があるのか部屋を出ていったので、アビゲイルはジェイミーと二人きりにされた。今になって、あの愉快な顔の紳士がサー・アリスターの友達でないとわかった場合、どんな恐ろしい目に遭わされるのかと想像がふくらんでしまう。

もちろん、ジェイミーには不安な顔を見せないよう気をつけた。

ジェイミーはもぞもぞしながら言った。「お姉様――」

そのときドアが開き、ジェイミーの言葉はさえぎられた。あの紳士がふたたび現れ、後ろから姿勢のいい淑女がついてきた。小さなテリア犬が女性のスカートにまとわりつき、鋭く一声吠えてから、二人のほうに走ってきた。

「マウス！」ジェイミーが叫ぶと、小型犬はまっすぐ彼の腕に飛び込んできた。

ようやくアビゲイルもその犬を思い出した。マウスという犬と飼い主の女性には、ハイドパークで会ったことがあった。アビゲイルは立ち上がり、レディ・ヴェールに向かって膝を曲げた。

淑女は足を止め、マウスがピンク色の舌でジェイミーの顔をなめている間、アビゲイルの姿をじっくり眺めた。「大丈夫？」

「はい、奥様」アビゲイルは蚊の鳴くような声で言い、ずっしり重かった心が軽くなるのを感じた。もう大丈夫。レディ・ヴェールが何とかしてくれる。

「ジャスパー、紅茶とビスケットを持ってこさせましょう」レディ・ヴェールは言った。軽くほほ笑みかけてくれたので、アビゲイルもにっこりした。

そのとき、もっとすばらしいことが起こった。ホールから騒々しい声が聞こえ、母が駆け込んできたのだ。

「アビゲイル、ジェイミー！」母は叫び、膝をついて両腕を広げた。

ジェイミーとアビゲイルは駆け寄った。母の腕の中は温かかった。あまりに懐かしいその匂いに、アビゲイルは母の肩に顔をうずめて泣きだし、みんなで、マウスまで一緒になって抱き合った。最高のひとときだった。

親子はしばらくそのまま抱き合っていたが、やがてアビゲイルはサー・アリスターがいることに気がついた。一人で立ち、顔をかすかにほころばせてこちらを見ている。その姿を見たとたん、アビゲイルの胸はやはり喜びに躍った。母から体を離す。

涙を拭い、サー・アリスターにゆっくり近づいていった。

「また会えて嬉しい」

「わたしもきみに会えて嬉しいよ」サー・アリスターの声は低くてしゃがれていたが、茶色の目はアビゲイルに笑いかけていた。

アビゲイルは唾をごくりとのみ、早口で言った。「あと、パドルズがかばんを汚してしまってごめんなさい」

サー・アリスターは目をしばたたき、咳払いをして静かに言った。

「アビゲイル、どなって悪かった。たかがかばんのことで」アビゲイルに向かって手を差し出す。「許してもらえるかな?」

どういうわけか、アビゲイルの目はまたも涙でいっぱいになった。アビゲイルはサー・アリスターの手を取った。その手は硬くて温かくて大きくて、ぎゅっと握ると、守られている気持ちになった。

守られ、我が家にいるような気持ちだった。

アリスターは一時間後、ヘレンと子供たちがヴェールのタウンハウスの外でレディ・ヴェールに別れを告げるのを見ていた。

隣に立ってその様子を見ていたヴェールのほうを向く。「あの子たちを助けてくれてありがとう」

ヴェールは軽い調子で肩をすくめた。「おやすいご用だ。それに、きみとミセス・フィッツウィリアムがブランチャード邸の昼食会に行けば、見張りもそっちに集中して、公爵のタウンハウスの警備が手薄になると気づいたのはきみだ」

アリスターはうなずいた。「それでも、危険だったことには変わりはない。子供たちにもっと大規模な見張りをつけている可能性もあったわけだから」

「確かにそうだが、実際には違っていた。結局、抵抗したのはきみの元使用人のウィギンズだけだった」ヴェールはおどおどした顔になってアリスターを見た。「あの男は階段から突き落としたけど、構わなかったかな？」

「もちろんだ」アリスターは不敵な笑みを浮かべて言った。「むしろ落ちたときに首の骨を折っていてほしいくらいだよ」

「ああ、だがそこまで望むのは贅沢というものじゃないか？」

「そうだな」アリスターはヘレンが笑顔でレディ・ヴェールと握手をする様子を眺めた。金髪が一筋風になびき、ピンク色の頬にかかる。「いずれにせよ、本当に感謝しているよ」

「たいしたことじゃないさ」ヴェールはあごをかいた。「公爵がまた子供たちをさらいに来る可能性は？」

アリスターはきっぱりと首を横に振った。「それはないだろう。国王陛下……と、跡継ぎ息子の前で、子供たちとの関係を否定したんだ。何はなくともキンバリーにとっては、父親が婚外子の存在を認めるのは自分の利益にかかわることだ。もし噂が本当なら、公爵の婚外子はアビゲイルとジェイミーだけではない。父親の財産の限嗣《げんし》相続以外の部分を腹違いのきょうだいに取られるのを阻止するには、キンバリーは相当苦労するんじゃないかな」

「だろうな」ヴェールはうなり、かかとに体重をかけて後ろに揺れた。「ところで、昼食会にはハッセルソープも来ていたそうだな。まさかとは思うが、話をする機会はあったか？」

アリスターは馬車に目を向けたままうなずいた。

「顔を合わせたから少し話したよ」

「それで？」

アリスターは一瞬だけためらった。ハッセルソープが指摘したとおり、セント・オーバンはヴェールの大親友だった。それに、もう亡くなっている。死人に鞭打つ必要はない。

アリスターは振り返り、ヴェールと目を合わせた。

「手がかりになるような話は何も聞けなかったよ。残念ながら」

ヴェールは顔をしかめた。「そもそも、雲をつかむような話だからな。ハッセルソープは現場にいたわけでもないし。今となっては、真相は藪の中という気がする」

「そうだな」女性二人は別れ、子供たちとヘレンは馬車に向かっていた。帰る時間だ。

「ただ……」ヴェールは静かに言った。

アリスターはヴェールを、面長な顔と幅広のよく動く口を、風変わりな青緑色の目を見つめた。「何だ？」

ヴェールは目を閉じた。「時々、今でもあいつの、レノーの夢を見るんだ。あの忌々しい十字架で両腕を広げ、服と体が焼かれて、黒い煙が空に立ち上っているところを」まぶたを開くと、その目は冷え冷えとしていた。「レノーをあんな目に遭わせたやつに、裁きを受けさせたいと思ってしまう」

「お気の毒に」アリスターは言った。それ以外にかける言葉が見つからなかった。

その後、アリスターはヴェールと握手し、レディ・ヴェールにおじぎをして、待っている馬車に乗り込んだ。通りを走りだした馬車の中から、子供たちは力いっぱい手を振って別れのあいさつをした。

そんな二人を、ヘレンはほほ笑みながら見ていた。その笑みが残った顔で、馬車の向かい側の席から視線を向けられ、アリスターは体が震えるほどの衝撃を受けた。とても愛らしく、とても愛情深いその顔。彼女もそのうち、わたしが醜い城しか財産を持たない、醜い人間嫌いにすぎないと思い知るはずだ。一緒にスコットランドに帰りたいのかどうかさえ、確かめたことはない。向こうに帰ったとたん、グリーヴズ城が田舎じみた場所であることに気づき、わたしのもとを去るかもしれないのだ。ヘレンとその話をして将来の展望を確かめるべきなのだが、正直なところ、ヘレンに今すぐ自分の心と向き合わせたくない。それで臆病者と呼ばれるなら、甘んじて受け入れよう。

その後一時間ほど、ロンドンの街からがたごとと遠ざかる馬車の中で、子供たちはおしゃべりを続けた。しゃべっていたのは主にジェイミーで、自分たちがさらわれ、不実なウィギンズに連れられて、馬車でロンドンへ長旅をする道中を語った。父親のことにはほとんど触れず、触れたときは必ず〝公爵様〟と呼んでいた。子供たちは自分たちの父親に対して、子としての情は持っていないようだ。おそらく、それは都合のよいことなのだろう。

ロンドンの外れに差しかかったところで、馬車は小さな宿の庭に入って停まった。

ヘレンは身を乗り出して窓の外を見た。

「どうして停まるの？」

「ちょっと用事があって」アリスターはごまかすように答えた。「ここで待っていてくれ」

ヘレンがそれ以上質問を浴びせてくる前に、アリスターは馬車から飛び降りた。御者もちょうど御者席から降りてきた。「三〇分でいいんだね？」

アリスターはうなずいた。「そうだ」

「ちょうど一杯飲めるくらいの時間だ」御者は言い、宿屋に入っていった。

アリスターは庭を見回した。こぢんまりした静かな宿で、ほかに軽四輪馬車《フェートン》は見当たらない。端にある馬小屋の軒下に二輪馬車が一台停まり、雌馬がまどろんでいた。宿から一人の男性が出てきた。目の上に手をかざして日差しをさえぎり、馬車とアリスターに目を留める。手を下ろし、ゆっくりアリスターのほうに歩いてきた。灰色のボブのかつらをかぶっていて、近づいてくると、その目が鮮やかな青紫色をしているのがわかった。

紳士はアリスターの背後の馬車に目をやった。

「あそこに……？」

アリスターはうなずいた。

「わたしは宿に入ります。御者には三〇分停まると言ってあります。その時間は好きにお使いください」

その後の紳士の行動には目もくれず、宿の中に入った。


「用事って何かしら？」馬車の中で待っている間、ヘレンは小声で言った。

「お手洗いに行きたかったんじゃないかな」ジェイミーは言った。

ヘレンは怪しむような目でジェイミーを見た。ジェイミーは五歳だが、五歳の子供のはさほど長い間お手洗いを我慢することはできないようだ。というのも……。

そのとき、馬車の扉が一度だけたたかれた。ヘレンは顔をしかめた。アリスターが自分の馬車をノックするはずないわよね？　すると扉が開き、ヘレンは頭が真っ白になった。

「お父様」つぶやくように言葉がもれた。喉から心臓が飛び出しそうだ。

父と会ったのは一四年ぶりだったが、父の顔を忘れたことはなかった。目元と額のしわは増え、医師用の灰色のボブのかつらは新調したようで、また口元は記憶よりもしなびて見えたが、やはりヘレンの父だった。

父はヘレンを見たが、笑顔はなかった。「入ってもいいか？」

「もちろんよ」

父は馬車に乗り込み、ヘレンたちの向かい側に座った。ジャケットもベストもブリーチも黒で、とてもおごそかな雰囲気だ。馬車に乗り込んだものの、どうすればいいのかわからない様子だった。

ヘレンは子供たちに両腕を回した。はっきり声を出そうと、咳払いをする。

「わたしの子供よ。アビゲイル、九歳と、ジェイミー、五歳。二人とも、この人はわたしのお父様よ。あなたたちのおじい様」

アビゲイルが言った。「はじめまして」

ジェイミーは黙って祖父を見つめていた。

「ジェイミー」父は咳払いをした。「ああ。そうか」

父のファーストネームはジェームズだ。ヘレンは言葉の続きを待ったが、父はあっけにとられているように見えた。

「お姉様や妹、弟はどうしてる?」ヘレンは改まった声でたずねた。

「みんな結婚したよ。ティモシーは去年、アン・ハリスと。覚えているだろう? 二軒隣に住んでいて、二歳のときひどい熱を出した子だ」

「ええ、わかるわ。かわいいアン・ハリス」ヘレンはほほ笑んだが、その笑顔にほろ苦さが交じった。ヘレンが家を出てリスターのもとに行ったとき、アン・ハリスはまだ五歳、今のジェイミーと同じ年だった。家族の日常を離れてから、子供が大人になるほどの年月が経ったとは。

父はなじみのある話題ができたことで落ち着いたらしく、うなずいた。「レイチェルはわたしの弟子だった若い医者と結婚して、今は二人目の子供がお腹にいる。ルースは船乗りと結婚して、ドーヴァーに住んでいる。よく手紙をくれるし、実家にも毎年帰ってくる。子供は一人だけで、女の子だ。マーガレットは四人の子持ちで、男の子と女の子が二人ずつ。二年前に男の子を身ごもったが、死産だった」

ヘレンは喉に込み上げるものを感じた。「かわいそうに」

父はうなずいた。「お母さんは、マーガレットがまだ立ち直れずにいるんじゃないかと心配している」

ヘレンは気を引き締めるために息を吸った。「お母様は元気?」

「まあまあだ」父は手元に視線を落とした。「今日おまえに会いにきたことは言っていない」

「そう」それ以上、何と言えばいい？ ヘレンは窓の外を見た。宿の玄関前の階段で、犬が日光浴をしている。

「お母さんの言いなりになって、おまえを手放すんじゃなかった」父は言った。

ヘレンは前に向き直り、父を見つめた。てっきり父は母に全面的に同意しているものだと思っていた。

「おまえの姉妹がまだ結婚していなかったから、お母さんはあの子たちの将来が心配だったんだ」父は言い、顔のしわをさらに深くした。「それに、リスター公爵は権力者で、その公爵がおまえをそばに置くことを望んでいた。結局、おまえを行かせて、家族は手を引くのが楽だということになったんだ。楽ではあったが、正しくはなかった。わたしはあれからずっと、自分の決断を悔やんできた。いつかおまえがわたしを許してくれることを願っている」

「お父様、そんな」ヘレンは馬車の中を横切り、父を抱きしめた。

体に回された父の腕は、力強かった。

「ごめんな、ヘレン」

ヘレンが体を引くと、父の目には涙が浮かんでいた。

「おまえを家に入れるわけにはいかないと思う。お母さんもその点は譲れないだろうから。でも、おまえがわたしに手紙をくれることには、目をつぶってくれるんじゃないかな。それに、できればいつかまた会いたいと思っている」

「もちろんよ」

父はうなずいて立ち上がり、アビゲイルの頬とジェイミーの頭をさっとなでた。

「わたしはもう行くけど、サー・アリスター・マンロー気付でおまえに手紙を書くよ」

ヘレンは喉を詰まらせてうなずいた。

父はためらったあと、ぶっきらぼうに言った。

「よさそうな男じゃないか。マンローは」

ヘレンは唇を震わせながらも、にっこりした。

「ええ」

父はうなずき、馬車を降りた。

ヘレンは目を閉じ、震える口元に手を当てて、わっと泣きだしそうになるのをこらえた。

扉がふたたび開いて馬車が揺れ、誰かが乗ってきたのがわかった。

ヘレンが目を開けると、アリスターがしかめっつらでこちらを見ていた。「何を言われたんだ？　ひどいことを言われたのか？」

「いいえ、まさか。違うのよ、アリスター」ヘレンはもう一度立ち上がって馬車の中を横切り、アリスターの頰にキスをした。体を引き、驚いた顔のアリスターと目を合わせる。「ありがとう。本当にありがとう」

19

シンパシー王女は魔術の手段——呪文、薬、効力があるとされるお守り——をできるだけかき集めてきた。魔術師に立ち向かうには、武装する必要があると思ったからだ。そして、父親の城の誰にも告げず、一人きりで夜に出発した。魔術師の城までの道のりは長く危険だったが、王女には勇気と、自分を救い導いてくれた男性の記憶があった。

何週間もつらい旅が続いた末、新たな一日の夜明けとともに、あの陰鬱な黒い城にたどり着いた……。

『正直者』より

グリーヴズ城に帰り着くには一週間以上かかった。その一週間、ヘレンとアリスターは子供たちとともに、いくつもの宿の小さな一室を渡り歩いた。ヘレンは子供たちを目の届くところに置きたがったし、もしこの状況で子供から目を離す母親であれば、アリスターはがっかりしていただろう。だからこそ、城に戻った晩に時計が九時を指すや否や、自分の部屋を出て足早にヘレンの部屋に向かっているのだ。

せっぱつまった足取りは、溜まった欲望のせいだけではなかった。ヘレンとの関係を再構築したいという願い、いや、必要性に突き動かされていた。子供たちが連れていかれる前と、何も変わっていないことを確認したい。体の奥底からヘレンを欲していて、二人で過ごす時間をまだ終わらせたくなかった。その弱さを自分で認めたことで、足はますます速まった。

それに、ヘレンがグリーヴズ城で暮らす建前上の理由がなくなったこともわかっていた。想定外のことが起こらない限り、今後ヘレンが仕事をする必要はない。ある晩、ヘレンが貯めてきた宝石を宿で見せられ、アリスターはそのことを知った。あの忌々しいリスター公爵に与えられた宝石と金には、贅沢しなければ一生暮らせるだけの価値があった。公爵の計画がくじかれた今、彼から身を隠す必要もない。

そこで、一つの疑問が生まれる。ヘレンはいつ、わたしのもとを出ていくのだろう？

アリスターは頭を振って陰鬱な考えを追い払い、ヘレンの部屋のドアの前で足を止めた。ドアをかすかにひっかく。ドアはすぐに開き、シュミーズ姿のヘレンが現れた。

アリスターは黙ってヘレンを見つめ、手のひらを上に向けて腕を差し出した。

ヘレンは後ろをちらりと見てからアリスターの手を取り、廊下に出てドアを閉めた。アリスターはヘレンの手を、おそらく強すぎるほど握り、急いで自分の部屋に連れていった。すでに怖いくらい高ぶっていて、ヘレンを自分のものにしたくてうずうずしていた。多少は持ち合わせていたはずの理性が、跡形もなく消えてしまった気がする。

アリスターは自室のドアが閉まりきってもいないうちに、ヘレンを腕に抱いて唇を重ねた。

彼女を味わう。食べ尽くす。ああ、ヘレン。肌は柔らかいが、その下に筋肉と骨の力強さが、芯の強さが感じられる。

舌を唇に差し入れ、満足感をむさぼろうとすると、ヘレンは従い、優しく吸ってきた。アリスターに身を任せているようだが、それが幻想なのはわかっている。アリスターはヘレンの肩に手を走らせ、ゆるやかに曲線を描く背中からヒップをなで下ろした。丸みを帯びた尻を両手で包み、ぎゅっとつかむ。

ヘレンはキスをやめ、あえぎながら、目を丸くしてアリスターを見た。「アリスター――」

「しいっ」

アリスターはヘレンを持ち上げ、腕で体重をしっかり支え、征服者を演じられる喜びに浸った。腕の中にいるヘレンは無力で、逃げ出すことはできない。

「でも、話をしないと」ヘレンはまじめな顔で言った。

アリスターはごくりと唾をのんだ。「話はあとだ。とにかく……」

大きなベッドにそっとヘレンを下ろすと、濃い色の上掛けに金髪が広がり、どんな神をも喜ばせられる捧げ物のようになった。わたしは神とはかけ離れている。ヘレンに釣り合う男ではないが、手に入る限りはありがたく受け取りたい。

アリスターはガウンを脱いで、裸でヘレンの体に覆いかぶさった。青紫色の目が、自分の上に迫るアリスターを見つめている。その目は見開かれ、驚くほど無垢だった。陰を帯び、少し悲しげに見える。ヘレンは手を伸ばして優しくそっと、傷を帯びたアリスターの頬をなでた。何も言葉は発しなかったが、その目が、その表情が、その手の優しい感触が、アリスターの血を凍りつかせた。

これ以上ヘレンの目をのぞき込まなくてすむように、アリスターは身を乗り出してキスをした。シュミーズを脚の上に引き上げると、体の下でその脚がそわそわと動き、縮れ毛が腹をかすめるさまを感じた。一瞬顔を上げて、ヘレンのシュミーズを頭から抜いて脇に放り、裸に裸を重ねてもう一度キスをした。

至上の幸福に満ちたあの世というものがあると聞くが、今世でも来世でもアリスターが欲しいのはこの幸福だけだった。ヘレンの素肌を自分の素肌で感じること。太ももを受け止めてくれる太ももの柔らかな弾力を楽しむこと。硬くなったものをベルベットのような腹に押しつけること。ひそやかな女の匂いとレモンが混じり合った香りを嗅ぎ、肌のぬくもりを感じること。ああ、神よ、たとえ天国に行けるとしても、その権利は喜んで放棄し、ヘレンの腕の中に留まりたい。

かすかに浮き出た肋骨とウエストのくびれ、ヒップの曲線をなぞり、やがてヘレンの中心に来た。ヘレンは潤っていて、縮れ毛はすでに湿っていた。ありがたい。もう一瞬たりとも、彼女の外にいるのは耐えられなかった。自分のそこをつかんで、ヘレンのぬくもりの中へ、柔らかなところへと導いていく。

帰るべき場所へ。

濡れているにもかかわらず、ヘレンのそこはきつかった。アリスターは歯を食いしばって小刻みに押し入り、ひだに分け入って深く身をうずめた。ヘレンに締めつけられながら巨を閉じ、すぐにでも達してしまいそうになるのをこらえる。彼女の腕が体に巻きつき、顔が下を向かされた。濡れて開いた唇にキスされ、脚が開いて、ふくらはぎが腰に巻きついてくる。アリスターは動いた。動かずにいることはもはや不可能だった。腰を振り、うねらせ、自分の体を彼女の中に押しつける。ヘレンとの愛の営み。ヘレンはじっくりとキスを続け、体でアリスターのそれを受け止めるのと同じように、口で舌を受け止めた。

これさえあればいい。ここが天国だ。

だが、体はスピードを上げることを望み、今すぐ精を解き放ちたい衝動が、ゆっくり交わる贅沢を上回ろうとしていた。腕をついて体を起こし、いっそう強く突き始める。とろんとしていたヘレンのまぶたが閉じ、顔が濃いピンクに染まった。呼吸が浅くなってきたが、まだ達してはいない。アリスターは片手に体重をかけ、もう片方の手で、ヘレンに一線を越えさせる女の小さな点を探した。ぬるりとしたひだに隠れたそこを探し当てると、そっと押さえてゆっくり円を描く。ヘレンの腕がアリスターの肩から落ち、頭の上に跳ね上がって、両手で枕をつかんだ。アリスターはヘレンを見つめ、彼女の真珠を刺激しながら激しく腰を動かした。ヘレンが頭をのけぞらせた瞬間、アリスターもそれを感じた。爆発しそうな勢いで絶頂が始まる。

すんでのところで引き抜き、太ももの上に放出した。心臓が暴れ、息が切れている。ヘレンをつぶさないよう脇に転がり、疲れきって頭上に片腕を上げたまま、しばらく横たわった。

いつのまにか眠り込んでいたが、やがてヘレンが動き、身を寄せてきて指で胸をなぞった。

「愛してる」彼女はささやいた。

アリスターは目をぱちりと開け、寝室の天井を見たが焦点は合わなかった。自分が言うべきことは当然わかっているのに、言葉が出てこない。口が利けなくなってしまったかのようだ。それに、もう遅い。遅いのだ。二人が一緒にいる時間は終わった。

「ヘレン――」

ヘレンは隣で体を起こした。「アリスター、あなたのことは心から愛しているけど、こんなふうに一緒にいることはできないわ」


昔、若くて純真だったあのころ、自分は恋をしていると思っていた。だが、あれは男性の地位と財産に圧倒された少女ののぼせ上がりにすぎなかった。アリスターに対して抱く愛情は、それとはまったくの別物だ。アリスターの欠点、短気なところも冷笑的なところも知っていて、それでも彼の美点を誇らしく思う。自然への愛、外にはほとんど出さない優しさ、一本筋の通った誠実さ。

悪いところもよいところも、その間にある複雑な部分も見てきた。まだ隠しているところがあるのもわかっているし、時間をかけてそうした部分を知っていきたいとも思う。何もかもを踏まえたうえで、それでも、それゆえに、彼を愛していた。これが大人の女性の愛なのだ。人間的な弱さも高潔さをも内包する愛情。

だが心の奥では、この愛がどんなにすばらしくても、自分がそれだけでは満足できないことを知っていた。

アリスターはヘレンの隣でじっと動かず、たくましい胸は愛の行為の汗で湿っていた。愛を告白したとき、彼は一言も言葉を返さず、それだけでヘレンは打ちのめされそうになった。だがそもそも、アリスターがヘレンへの愛を認めるかどうかは、今は問題ではない。

「そばにいてくれ」アリスターはかすれた声で言った。その表情は険しかったが、目には必死な色が浮かんでいた。

それを見たとたん、胸が張り裂けそうになった。

「もう同じ生き方はできないの」ヘレンは言った。「わたしが公爵のもとを逃げ出したのは、男性にとって都合のいいなぐさみもので終わりたくないと思ったからよ。だから、それ以上の存在にならなきゃ……自分のためにも、子供たちのためにも。あなたのことは、以前公爵を思っていた千倍も愛しているけど、それでも同じ過ちを繰り返すわけにはいかないわ」

アリスターは美しい目を閉じ、ヘレンから顔をそむけた。頭の上で握ったこぶしに力が入る。ヘレンは待ったが、アリスターはそれ以上何も、話すことも動くこともしなかった。まるで石にでもなったかのように。

しばらくして、ヘレンはベッドから起き上がり、床に落ちたシュミーズを拾い上げた。それを着てドアに向かう。最後にもう一度振り返ったが、やはりアリスターは動いていなかった。そこで、ドアを開けて部屋を出て、アリスターを――そして自分の心を――置き去りにした。

次の朝、アリスターは塔に閉じこもっていたが、それまでとは何もかもが違っていた。興味深かったアナグマの習性に関する論文が、今はばかばかしい以外の何物でもなかった。スケッチも、標本も、日誌もメモも、部屋にある何もかもが無意味で役に立たないものに思えた。最悪なのが、塔の窓が馬小屋の庭を見下ろしていることだ。おかげで、ヘレンの指示でかばんが二輪馬車に積み込まれていくのが見えた。なぜ今朝に限って、窓の外をのぞいてしまったのだろう？

鬱々とした思考に、塔のドアをノックする音が割り込んできた。アリスターはしかめっつらでドアを見て、ノックを無視しようかと考えたが、結局声をかけた。

「どうぞ！」

ドアが開き、アビゲイルの顔がのぞいた。

アリスターは背筋を伸ばした。「ああ、きみか」

「お別れのあいさつをしに来たの」九歳児にしては深刻すぎる声で、アビゲイルは言った。

アリスターはうなずいた。

アビゲイルが入ってくると、後ろでジェイミーがもぞもぞ動くパドルズを抱いているのが見えた。

アビゲイルは体の前で両手を打ち合わせるという、母親そっくりの仕草をした。

「ロンドンまでわたしたちを助けに来てくれてありがとう」

アリスターは手を振って礼を退けようとしたが、アビゲイルにはまだ続きがあるようだった。

「釣りを教えてくれたことも、一緒に食事をさせてくれたことも、アナグマの巣穴を見せてくれたことも」言葉を切り、母親と同じ目でアリスターを見た。

「おやすいご用だよ」アリスターは親指と人差し指で鼻梁をつまんだ。「お母様はきみのことを愛している」

ヘレンそっくりの目が丸くなり、静かにアリスターを見つめた。

「お母様はきみを愛している」アリスターはそこで言葉を切り、咳払いをせずにはいられなかった。「ありのままのきみを」

「そう」アビゲイルは靴の爪先に視線を落とし、涙をこらえるように、顔を大きくしかめた。「わんちゃんに名前をつけさせてくれたことも、ありがとう」

アリスターは眉を上げた。

「〝アナグマ〟に決めたの」アビゲイルはまじめくさって説明した。「アナグマの巣穴に行くとき連れていったから。いつまでもパドルズとは呼べないし。やっぱり赤ちゃんの名前って感じだもの」

「アナグマというのはすごくいい名前だ」アリスターはブーツの爪先を見下ろした。「毎日散歩をさせて、こってりしたものはあまり食べさせないようにな」

「でも、飼い主はわたしたちじゃないわ」アビゲイルは言った。

アリスターは首を横に振った。「確かにアナグマはわたしの犬だと言ったが、本当はきみたちのために連れてきたんだ」

アビゲイルは昨夜母親が向けてきたのと同じ、毅然とした目でアリスターを見つめた。

「いいえ。飼い主はわたしたちじゃない」

ひどくみじめそうな顔をしたジェイミーを、アビゲイルは軽くつついた。ジェイミーは近づいてきて、抱いていた子犬をアリスターに差し出した。

「はい。返すね。お姉様が、この子はぼくたちより旦那様のそばにいてあげたほうがいいからって」

アリスターはもぞもぞ動く小さな温かい体を受け取ったが、どうしていいのかさっぱりわからなかった。「でも――」

アビゲイルがまっすぐ歩いてきて、アリスターがかがむまで腕を引っ張った。短く華奢な腕をアリスターの首に回し、息が止まりそうになるほど抱きしめる。

「ありがとう、サー・アリスター。ありがとう」

そう言うなり向きを変え、あっけにとられている弟の手を取って、アリスターに考える隙も返事をする隙も与えず、部屋を出ていった。

「くそっ」アリスターが見下ろすと、アナグマは親指をなめてきた。「おまえと二人でこれからどうしろっていうんだ？」

窓辺に近づいて外を見ると、ちょうどヘレンが子供たちを馬車に乗せているところだった。アビゲイルは一度上を向いてこちらを見た気がしたが、すぐに目をそらしたので、気のせいだったのかもしれない。やがてヘレンも馬車に乗り込み、御者を務める従僕が手綱を振った。親子は姿を消し、馬小屋の庭から、アリスターの生活から出ていった。ヘレンはただの一度も振り返らなかった。

アリスターの体はヘレンを追いかけたくてうずいたが、理性がその場に縛りつけた。ヘレンを引き留めたところで、避けられない展開を先送りにするだけだ。

遅かれ早かれヘレンがいなくなることは、最初からわかっていた。

20

魔術師は快くドアを開けたが、シンパシー王女が城に来た目的を告げると、笑い声をあげた。王女をイチイのノットガーデンに連れていき、正直者が固まり、冷たくなって立っている場所を示す。

「おまえの騎士はそこにいる」魔術師は言った。「こいつを救う魔法は好きに試してくれていいが、あらかじめ言っておく。猶予は一日だ。夜が明けてもこいつが石の男のままだったら、おまえを石の花嫁にしてやる。二人で永遠にわたしの庭に立つことになるだろう」

王女はこの不利な取引に同意した。正直者を血の通った人間に戻すには、それ以外に方法がなかったからだ。王女は一日中、用意してきた呪文や儀式を試したが、日差しが弱まってきても、正直者は石のままだった……。

『正直者』より

三日後、アリスターは階下の騒動で目が覚めた。誰かが叫び、騒いでいる。アリスターはうなり声をあげ、枕の下で頭をかきむしった。早起きはもはや生活の優先事項ではなかった。

というより、優先したいものなど何もなかった。それなら、このままベッドに潜り込んでいたい。

だが、騒ぎはまるで真夏の嵐のような不穏さで、音量を増しながら近づき、寝室のドアのすぐ外までやってきた。アリスターが頭から上掛けをはねのけたとき、姉が部屋に飛び込んできた。

「アリスター・マイケル・マンロー、頭がどうかしているんじゃない？」ソフィアはアリスターをなじった。

アリスターは慌てた乙女のように裸の胸にシーツを引き上げ、姉をにらみつけた。

「姉上、ずいぶんなご訪問ですけど、わたしが何をしたというのです？」

「馬鹿なことをしたのよ」ソフィアはぴしゃりと返した。「昨日の朝、エジンバラのキャッスルヒルでミセス・ハリファックスに会って、あなたと別れたと聞いたの。知らなかったでしょう？」

「はい」アリスターはため息をついた。当然ながらこの騒ぎでアナグマも目を覚まし、よろよろベッドに上がってきてアリスターの指をなめている。「本名がハリファックスでないことは聞きましたか？」

部屋をうろうろしていたソフィアは、驚いて足を止めた。

「未亡人ではないということ？」

「はい。リスター公爵の元愛人です」

ソフィアは目をしばたたいたあと、顔をしかめた。

「まだ夫がいるんじゃないかとは思っていたわ。でも、公爵と別れたのなら、過去のことは重要ではないでしょう」ソフィアはじれったそうに手を振り、ヘレンの不名誉な過去を一蹴した。「重要なのは、あなたが今すぐ服を着てエジンバラに行って、何だか知らないけど自分がしでかしたことをあの人に謝ることよ」

アリスターは力強くカーテンを開け始めたソフィアに目をやった。

「この別れを当たり前のようにわたしのせいにするとは、姉上は鋭い」

ソフィアは鼻を鳴らしただけだった。

「でも」アリスターは続けた。「謝ったとして、それからどうしろと言うのです？　あの人はここには住まない」

ソフィアは振り返ってアリスターのほうを向き、口をすぼめた。

「結婚は申し込んだの？」

アリスターは目をそらした。「いいえ」

「どうして？」

「馬鹿なことを言わないでください」頭痛がして、眠りに戻りたくなった――たぶん、永遠に。「イングランドでも有数の金持ちの愛人だった人ですよ。生まれてこのかた、ロンドンとその周辺から離れたことがないんです。ヘレンが公爵にもらった宝石や金を見せたいくらいだ。お忘れかもしれませんが、わたしは醜い傷を負った片目の男で、四〇年近く、片田舎の汚れた古い城に住んでいるんです。どうしてそんな男と、あの人が結婚したがると思うのです？」

「あなたを愛しているからよ！」ソフィアは叫ぶように言った。

アリスターは頭を振った。「確かに、愛していると言ってはくれましたが――」

「愛していると言ってくれたのに、あなたは何もしなかったの？」ソフィアは憤慨したようだった。

「最後まで言わせてください」アリスターはうなった。頭がずきずきし、口には昨夜飲んだエールの味が残っていて、ヘレンが発って以来ひげは剃っていない。とにかくこのやり取りを終わらせて、ベッドに戻りたかった。

ソフィアは口を引き結び、じれったそうに手を振って話の続きをうながした。

アリスターは息を吸った。「ヘレンも今はわたしを愛していると思っているかもしれないけど、わたしと一緒にいてどんな未来が待っているというのです？　彼女がいやになって出ていったら、わたしにはどんな未来が残されていると？」

「今のあなたにどんな未来があるというの？」ソフィアは言い返した。

アリスターはゆっくり顔を上げ、姉を見た。ソフィアの表情は怒りに燃えていたが、丸眼鏡の奥の目は悲しげだった。

「一人きりで残りの人生を過ごすのが、そんなに楽しみなの？」ソフィアは静かにたずねた。

「子供もいない、友達もいない、夜に話をする恋人も妻もいないのよ？　ヘレンの心変わりを恐れて必死に守るその人生に、どれだけの価値があるというの？　アリスター、信じなさい」

「どうやって？」アリスターはささやくように言った。「次の瞬間には何もかもが変わるかもしれないのに？　一瞬ですべてを失ってしまうかもしれないのに？」顔の傷をなぞる。「幸せな未来も、幸運も、信じるという行為そのものも、もう信じられない。姉上、わたしは自分の顔を失ったのですよ」

「つまり、臆病なのよ」ソフィアのその一言に、アリスターは横面を張られた。

「姉上――」

「黙りなさい」ソフィアは頭を振り、両手を突き出してアリスターを制した。「ほかの人に比べて、あなたにそれが難しいのはわかる。幸福に幻想を抱けなくなっているのもわかるけど、それが何だというの？　アリスター、このままヘレンを手放すのは、今すぐ命を絶つのと同じことよ。それは、あきらめるということ。幸福が移ろいやすいものだと認めるんじゃなくて、幸福になりたいという希望を捨てることよ」

アリスターはやっとの思いで息を吸った。胸にガラスの破片が埋もれていて、それが割れて動き、心臓に刺さっているかのようだ。血が流れている気がした。

「あなたが顔を変えられないように、ヘレンも過去を変えられない」ソフィアは言った。「どちらもそこにあって、いつまでもそこにあり続けるの。ヘレンが自分の過去を受け入れたように、あなたも自分の傷を受け入れなさい」

「わたしはもうこの顔を受け入れている。心配なのはヘレンのほうです」アリスターは目を閉じた。「あの人がいつまでもわたしを受け入れてくれるかどうかわからない。受け入れてもらえなくなったとき、自分が耐えられるかどうかわからないんです」

「わたしにはわかるわ」足音で、ソフィアが近づいてきたのがわかった。「アリスター、あなたなら何だって耐えられる。今まで耐えてきたじゃない。ヘレンに、アリスターはわたしが知っている誰よりも勇敢だと言ったことがあるの。それは本当よ。あなたは世にも恐ろしい体験をして、人生に幻想を抱けなくなった。日々を生きるのがどれだけ勇気のいることか想像もつかないけど、今はそれ以上に大きな勇気を奮い起こしてほしいのよ」

アリスターは頭を振った。

ベッドが沈んだので目を開けると、ソフィアがベッドのそばにひざまずき、祈るように両手を組んでいるのが見えた。「アリスター、ヘレンにチャンスをあげて。あなたの人生にチャンスをあげて。ヘレンに結婚を申し込んでちょうだい」

アリスターは手で顔をこすった。ああ、姉の言うとおりだとしたら？　単なる恐怖から、ヘレンとともに人生まで放り捨てようとしているのだとしたら？　「わかったよ」

「よかった」ソフィアはきびきびと言い、立ち上がった。「ほら、起きて服を着なさい。馬車を待たせてあるわ。急げば、日が暮れるまでにエジンバラに行けるでしょう」

ヘレンがハイ・ストリートで買い物をしていると、悲鳴が聞こえた。よく晴れた気持ちのいい日で、街路は混雑している。エジンバラに着いたとき、しばらく滞在してジェイミーとアビゲイルに新しい服を買うことにしたのだ。ジェイミーのジャケットは、カフスから手首が突き出すようになっていた。生地と仕立屋と、驚くほど高い子供靴の値段のことで頭がいっぱいだったヘレンは、すぐに振り向いて状況を確かめる気にはなれなかった。

だが、そのとき二度目の悲鳴が聞こえた。

ヘレンがようやく振り返ると、少し離れたところでかわいらしい若い娘が気を失い、しゃれた深紅のジャケット姿の紳士の腕の中に優雅に倒れ込むのが見えた。その隣にアリスターが立ち、彼の顔を見て大げさに怯えたと思しきその娘をにらみつけていた。

アリスターは顔を上げ、ヘレンに気づくと、一瞬ぽかんとした表情になった。それから人ごみを縫い、ヘレンの顔をじっと見つめたまま歩いてきた。

「サー・アリスター！」アリスターに気づいたアビゲイルが叫んだ。

ジェイミーはヘレンの手を引っ張った。「サー・アリスター！　サー・アリスター！」

「ここで何をしているの？」アリスターが目の前にやってくると、ヘレンはたずねた。

アリスターは答える代わりに、片膝をついた。

「まあ！」ヘレンは胸に手を当てた。

アリスターは痛々しくしおれた野花の束を差し出し、ヘレンたちに向かって顔をしかめた。

「思ったよりエジンバラが遠かったんだ。これをきみに」

ヘレンはしなびた野花を受け取り、最高級のバラのように抱えた。

アリスターはヘレンを見上げ、茶色の目でじっとヘレンの顔だけを見つめた。

「きみに求愛するなら野花を渡すと言ったことがあっただろう。つまり、今はきみに求愛しているんだ、ヘレン・カーター。わたしは傷を負った孤独な男で、城はひどいありさまだけど、それでもいつかきみにわたしの妻になってほしいと思っている。この哀れでずたずたな心の底から、きみを愛しているんだ」

すでにアビゲイルは飛び跳ねんばかりに興奮していて、ヘレンも目に涙があふれるのを感じた。

「まあ、アリスター」

「返事は今じゃなくていい」アリスターは咳払いをした。「むしろ、まだ返事はしてほしくない。正式にきみを口説く時間が欲しい。証明したいんだ。わたしがよい夫になれること、少しは未来を信じていることを。わたしたちの未来を」

ヘレンは首を横に振った。

「お断りよ」

アリスターは凍りつき、ヘレンの顔をじっと見つめた。

「ヘレン……」

ヘレンは手を伸ばし、アリスターの傷を帯びた頬をなでた。

「お断りだわ、そんなに長く待つなんて。アリスター、今すぐあなたと結婚したい。あなたの妻になりたいわ」

「ありがとう、神様」アリスターはささやくように言うと、立ち上がった。

ヘレンを腕に抱き寄せ、ハイ・ストリートにも、神の御前にも、あっけにとられた群衆にも、子供たちの前にもふさわしくないキスをした。

ヘレンはこれほどの幸せを感じたのは初めてだった。

一カ月半後……。

ヘレンはアリスターの部屋の大きなベッドに横たわり、贅沢に手足を伸ばした。今では二人のものになった部屋だ。今朝一〇時に、ヘレンは正式にレディ・マンローになった。結婚式はこぢんまりと挙げ、親族と数人の友達だけを招いたが、ヘレンの父の出席も叶い、ヴェール夫妻も来てくれた。むしろ、その三人が来てくれればじゅうぶんだった。ヘレンがグレンラーゴの小さな教会から出てきたとき、父は目に涙さえ浮かべていた。

父は一週間ほど城に滞在することになり、今は新たに準備した一つ下の階の部屋にいる。アビゲイルとジェイミーは一日中騒いだおかげでくたくたになっていた。二人は一つ上の階に、元ハウスメイドで今は子守に昇進したメグ・キャンベルと一緒にいる。アリスターはすでに、子供たちの家庭教師を雇おうと言い出していた。アナグマはこの一カ月半で二倍の大きさに成長し、今はジェイミーのベッドで眠っているはずだ。本当なら、犬は厨房で眠ることになっているのだが。

「新しいカーテンに見とれているのか？」アリスターのかすれた声が、ドアから聞こえた。

ヘレンはアリスターを見てにっこりした。彼はドア枠にもたれ、片手を背中に回している。

「青はこの部屋によく似合っているわ。あなたはどう思う？」

「わたしは」アリスターは言い、ヘレンが横たわっているベッドに近づいてきた。「自分の城の装飾に、わたしの意見はほとんど反映されないと思っている」

「あら、そう？」ヘレンは目を丸くした。「じゃあ、あなたの塔を暗褐色に塗っても気にしないということね」

「〝アンカッショク〟というのがどんな色なのかさっぱりだが、実にいやな響きだ」アリスターは言い、マットレスに片膝をついた。「それに、塔をそっとしておいてくれるなら、城の残りの部分はきみの好きにしていいということで、話がついたはずだが」

「でも――」もっとからかおうと思い、ヘレンは言いかけた。

アリスターはヘレンに唇を重ね、長いキスでその言葉を封じた。

次にアリスターが顔を上げたとき、ヘレンは愛しい顔をうっとりと見上げてささやいた。

「背中に何を隠しているの？」

アリスターはヘレンの脇に片ひじをついて体を起こした。

「贈り物が二つある。小さいのと、大きいのが一つずつだ。どっちが先に欲しい？」

「小さいほう」

アリスターがこぶしを突き出して開くと、そこにはレモンがのっていた。

「といっても、こっちの贈り物は条件しだいだ」

ヘレンは前回、避妊のためにレモンを使ったときのことを思い出して唾をのんだ。

「条件って？」

「きみが欲しい場合に限り、あげるということだ」アリスターは視線を上げてヘレンと見つめ合ったが、その目は希望を持つことをためらっているように見えた。「当面、あるいはきみが望む期間、これまでどおりアビゲイルとジェイミーと暮らすというなら、それでもじゅうぶん幸せだ。でも、これはもう使わないというなら」指の間でレモンを転がす。「それもまたすごく幸せだよ」

その言葉だけで、ヘレンの目には涙があふれた。「じゃあ、このレモンはレモネードに使うことにしましょう」

アリスターは返事をしなかったが、燃えるようなキスが雄弁にその心を物語っていた。いつか自分たちの子供を持つというのは、アリスターにとってとても嬉しいことなのだ。

息がつけるようになると、ヘレンは言った。

「それで、もう一つの贈り物は？」

「贈り物というよりは、貢ぎ物といったところかな」アリスターは背中から大きな野花の花束を取り出した。「とりあえず、今回はしおれてないよ」

「しおれた花も大好き」ヘレンは言った。

「こんなに簡単に喜んでくれる妻を持って、わたしは幸せ者だ」アリスターは真顔になった。

「結婚の贈り物はすぐに用意するよ。ネックレスか、新しいドレスか、特製の本か。考えて、どれがいいか決まったら教えてくれ」

ヘレンは公爵の愛人をしていたのだ。かつては宝石もドレスもどっさり与えられていたが、それでは幸せになれなかった。今はそこまで愚かではない。

ヘレンは手を伸ばし、アリスターの頬の傷跡をなぞった。

「わたしが欲しいものはただ一つ」

アリスターは横を向いて、ヘレンの指にキスをした。

「何だい？」

「あなたよ」彼が顔を近づけてくる前に、ヘレンはささやいた。「あなただけ」

エピローグ

空を見上げたシンパシー王女は、負けを悟った。もうすぐわたしの英雄と一緒に、石の眠りにつくのね。絶望した王女は、正直者の冷たい石のウエストに腕を巻きつけ、凍りついた唇にキスをした。

そのとき、不思議なことが起こった。

正直者の灰色の顔に、色とぬくもりが戻ってきた。手足は血肉を取り戻し、たくましい胸が盛り上がって息が吸い込まれた。

「しまった!」魔術師は叫び、両手を上げて正直者と王女に呪いをかけようとした。

だが、突然ツバメの群れが現れ、魔術師の頭に群がって目を突き、髪を引っ張った。正直者は剣を抜いてひと振りし、魔術師の頭を体から切り落とした。

その瞬間、ツバメの群れは地面に落ち、人間の男女となって正直者の前でおじぎをした。遠い昔、魔術師がある王子から城を奪って呪いをかける前に、この城の家来だった人々だ。同時に、騎士と戦士の像も生身の人間に戻った。以前、王女を救い出そうとして失敗した男たちだ。彼らは一人の男の前にひざまずき、正直者を自分たちの王に、主君にすることを誓った。

正直者は城の家来と騎士たちにおごそかに礼を言い、王女のほうを向いた。目を見つめて言う。「以前は服を背中に背負っているだけでしたが、今は城と家来と騎士が手に入りました。けれど、あなたの心をいただくためなら、すべてを捨てても構いません。愛していますす」

シンパシー王女はにっこりして、正直者の温かな頬に手のひらを当てた。

「手に入れたばかりの財産を捨てる必要はありません。わたしの心はすでにあなたもの。あなたが魔術師の指輪をくださって、何の見返りも求めなかったあの日からずっと、あなたのものです」

そして、正直者にキスをした。

訳者あとがき

お待たせいたしました。エリザベス・ホイトの「四人の兵士の伝説」(The Legend of the Four Soldiers) シリーズ第三弾、『孤城に秘めた情熱』(原題 To Beguile A Beast) が出版の運びとなりました。

今回のヒーローはアリスター・マンロー。前二作『ひめごとは貴婦人の香り』『道化師と内気な花嫁』のヒーローたちと同じく、〝スピナーズ・フォールズの大虐殺〟の生き残りの一人です。ただ、アリスターは軍人ではなく、民間人の立場で第二八歩兵連隊に配属された博物学者でした。植民地アメリカの動植物を調査するために派遣され、連隊と行動をともにしているときに大虐殺に巻き込まれ、捕虜となって拷問を受けたのです。アリスターは命こそ助かったものの、片目を失い、顔の片側に大きな傷を負うことになりました。故郷のスコットランドに帰ってからは、人目を避けるように古い城に閉じこもり、一人きりで研究に没頭しています。

前作では、そんなアリスターがヴェール子爵夫妻の訪問を受け、スピナーズ・フォールズの大虐殺は仲間の裏切りによるものであったことを告げられます。アリスターは動揺したものの、裏切り者捜しをしているヴェール子爵からのロンドンへの誘いを断り、引き続き城に閉じこもります。一方、荒れ果てた城で世捨て人のような生活を送るアリスターを見たレディ・ヴェールは、彼には家政婦が必要だと考えます。そこで、ちょうど逃げ場を求めて駆け込んできたある女性を、アリスターのもとに送り込むことにしたのです。

その女性が今作のヒロイン、ヘレン・フィッツウィリアムです。シリーズ一作目で控えめに登場し、二作目ではレディ・ヴェールと公園で言葉を交わす仲になっていた女性です。イングランドでも有数の権力者であるリスター公爵の愛人で、公爵との間に二人の子供ももうけています。けれど、前二作を読まれた方は、ヘレンをどこか居心地の悪そうな、寂しげな女性として記憶されているのではないでしょうか。実際、公爵の愛人として生きることに限界を感じていたヘレンは、支配欲の強い公爵と手を切るべく、子供を連れて自宅から逃げ出します。そのとき、まず頼りにしたのが、日陰の身である彼女に優しく接してくれるレディ・ヴェールでした。

かばん二つとレディ・ヴェールからの紹介状だけを手に、二人の子供を連れて見知らぬ遠方の地に向かったヘレンは、顔にも心にも大きな傷を負った偏屈な博物学者、アリスター・マンローに出会います。子連れのため行き場が限られるヘレンは、公爵に見つかる危険の少ない辺鄙なこの場所に何とか留まりたくて、家政婦として雇ってほしいと懇願します。けれど、アリスターにしてみれば、突然現れた美しすぎる家政婦と幼い二人の子供など、幸福ではなくても平穏な生活を乱す存在でしかありません。こうして、何とかしてヘレンを城から追い出したいアリスターと、何とかして自分の存在意義を認めさせたいヘレンの攻防が始まるのです。

といっても、これまでは使用人を使う立場だったヘレンにとって、汚れ放題の城を掃除し、食料もろくにない厨房で食事の支度をするのは、並大抵のことではありません。五歳の息子ジェイミーは事情が理解できずロンドンに帰りたがり、大人の雰囲気に敏感な九歳の娘アビゲイルはふさぎ込んでしまいます。それでも元の生活に戻りたくない一心で、ヘレンは子供たちをなだめすかし、家政婦の仕事に精を出します。そんなヘレン親子と接するうちに、植民地アメリカから戻って以来心を閉ざして生きてきたアリスターも、徐々に変わっていくのです。ところが、リスター公爵の捜索の手はすぐそこまで迫っていて……。

街を歩けば人が凝視するほどの傷を負い、人里離れた城で隠遁生活を続けるアリスターと、公爵の愛人の道を選んだことで家族にも社交界にも見放され、当の公爵の愛も感じられずにいるヘレン。『孤城に秘めた情熱』は、社会から浮いた存在となり、満たされない心を抱えた男女がそれゆえに惹かれ合い、癒し合いながら愛を育むさまが、エリザベス・ホイトらしい率直さと真摯《しんし》さで描かれたラブストーリーです。傷はくっきりとそこにあっても、人はその傷とともに生きていかなければならないし、生きていけるのだと、それが希望ということなのだと、この物語は教えてくれているかのようです。

また、この「四人の兵士の伝説」シリーズでは、各巻ともロマンスと並行して〝スピナーズ・フォールズの裏切り者〟捜しが行われています。シリーズ三作目となる本作品では、アリスターが独自のルートで情報収集を試みていますが、前二作に比べれば裏切り者捜しの進展度は低いかもしれません。謎の解明はシリーズ最終作〝To Desire A Devil〟に持ち越されることになったようです。こちらも邦訳の出版が二〇一三年秋に予定されていますので、どうぞお楽しみに。

二〇一三年一月

ライムブックス

孤城《こじょう》に秘《ひ》めた情熱《じょうねつ》

著　者　エリザベス・ホイト
訳　者　琴葉《ことは》かいら

2013年2月20日　初版第一刷発行

発行人　成瀬雅人
発行所　株式会社原書房
〒160-0022東京都新宿区新宿1-25-13
電話・代表03-3354-0685　http://www.harashobo.co.jp
振替・00150-6-151594
ブックデザイン　川島進(スタジオ・ギブ)
印刷所　中央精版印刷株式会社

落丁・乱丁本はお取り替えいたします。
定価は、カバーに表示してあります。
 ISBN978-4-562-04441-2　Printed in Japan